G

咕
噜
GuRu

SOUS BÉNÉFICE D'INVENTAIRE

Marguerite Yourcenar

有待核实

[法] 玛格丽特·尤瑟纳尔 著

贾云 ——————— 译

 上海三联书店

目录

《罗马君王传》中历史的面目 [1]

---

1 本文中的古罗马人名主要参考【古罗马】埃利乌斯·斯巴提亚努斯等著、谢品巍所译的《罗马君王传》(浙江大学出版社，2018)。个别人名采取更通用译法，如谢译本中的"奥勒利安"，本文中作"奥勒良"。——译注（以下如无特殊说明均为译注）

《谋杀恺撒》，[德] 卡尔·西奥多·冯·皮洛蒂创作于 1865 年

人类记忆所录诸般历史，之所以罗马史引最多哲人思考、最多诗人遐想和最多道德家慷慨陈词，部分归功于少数几位罗马历史学家（以及两位希腊历史学家）的才华，他们贡献卓著，令罗马的记忆和声誉延续至今。因普鲁塔克[1]向我们展现了谋反者涌进元老院，冲向那位神圣的尤利乌斯，于是，尽管这期间发生过若干政治谋杀，恺撒在我们眼中却一直是被杀独裁官的典型形象。因塔西佗[2]之笔，提比略永远只能扮演孤僻的暴君，尼禄则是失败的艺术家。因苏维托尼乌斯[3]的传记作品包含十二位帝王，于是我们图书馆的书架和文艺复兴时期座座宫殿的外墙上几乎必然雄踞十二尊恺撒半身像。

这些伟大历史学家中的好几位首先且尤其是文体大

---

1 普鲁塔克（Plutarque, 46—120），罗马帝国时代希腊历史学家，著有《希腊罗马名人传》。

2 塔西佗（Tacite, 56—120），罗马帝国时代历史学家，著有《历史》《编年史》。

3 苏维托尼乌斯（Suétone, 69—122），罗马帝国时代历史学家，著有《罗马十二帝王传》。

师，按照通常的说法，他们都在介于恺撒青年时代和哈德良壮年时代的约两个世纪里大放异彩。苏维托尼乌斯对十二帝王的回顾以乏味的图密善结束，后者是最后一位拥有杰出传记作者的罗马皇帝。而在他之后直至罗马衰亡前的三百五十多年里，我们只剩一些平庸的见证人，不仅歪曲事实（他们总是如此），还轻信他人、墨守成规、稀里糊涂，常常过分轻率或极度迷信，几乎公然为了宣传而工作。他们的头脑和语言反映着一种文化的终结，但他们也引人入胜，因为他们的平庸本身赋予他们一种真实，使他们成为一个行将逝去的世界的合格诠释者。

《罗马君王传》这本合集中，六位史家摆出首尾相接的二十八张帝王肖像，这还不包括几位僭主和几个早逝的恺撒（该称号在此指推定继承人），它提供了这三百五十年当中近两个世纪生活的一个切片。该作品以哈德良和紧接着他的继任者安东尼努斯·庇乌斯、马可·奥勒留开篇，这也是罗马承平之世最美好的岁月，一个不知大限已至的世界最兴盛的时期。它以默默无闻的卡里努斯完结，那时已是三世纪末的帝国黄昏。五位主要作者（斯巴提亚努斯、卡庇托利努斯、拉普里狄乌斯、波利奥、沃庇斯库斯）的名字本身、是否确有其人，至今仍有争议，学者与专家对他们生活年代的推断也从二世纪中叶至四世纪末不等。合集的一大部分是对已散轶的早前传记的汇编或仿写；合集本身也被后世有意无意地添加了大量内容。和诸多古代作品一样，我们只能通过少数几份不完整且有错误的抄本窥其面貌——依靠它们，这部作品才免遭被遗忘的命运。然而，研究古代史的现代学者不可能无视《罗马君王传》；即便那些彻底否认其价值的人，无论情愿与否，也不得不使用它。由于现存二世纪至三世纪的文献总的来说稀少且贫乏，我们只好在这份不可靠的文本中，在这部已被杰出学者合理怀疑为几乎彻头彻尾的伪作中，寻找某种版本的真实。

文本真伪是一回事，是否忠于史实是另一回事。《罗马君王传》推测成书年代上至公元284年，下至公元395年。但不管是哪一年，问题在于，我们能在多大程度上相信它。每一位作者、每一页的可信度当然也各不相同。似真性（la vraisemblance）本身对读者来说并不总是一条决定性标准，在历史方面，何谓合理，依每个时代的风俗、偏见和人们无知的具体表现而定。比方说，十七世纪的博学之士浸淫在基督教传统之中，乐意接受一切丑化异教帝王的描画，他们认为后者统统是迫害新生教会的卑鄙之徒；接着，风向大转，十八世纪的文人暗暗相信人性，再后来，十九世纪的某一类历史学家假装正经，对哪怕已经死了一千八百年的掌权者也抱有奇怪的尊敬，或者单纯是两耳不闻窗外事，缺乏生活经验，于是就经常宣称书中所述之事不可能发生或不太像真的，而一位更习惯于直面现实的读者不假思索就可断定这些事说得通，或者相信它们就是真事。我们在二十世纪中叶目睹的暴行教我们以不那么怀疑的心态去阅读罗马帝国末期君主的罪行记述；而关于风俗史，拉罗什富科[1]已经指出，若我们同代人的秘史更为人知的话，我们可能就不会对埃拉伽巴路斯的荒淫感到那么吃惊。某些情况下，《罗马君王传》的忠实性被当时的其他证据所证实。另外一些情况下，其忠实性则在事后被现代历史学家的

---

1 弗朗索瓦·德·拉罗什富科（François de La Rochefoucauld, 1613—1680），十七世纪法国古典作家，著有《箴言集》。

研究证实，且这种情况屡见不鲜。哈德良的经济改革和行政改革已得到太多铭文佐证，使我们无法相信斯巴提亚努斯，或者假托此名的传记作者，像有人说的那样只满足于照搬奥古斯都政府的模范形象，对皇帝的统治进行了一种想象性描绘。自文艺复兴至今发现的数不清的安提诺乌斯雕像和钱币，有力证实了哈德良在爱人死时承受的巨大悲痛和为表纪念而赋予他的神明般地位。斯巴提亚努斯对此曾一笔带过，若无这些发现，人们可能会把那段叙述当成一位贤明君主传记中插入的信口雌黄之语。由于我们对东方的崇拜和习俗有了更确切的了解，拉普里狄乌斯所述埃拉伽巴路斯的《一千零一夜》式的故事如今也显得不那么荒唐；我们隐约明白编年史作者痛斥却并不理解的东西是何含义。总而言之，尽管我们能从书中找出一长串虚构的文献、荒谬的论点以及人名、日期和事件的混淆，《罗马君王传》的谬误和谎言更多体现在对事实的阐释中而非对事实的陈述中。

谎言当然十有八九是出于对当权君主派系的仇恨或是谄媚。对伽利埃努斯的描绘只是一篇怀着元老院的怨恨而写就的檄文；对克劳狄乌斯二世的描绘所包含的真实性与现如今的竞选演说或十七世纪的悼词几乎相当。诚然，这种仇恨或奉承主要充斥于和传记作者所处时代接近的君主传记中，但年代更早的帝王同样因编年史作者和当世奥古斯都的政治方针被抹黑或洗白。康茂德固然是位可憎的君王，但拉普里狄乌斯对他生活的叙述只是在他死后的一份愤怒的控诉，惹得读者最后都要同情这个被拖拽示众的野蛮人了。历史学家们总体上支持变成寡头和保守集团的元老院；最好的皇帝，果断取消了元老院闲职，于是遭到诋毁；最坏的皇帝，若他出身于元老之列或者背负着元老院的希望，则被捧得最高。不过我们不该过分要求《罗马君王传》的作者们论述可靠。他们的谬误更多时候并非源自偏见，而像是源自他们的浅薄好奇——对道听途说全盘接受而不加批判，源自他们的因循守旧——对一切官方说法深信不疑，还源自时间上的距离——起码合集的第一部分是如此。

事实上，即便按照最理想的推测，《罗马君王传》的几位作者与他们的重要模特安东尼努斯家族也隔了一个世纪或一又四分之一个世纪。一位古代历史学家与他声称描绘的人物相隔如此久远，甚至更久远，这种情况显然不是头一回了。但普鲁塔克时代的古代世界仍然相当同质化，使得这位希腊传记作者能够在约一百五十年后用和恺撒所处年代差不多的材料为恺撒立像。相反，在《罗马君王传》编纂的时代，世界的面貌已发生巨变，以至于伟大的安东尼努斯王朝的生活方式和思维方式几乎无法被正走在帝国末路上的传记作者们理解。年代略微接近但异域色彩更浓、被民众的想象更快扭曲面貌的叙利亚王朝愈加消失在密密丛丛的传说之中。接着，在涉及三世纪余下时间里相互残杀的众奥古斯都时，因年代久远而导致谬误的几率逐渐减小，但无论是模特还是画家，都深陷危机时代的这团混乱、暴力和谎言之中。《罗马君王传》从头到尾就像是现今一小撮文人——他们消息比较灵通，但平庸且往往很没有操守——借助被我们时代的偏好不合时宜地渲染过的真实文件和捏造的逸闻，先跟我们讲拿破仑的故事或者路易十八的故事，再讲离我们更近的人物和事件，向我们提供和饶勒斯、贝当、希特勒或戴高乐有关的一大堆夹杂少量有用信息的无价值的道听途说，一大堆宣传部门的官话和晚报上耸人听闻的揭秘。

《罗马君王传》的作者们从始至终都平铺直叙，其最糟糕的缺点在于从不向我们揭示人物在低谷或巅峰时的样子，当涉及的是那些命运浮沉的人物时，这是个严重的问题；更为严重的是，只有在同时代的其他文献告知我们被如此简化、缩略或夸大的人物实则是个伟人时，我们才会觉察到这个缺陷。斯巴提亚努斯很好地展现了一个十分务实而精明的管理者哈德良，而那些只喜欢把他当成个什么唯美主义者的人对此压根不了解；他也清楚地看到这个复杂人物身上的某些怪异和恼人之处。相反，一旦涉及文人哈德良、艺术爱好者哈德良、旅行者哈德良、生来就对万事万物充满好奇的哈德良时，内容就被另一个时代的迷信或者一种不分时代的精神平庸所歪曲。哈德良和他同时代许多人一样，肯定对占星术感兴趣，但当斯巴提亚努斯写道，皇帝占星家在一月一日就能提前写下之后一整年将逐日发生的事情时，他早早就令我们深感中世纪最蹩脚的编年史作者的那种愚蠢的轻信。他用无知记者抠字眼的方式评判哈德良的文学趣味，又因他已不再认同启发哈德良创新与改革的人文理想，故对作为国家元首的哈德良也并不总能理解得更多。

安东尼努斯·庇乌斯在卡庇托利努斯笔下成了一个通俗圣徒传记里的人物，成了某类枯燥无味的皇家史书中无可指摘的主人公。若没有《沉思录》，我们从这同一位卡庇托利努斯为既是好皇帝也是福斯丁娜的懦弱丈夫所描绘的老套肖像中，永远不可能猜想出忧郁的马可·奥勒留其独一无二的灵魂特质。

这些传记作者的平庸令他们未能达到伟大的希腊罗马文化最后一批代言人之水准，也妨碍他们评价叙利亚王朝的独特人物，甚至无法认识到三世纪末几位杰出军事首领应有的分量。尤利娅·多姆娜与她的儿子卡拉卡拉（且作传的历史学家还错以为是她的继子）的乱伦关系太像尼禄和阿格里皮娜的故事了，我们不由地怀疑斯巴提亚努斯是在有意模仿这对原型。拉普里狄乌斯对尤利娅·索艾米亚斯隐约的辱骂和对尤利娅·玛美娅隐约的赞美之下几乎显露不出这些叙利亚女人如此特别的个性之一端，她们轻浮，爱惹事，野心勃勃，却又虔诚，有学问，保护艺术，敬仰蒂亚纳的阿波罗尼奥斯[1]，也会

---

1 蒂亚纳的阿波罗尼奥斯（Apollonius de Tyane，生卒年不详），公元一世纪新毕达哥拉斯主义哲学家。

把奥利金[1]召进宫来；埃拉伽巴路斯荒淫行径中的一切仪式性动机都被拿掉之后，埃梅萨神庙里那个放荡的埃利亚桑[2]在《罗马君王传》中几乎就只是一系列淫秽轶事中精神错乱的主角。令伽利埃努斯的肖像变成一幅粗俗讽刺画的不只是政治上的仇恨：此人有教养，支持宗教宽容，是伟大的普罗提诺[3]的朋友和保护者，他在混乱年月里保留了属于另一个时代的精致，却被他平庸的画像人污蔑，或者进一步说，轻视。粗蛮的奥勒良其人，作为无敌的太阳神崇拜的严厉推广者，可能并非像沃庇斯库斯给出的干瘪素描所展现的那样简单。

这些传记作者极少关注生命的本来面目，极迅速地把他们的主人公倒进贤君昏君的常规模子中，而他们更突出的特点，是更加看不清近在眼前、半明半暗的重大事件，而这些事件对历史的影响最终比所有宫廷革命都要大。读这些传记时，我们体会不到这近二百年中基督教潮流如何无声地侵袭人们的心灵，而当这本合集的撰

---

1 奥利金（Origène，约 185—254），基督教希腊教会神学家，致力于校勘希腊文《旧约》和注释《圣经》。
2 埃利亚桑（Eliacin），让·拉辛戏剧《亚他利雅》中的人物，原名约阿施（Joas），亚他利雅篡位时，他被救下，化名埃利亚桑并被秘密寄养于巴力神庙。
3 普罗提诺（Plotinus，205—270），古罗马哲学家，新柏拉图主义奠基人。

写正式结束之时，君士坦丁大帝把受压制的基督教立为国教、令其在俗世获得胜利的时刻已近在咫尺。如果像某些学者认为的那样，《罗马君王传》实际成书年代比一般推测的还要晚，那么，没有把基督教革命考虑在内这件事就更令人震惊，也更加是某种人类行为的典型。这些保守的、不信教的传记作者对自己揭露的旧秩序几乎全然不了解，对自己被迫接受的新秩序也不想了解分毫，他们用沉默的策略来对抗它，几乎从不说出它的名称。甚者，尽管灾祸连连（这些传记作者总视其为偶然，或小心地将其归咎于某位奥古斯都或僭主的疯狂或罪行，而从不将其视为国家本身无法克服的缺陷），尽管帝国经济混乱、通胀加剧、国内军事失序、边境蛮族施压益重，他们却似乎并未看到大事将至，而它携带的阴影笼罩着整部《罗马君王传》：罗马的灭亡。

然而，《罗马君王传》虽在根本上是平庸的，或许也正因为这平庸，读来反而震撼人心，与一些更值得信任和钦佩的历史学家的作品比起来，它同样引人入胜，有时更甚。一种可怕的人性气味从书中升起：书中看不出一丝一毫作家的强烈个性，这让我们直面生活本身，直面这团由无定形的、暴力的片段组成的混沌，从中的确体现出几条普遍规律，但恰恰参与者和目击者几乎总是看不见这些规律。史家与大众同凉热，时而分享他们猥琐、麻木的好奇，时而与他们一起歇斯底里。书中有在马可·奥勒留筵席末座的宾客针对福斯丁娜通奸行为或维鲁斯狂欢宴会的窃窃私语，有三世纪一位贵族在两次会期之间低声耳语为那个掌权者说的好话，后者刚刚重金收买元老院的投票。从未有过任何一本书比这本既平淡又精彩的作品更好地反映了贩夫走卒和国务要臣对正在发生的历史的判断。我们在这里看到的是纯粹状态下的舆论，也就是说不纯粹的舆论。

有时，细节之精确已足以证明此书之真伪：我们看到埃拉伽巴路斯女人样的、舞动的步伐；我们听见他像没教养的孩子那般狂笑，盖过了剧院里演员的声音。我们目睹卡拉卡拉在路边下马解手时被他的护卫杀死。为埃利乌斯·恺撒和维鲁斯这对纨绔父子写就的两则简短传记，则以说不出的无聊传递出与我们想象的公元130年至180年间罗马时髦人物略微不同的两个方面；如果把哈德良传记中和埃利乌斯·恺撒有关的几行内容也加上，我们会发现斯巴提亚努斯，或者假托此名的无名氏，两度画出堪称巴尔扎克式的杰出肖像，一位二世纪的拉斯蒂涅[1]或吕邦泼雷[2]的精彩草图。甚至有的时候，诗意好似裸土上的水汽一般从这一大堆乏味的细节中升起：元老们对康茂德尸体的阴森诅咒具有莎士比亚笔下群众场景的悲剧伟力；一种怪异的美从斯巴提亚努斯毫无艺术性的几句话中生发出来，他为我们描述塞普提米乌斯·塞维鲁死前，在哈德良长城最西端的不列颠小城，即今天的坎伯兰地区卡莱尔的贝罗娜神庙祭祀。乡下的祭司不太了解罗马的风俗，弄来一对黑牛作为祭品，这种牲畜是不祥之物，皇帝拒绝将其献祭。两头牲畜被神庙仆人放走后，尾随皇帝直至他门前，于是死亡的征兆又多了一重。帝国每日生活之一角、永恒乡村之一角，在斯巴提亚努斯那里只作为迷信的要素被揭示：寥寥数语足以让我们联想到二月里寒冷或下着雨的一天，在苏格兰边境，皇帝一身戎装，他的非洲面孔因疾病和北方的气候而变得苍白；两头平静的牲畜，土地的产物和标

---

1 巴尔扎克作品《高老头》中的人物，并贯穿整部《人间喜剧》。
2 巴尔扎克作品《人间喜剧》中的人物，是《幻灭》《交际花盛衰记》的主人公。

志，浑然不觉地逃过血腥而愚蠢的祭祀，对人类世界和这个被它们预兆了死亡的陌生人一无所知，它们沿着军队驻扎的这座小城的泥泞街巷随意闲逛，然后回到自己的荒野山岗。

但这份诗意，是我们把它萃取出来的，读到年轻的金发蛮族马克西米努斯在检阅日放肆地走出大部队并当着皇帝的面跟着马转圈时，是我们发现了一个托尔斯泰式场景，闻到汗液和皮制装备的气味，听到十六个世纪前的一个早晨马蹄声声踏地。同样，读到对埃拉伽巴路斯修建的自杀塔楼带有传奇色彩的描述，连同他的金匕首、他存在宝石小瓶中的毒药、他为了自缢而准备的丝绸绳索和他为了让自己摔个粉身碎骨而铺设的大理石路面时，也是我们赋予它一种威廉·贝克福德的《瓦泰克》[1]式的奇幻，一种黑色小说式的怪异的精致。每一种情况下，皆是现代读者靠想象从乱七八糟的一大堆或多或少杜撰的社会杂闻中离析并释出点滴的诗意，或者也可以说，小块强烈而切身的现实。

---

1 威廉·贝克福德（William Beckford, 1760—1844），英国小说家。《瓦泰克》是他1782 年用法语写的一本东方题材的哥特小说，后被翻译成英语，于 1786 年出版。

那个时代的艺术品和纪念性建筑或许是《罗马君王传》的最佳注脚。首先是半身像，它们证实、有时也反驳帝王传记：哈德良明智又沉思的脸庞，他紧张不安的嘴，他因水肿而迅速膨胀的面部线条；埃利乌斯和他儿子那发型讲究的脑袋；安东尼努斯·庇乌斯的窄下巴、干瘪又干净的轮廓；罗马市政广场上和善的马可·奥勒留和《罗马君王传》中的他十分相像，而大英博物馆里老年马可·奥勒留疲倦、苦恼的面容则相反，肖似《沉思录》里的他；康茂德怪诞的鬈发，卡拉卡拉的粗野武夫面孔，埃拉伽巴路斯阴险的小头小脸——必须得说，后者更像拉普里狄乌斯笔下堕落的青年而非历史演义爱好者心中神秘的放荡儿；叙利亚皇后们无精打采又心事重重的样子，或是伊利里亚皇帝们粗糙的相貌——这些"利刃[1]"在一段时间内重建了帝国的秩序，正如一位伍长于暴乱之夜在各个广场上重建秩序一样[2]。接着是钱币：

---

[1] Manu ad ferrum（手握利剑）。——原注（译按：此为奥勒良在军队时的绰号。）
[2] 此处当指 1795 年拿破仑受命镇压保王党叛乱一事，彼时拿破仑身份低微，经此一役开始崛起。"小伍长"（Le Petit Caporal）是拿破仑的绰号。

《罗马君王传》所述内容历二十八帝，从第一位到最后一位，他们的轮廓逐渐失去凹凸，失去仍像古典雕塑那般精雕细琢的起伏，最终变成没有厚度的金币上这些扁平的形象，而且刻得越来越歪歪扭扭；《罗马君王传》隐晦提及政府发出命令禁止涨价，颁布禁奢法令，以及国家财产被公开拍卖，但比这更进一步地，是它表现出了奄奄一息的经济遭受的折磨。哈德良时代的希腊化和新古典风格艺术、马可·奥勒留时代略有些呆板的官方艺术完全契合这两位贤君的传记；苇丘方尖碑的象形文字证实了斯巴提亚努斯提到的安提诺乌斯死于埃及一事；马焦雷门下毕达哥拉斯学派巴西利卡[1]的粉饰灰泥证明，异教诗意的虔诚不断充实着哈德良至亚历山大·塞维鲁之间理想主义者的心灵，拉普里狄乌斯对这后一位皇帝的私人礼拜堂的描述正体现出了这一点。后来被奥勒良用来流放女俘虏泽诺庇娅[2]的雅致的哈德良别墅、已经东方化的塞维鲁王廷聚集之处七曜宫的庞大废墟、拉比卡纳

---

[1] 巴西利卡，古罗马一种公共建筑形式。
[2] 叙利亚帕尔米拉王国女王，占领过罗马帝国统治下的埃及并驱逐了帝国派驻埃及的地方长官。后在公元272年成为奥勒良皇帝的俘虏。

路附近的伽利埃努斯凯旋门，是这些帝王别院所剩无几的遗存，它们曾带有种植珍稀树木、养满宠物的花园，占据罗马五分之一面积，如今徒留令人感伤的装饰残件作为悲剧的证明。千方百计获取名望和不惜代价追求享乐的政策、竞技比赛和耀武扬威的阅兵式那过度的奢侈，皆被用于娱乐和公共起居的庞大建筑物框架所证实，比如卡拉卡拉浴场或戴克里先浴场，似乎恰恰由于帝国的经济混乱，它们的体量愈发扩大，装饰愈发繁多——或许这也是为了让人们忘掉这混乱。卡拉卡拉浴场马赛克镶嵌画里浮肿和小头畸形的运动员正是被收买来勒死康茂德、也是埃拉伽巴路斯竭力搜寻的那些体育教练的同道。被捕获的非洲和亚洲野兽成千上万，名录惊人，它们在漫长旅途中忍受恐惧和苦难，最后为了让端坐的观众体会一个惊险刺激的下午而被屠杀，对世界财富的此般挥霍不仅在罗马斗兽场中获得响应，在意大利本土和西班牙、阿非利加及高卢的行省竞技场亦是如此；对职业体育的狂热继续被马克西姆斯竞技场遗迹所证明。但那个时代的所有建筑中，是奥勒良城墙以最悲剧的方式显示出罗马的致命疾病，其暂时的好转和注定的复发充满整部《罗马君王传》。这些如此宏伟的城墙仍被我们视为罗马强盛之标志，实则为动荡年代匆匆砌筑而成。它们的每一处掩体、每一座警戒塔都在宣告，那个开放的、自信的、边防稳固的罗马不复存在；和所有防御措施一样，它们当时有用，终究徒劳，预示着一个多世纪后亚拉里克一世[1]的劫掠。

三世纪罗马的流弊与弱点早在罗马帝国盛世乃至共和国时期就已现端倪，同样，《罗马君王传》的许多缺陷也可以追溯到黄金时代的古代历史学家；我们只有细看才会发现个中差别，究其原因，方法的变化是次要的，文化的衰落才是主要的。苏维托尼乌斯的著作同样缺乏体系，同样无法给出某个事件或某一重要行为的时间，因此也同样倾向于把人物一生中往往孤立的行动当作他的特性来介绍，同样把严肃的政治信息和过分私密以至于往往像是捏造的道听途说混在一起，但苏维托尼乌斯以其冷峻的洞察力、荷尔拜因[2]式的现实主义，最

---

1 西哥特王国国王，公元 410 年攻陷罗马城。
2 小汉斯·荷尔拜因（Hans Holbein the Younger，约 1497—1543），文艺复兴时期德国画家。

终把这些随意并置的一笔一画变成了令人信服的肖像，对错暂且不论，他令人觉得这肖像与原型惊人相似：即便从历史角度看存在缺陷，却具有心理层面的真实。《罗马君王传》甚少能做到这一点。无论哪个时代，杰出的古代传记作者从不排斥照单全收或彻底炮制一篇演说或一句名言，来概括一种局面或一个人物：因为对提图斯-李维[1]或者普鲁塔克来说，历史是科学也是艺术，二者至少并重，它与其说是记录事件的方式，不如说是进一步认识人的手段。相反，沃庇斯库斯和波利奥伪造或篡改的信件和法令只是一些虚假的片段，而非心理画像。

充斥《罗马君王传》的令人恼火的道德主义属于同样的情况；它也充当古典时期一些最伟大的历史学家叙述事件时的佐料，破坏了他们不止一部真正杰作的风味。虽然如塔西佗也未能摆脱这个缺点，会过度抹黑罪人，把高尚的英雄理想化甚至不惜过度简化人间事务本来的混沌图景，但这个丝毫谈不上公允的人经常是对的。他

---

1 提图斯-李维（Tite-Live, 59 b.c.—17），古罗马历史学家，著有《罗马自建城以来的历史》。

杰出的画才令其未落入埃皮纳勒版画[1]或讽刺画的窠臼；他的愤慨即便过火，也还是一个仍受古典时代坚实的公民理想影响的正直之人的愤慨。相反，斯巴提亚努斯以及他的五位同行，却属于一个公民美德传统不复存在乃至自由人的道德也被遗忘的时代。他们对奢侈和伤风败俗的愤怒抨击（往往和追求淫秽细节的趣味联系在一起）只是照搬了当时浮夸的演说家和诡辩家的陈词滥调。这种过分的道德把吃时鲜或在银盆中便溺同政治谋杀或弑兄等量齐观，在它之上必然叠加着对时代真正顽疾的彻底无动于衷：大众的懦弱、对当权者普遍的奴颜婢膝、对占少数的基督教徒阵发但残酷的迫害、竞技比赛中的肆意浪费、愚蠢又糊涂的迷信、一种只在学校里仍再三复述的文化之极度惨状——凡此种种，当时几位具有自由精神的人已予以揭露，对自己时代的顽疾其实同样盲视的基督教史学家也将在未来轻而易举地大肆抨击。

渐渐地，眼睛学会从这混乱的一连串相似事实、一些周而复始的事件中看出一些东西，不完全是一张总

---

1 以法国城市埃皮纳勒为主要产地的一种通俗版画，风格天真，以简化或过分乐观的视角呈现事物。

图，而是一些示意图。二世纪，两位出生于安达卢西亚的皇帝，其中至少有一位在精神上对希腊和对罗马有同等的归属感，他们给了人类近一个世纪的喘息时间。帝王出生地范围在三世纪继续一圈圈扩大；布匿人塞普提米乌斯·塞维鲁接替安东尼努斯家族登上帝位；几个叙利亚人又接替了这个布匿人；阿拉伯人腓力于公元248年主持了罗马城千年庆典；伊利里亚人脱颖而出，他们对罗马的认识仅限于军事纪律，在一个陷入无政府状态的世界里暂时重建了权威原则，但并未修复一个连他们自己也感到陌生的文明。所谓的宽厚措施来得太晚：公民身份被赋予帝国所有居民，但此时的公民身份不再是种优待，而是变成税负，罗马也不再有能力同化这些它甚至不再管辖的大量人口。帝王出生地范围扩大了，葬身地的范围也在扩大：精疲力竭的马可·奥勒留死在多瑙河畔，死在后来称作维也纳的那座城市的栅栏脚下；在伊布拉坎，即未来的约克郡，疾病夺走了塞普提米乌斯·塞维鲁的生命；卡拉卡拉在安条克遇刺身亡；亚历山大·塞维鲁在美因茨附近被叛乱者弑杀；马克西米努斯一世的头颅被插在阿奎莱亚城墙下的一根木桩上；"三戈尔狄安"中的两位身死非洲，另一位殒命波斯边境；瓦勒良卒于亚细亚沙普尔一世的囚牢中；奥勒良在去往拜占庭途中、塔西佗在卡帕多西亚、普罗布斯在伊利里亚被暗杀；三十僭主的尸体充塞日耳曼尼亚和高卢的道路；在罗马之外，罗马处处失陷，处处落败。

制度的死亡更加缓慢，几乎不为《罗马君王传》的作者们所注意。形式的残存掩盖了内里的消失；共和国的套语行话在最早一批恺撒的治下就已近乎空洞，却在三世纪东方化的君主制下，与浮夸的礼仪和最奴颜婢膝的谄媚并行使用，取悦那些认为表象比现实更重要的人，也就是说几乎所有人。收养和选举从此只不过是拍卖和政变的伪装形式。王朝继承的原则崩塌，让位于无能和血腥，安东尼努斯王朝的康茂德、塞维鲁王朝的卡拉卡拉便是例子；叙利亚王朝只给世界带来一个年轻的疯子和一个年轻的贤者，两人皆很快被士兵杀死，对后者来说，埃拉伽巴路斯的放荡对他们并无益处，他们也不需要亚历山大·塞维鲁软弱的美德。三位戈尔狄安的王朝维持了六年。伽利埃努斯在其父瓦勒良被波斯人俘虏后掌国八年，但最终也和自己的儿子萨罗尼努斯一起被刺杀。军队，作为铁腕制度的唯一依托，却也因此成为无政府局面的根源；军队的蛮族成分越来越多，它让罗马沾染野蛮习气的程度与它为罗马抵御野蛮入侵比起来不遑多让。团体内部残忍的小范围争斗吸引了史家全部注意力，它们以过于宏大以至于不为时人所清晰察觉的事件为背景展开：从前惶恐的或被征服的民族进行反击，移民潮将很快打破世界的平衡，种种新形式在腐烂或干枯的文化下萌芽生发，旧神话死去，新信条降临。从这个角度看，埃拉伽巴路斯的恶习和奥勒良粗鲁的德行只有相对的重要性。但我们不要轻易就接受那些陈词滥调，认为历史只是一连串人类无法左右的变故，仿佛车轮不是靠我们每一个人推动的，事情不是由我们每一个人任其发生的，或者斗争不是取决于我们每一个人而进行的：埃拉伽巴路斯总归稍稍加速了罗马的衰落，奥勒良也多多少少延缓了罗马的灭亡。

当我们评价我们自己的文明、它的错误、它存续的机会以及未来人们对它的看法时，我们是如此地目光短浅，所以我们不会惊讶于三世纪或四世纪的罗马人满足于一个劲儿地思索时运的起伏，而不是更清楚地解读他们世界覆灭的种种迹象。没有比衰落的曲线更复杂的东西了。《罗马君王传》为我们提供的不完整记录必定不是结论性的：哈德良的统治仍是一座高峰；可悲的卡里努斯的统治并非终结。每一段急速衰退之后都接着一段停顿，乃至短暂的中兴，每一段中兴都被以为会长长久久；每一位救世主都好像足以摆平一切。《罗马君王传》结束于卡里努斯，彼时戴克里先已经现身；救世主戴克里先后面接着的将是救世主君士坦丁、救世主狄奥多西；又经过一百五十年的苟延残喘，一长串罗马皇帝名单以阿提拉[1]一位书记官的孩子可怜地结束，后者被滑稽地冠以罗慕路斯·奥古斯图卢斯[2]这个浮夸的名字。这期间，人们习惯了灾难，不再抗拒勇敢地预见灾难或指出灾难；一些更加简陋的政治生活形式替代了年久失灵的庞大帝国机器，有点像奥斯提亚最后一批贵族的别墅用一些仓促建成的七零八落的蓄水池勉强替代精妙的管网，公共水道和喷泉也不再像从前那样为后者供水。持续了若干

---

1 阿提拉（Attila, 406—453），匈人帝国领袖，曾数次入侵欧洲。
2 原文为"Romulus Augustule"，"Augustule"意为"小奥古斯都"。

世纪的盛大表演很快将近乎悄无声息地落幕。

不仅如此：正是在现实消逝之际，人最大限度发挥了空谈的才能。罗马虽然死了，它的幽灵却顽强地活着。希腊化的拜占庭帝国矛盾地继承了罗马帝国的名号，这段漫无尽头的历史在东方又或多或少于想象中延长了千年：在吉本[1]记述罗马帝国衰亡的两卷本巨著中，《罗马君王传》只提供了前面几章的素材；全书以1453年穆罕默德二世入主君士坦丁堡结束。另一方面，在西欧，神圣罗马帝国继承恺撒遗产，这场古老赌局历经若干世纪，赌注差不多还是那些，赌徒的气质也惊人地相似。且不谈中世纪归尔甫派教皇或吉伯林派皇帝们的所作所为，《罗马君王传》的跌宕起伏一直延续至今，延续到希特勒，他像中世纪的一位神圣罗马帝国皇帝那样在西西里或贝内文托发动最后的战役；或者延续到墨索里尼，他在逃跑途中被杀，然后被倒吊在米兰一个车棚之下，以三世纪一个皇帝的死法死在二十世纪。一场如此这般跨越一千八百多年的衰落并非一个病理过程：这是人类自

---

1 爱德华·吉本（Edward Gibbon，1737—1794），英国历史学家，著有《罗马帝国衰亡史》。

身的境况，是《罗马君王传》控诉的政治和国家概念本身，是这堆可叹未被好好吸取的教训、未曾恰当进行的实验、往往可以避免却从未避免的错误，对此，《罗马君王传》确实提供了一份尤为成功的样本，但它们以各种方式悲剧性地充斥着整个历史。

在十九世纪末的人眼中，罗马的衰落体现为头戴玫瑰花环、支着胳膊倚在靠垫或美女身上的贵族，或者如魏尔伦想象中的他们的样子——一边看高大的白人蛮族经过，一边写无精打采的藏头诗[1]。如今我们更加了解一种文明以何种方式最终毁灭。它并非毁于任何时代都存在的流弊、恶习或罪行，况且并无证据证明奥勒良的残忍程度超过屋大维，迪丢斯·尤里安努斯治下的罗马官职捐纳现象比苏拉治下更猖獗。致死的疾病更特殊、更复杂、更缓慢，有时更难以发现或诊断。但我们学会了识别这假冒成增长的病态巨人症，这令人以为失去的财富依然存在的挥霍浪费，这稍有危机就如此迅速被饥荒取代的过度富足，这些由上层社会精心安排的消遣，这

---

1 出自保罗·魏尔伦（Paul Verlaine，1844—1896）《颓废》一诗，收于诗集《往昔与从前》（1884 年发表）。

惰怠、惊惶、专制和无政府的氛围，这些在当下的平庸和现时的混乱中对辉煌过往的夸张重申，这些治标不治本的改革和这些只靠清洗来体现的美德之道，这种助长乱中取利之风的对轰动效应的追求，这几个未得到恰当协助而迷失在众多狡猾的粗人、暴力的疯子、笨拙的老实人和软弱的智者中间的天才。现代读者读《罗马君王传》，如同置身于自己的世界。

荒山岛，1958 年

阿格里帕·多比涅的《惨景集》

阿格里帕·多比涅（Agrippa d'Aubigné）

阿格里帕·多比涅，法国文艺复兴诗人当中最杰出但也最少被阅读的作者之一，于1552年出生在圣东日地区蓬镇附近，1630年逝世于日内瓦。他来自一个低等贵族之家，较之其他家族，这些家族尤其为法国提供了一类相当稀有的样本：不屈的作家，逆时代潮流而动，执着地空想一种寸步不让的正直和一种矢志不渝的忠诚，并与一种受迫害的或无望的事业休戚与共。对阿格里帕·多比涅（写成d'Aubigny、d'Aubigni或Daubigny都行，他不太在意拼写方面的细枝末节）来说，这项无望的事业将是宗教改革。

　　他刚刚睁眼看世界的年代，巴黎的块石路上，柴堆正明晃晃地熊熊燃烧，用来处死彼时尚处于新生阶段、政治上仍然纯粹的福音派的首批殉道者；八岁半，在法国历史上最愚蠢的冲突之一和最残酷的镇压之一[1]结束

1 指1560年3月发生的昂布瓦斯密谋。当时以孔代亲王路易为首的胡格诺派贵族密谋在卢瓦河畔王室城堡所在地昂布瓦斯劫持时年16岁的国王弗朗索瓦二世，以使其摆脱以吉斯公爵为首的天主教派贵族的影响。因消息遭到泄露，密谋失败，多名参与者被处死。

后的一个赶集日，经过昂布瓦斯时，他父亲指给他看吊在绞刑架上的胡格诺派起义者的尸体，并让他发誓为这些可敬的首领报仇。十二岁左右，他和自己的家庭教师被一帮天主教徒抓住，眼看要被烧死，他竟伴着看守的小提琴声挑衅地跳起盖亚尔舞[1]，次日多亏一位还俗僧侣从中斡旋才躲过一劫。人们或许会想象他是个面带愠色或愁眉不展的人，其实他洒脱随性。他是当时各种欢宴的一分子：他经常面见后来在《惨景集》里被他猛烈抨击的亨利三世；他的戏剧《喀耳刻》在国王的宠臣安尼·德·茹瓦若斯奢华到不像话的婚礼上由国王出钱上演。这一切之中未必存在生活和作品的矛盾：人可以欣赏宫廷的优雅和君主的良好文学品位，也可以讨厌这位君主在历史中留下的形象。他喜欢女人：对天主教徒狄安娜·萨尔维亚蒂的爱恋启发他写下大量诗篇；第一任妻子苏珊娜·德·勒塞死时，他恸哭，因痛苦而惊厥，以至于吐血；六十六岁时，他第四次被缺席判处死刑，却又和一位可人的寡妇结了婚。

---

1 十六世纪流行的一种舞蹈，起源于意大利，风格欢快奔放。舞蹈的名称"盖亚尔"（gaillarde）本身即有欢乐之意。

多比涅从勇敢的士兵到大胆的上尉，最后才好不容易升到旅长这个相当低的军职，他在宗教战争这场残酷的内战中发挥了自己的作用，但从未成为宗教改革派中有权有势或八面玲珑的人物。他喜欢打仗，且带着痛悔坦陈了这一点，他的自传清楚地表明，时代的不幸在一个年轻男人眼中如何成为刺激的冒险。数年间，他随亨利·德·纳瓦尔[1]的命运沉浮，但对后者出了名的仁厚并不太信任；他严厉地评价这位君王"精明有余，贤明不足"；他永远没有原谅后者改信天主教一事。"既不拉皮条也不溜须拍马"的他为波旁王朝这第一位国王的忘恩负义感到痛苦，就像后来其他忠诚的拥护者为波旁王朝的其他君主所苦一样。他最精彩的十四行诗之一，以其作品典型的愤怒与怜悯的混杂，为我们描绘了长毛垂耳猎犬希特农。这只漂亮的卷毛犬曾给那个贝阿恩人[2]带来欢乐，如今则被遗弃在大街上，饿得半死，这正是昔日忠臣所得下场的苦涩象征。1610 年，拉瓦亚克的刀[3]对他

1 即波旁王朝建立者亨利四世，被誉为"好王亨利"。
2 指亨利四世。
3 1610 年 5 月 13 日，亨利四世遭狂热的天主教徒拉瓦亚克刺杀，次日不治身亡。

来说正如上帝的怒火所假手的工具。

多比涅活得足够久，眼见反宗教改革在路易十三的统治下彻底确立——后者把他的王国献给了圣玛利亚；他逃亡到瑞士，在那里，他年轻时代那种炽热的福音主义早就彻底凝结成作为国教的新教，他在日内瓦被视为脾气暴躁的流亡者，且继续插手法国国内事务，有连累教友之虞。他儿子是个酗酒的无赖，跑回了老家——当时在那儿信天主教更有利可图；儿子这些荒唐行径堪称老父晚年生活里的黑色悲喜剧。他孙女是精明、谨慎的曼特农夫人，虔诚的天主教徒，煽动废止《南特敕令》，面对卢福瓦手下龙骑兵对新教徒的迫害，她无动于衷[1]。从他的后代来看，这位狂热的胡格诺派教徒着实家门不幸。

其实在文学声望方面，他的运气也一般，甚至还有些背。人们很少读他的情诗，这些诗很典雅，但处在法国抒情史上最美好、最炽热时代之一，它们并未超出一个有热情、有文采的贵族所能达到的应有水准。他的《福内斯特

---

1 卢福瓦侯爵是路易十四的军务大臣。路易十四发动"龙骑兵行动"，派军队至新教徒家中骚扰迫害，令其改宗。

男爵的奇遇》已不再能逗乐我们，或许也从未逗乐过任何人，他的《桑锡》也变得过时。他的《通史》，标题野心勃勃，涵盖了他那个时代的欧洲史，却在出版之时荣幸地被刽子手亲手烧毁，不过这三卷对开本仍保留了史料价值，只是并未令多比涅跻身法国最伟大历史学家之列；人们更多把它当资料查阅，而不是去读它，尽管圣伯夫颇有道理地指出，它的某些段落具有堪比莎士比亚笔下场景的悲剧旨趣或者说悲剧的美。他的叙事作品《他的一生》也是如此，不时具有令人赞叹的生猛粗粝，但明显过于冲动，过于不完整，使他无法被归类为杰出的回忆录作者。剩下的就是《惨景集》了，它已足够让多比涅在法国诗歌史上占据独特的一席之地。这部著名的诗集被众多选集广泛摘录，却很少有人完整读过，这一定程度上也怪多比涅自己。

几乎所有教材永远都选编同一些片段，被这些片段的精妙所打动的读者如果参阅整部作品的话，会很快意识到编者对文本的选择，尤其是删节，显示了他们的鉴赏力。只要再多摘录一行，读者就会发现诗人的灵感几乎次次都戛然而止，只剩下啰嗦、含混，还有词藻的堆砌。字词的夸张，是法国诗歌在涉及宏大政治或宏大讽刺时的致命缺陷，是多比涅也是后来的雨果难以克服的毛病。此外，《惨景集》的句法常常含糊晦涩；不由自主的滑稽包含的种种乏味或粗俗仍然携带着行将结束的中世纪的余烬，刺穿不合时宜的夸张装饰，后者就好比文字上的巴洛克式螺旋形流苏和垂花。阿格里帕·多比涅身上有那个时代所有高贵的品质，他有魄力、冲劲、从不气馁的现实态度、思想的奔放和对人类命途各个方面的永不疲倦的好奇心，他或者在时代的现实中发现人类命途的动荡，或者到历史的远处探寻。他身上也汇集了那个时代所有的缺陷和几乎所有的荒谬。这个从孩提时代起就饱读希腊文、拉丁文和希伯来文的贵族，这个写了一辈子诗但到老才全身心投入文学的战士，受累于自己对渊博学识和文学的迷信般尊敬。他还受累于他那个时代典型的文字摄入过量，且是双重：作为胡格诺派，他反复咀嚼《圣经》；作为人文主义者，他贪婪地阅读所有古代作者的著作，这还不包括一些以十六世纪宗教的路子来呈现古代世界的通俗历史作品。《惨景集》中题为"复仇"的第六章的灵感几乎逐字逐句来自1581年前后出版的一本说教的小书，书中细数各种死亡惨状，满腔仇恨的基督徒不管对错，想象这是迫害基督教的人注定的下场。阿格里帕·多比涅高声诵读；他不断重复；他受教育过细过深，保留了学校和布道会的所有坏习惯。然而，这部瑕瑜互见、既笨拙又精巧、既老练又生涩的作品中，约九千行诗句，就像铺满石子的山间小径，散落四处，通往一些极致的风景。

因为《惨景集》是一部宏大的诗，与其说是杰作，不如说是法国未能拥有的、应该处于但丁和弥尔顿之间某处的这部恢弘宗教史诗的迷人草稿。作品的提纲，多比涅已经勾画，但它其后又被覆盖，并常常被潮涌般无节制且单调的修辞淹没，它令人更容易联想到哥特式而非文艺复兴式教堂大门：长诗的七章，《苦难》《王公》《金室》《火》《剑》《复仇》和《审判》，像同心的拱形曲线那样组织，刻着真实或寓意的情节，压印在上帝御座底下。这部作品具有诗的统一性，否则的话就只是写成诗的殉道者名册，或者记录大人物或审判官滔天罪行的押韵编年史。这种统一性来自主持正义的上帝之持续在场，上帝时而被中世纪画师那种简单的笔触天真地人格化，时而又抽象、绝对，是一切伟大和仁善的源泉，是自然的首要推动力——这个自然本身也近似于神，却不断因人类而蒙羞或臻善。作品的主题实际上包含人那出自自然的过度残忍和同样出自自然的过度英雄主义之间的永恒反差。它把《惨景集》变为一幅最后的审判场景：一方面，暴君、刽子手、渎职者已带有下地狱之人的可憎面目，另一方面，受害者带着一种几乎让人难以接受的平静走过酷刑之门，进入天堂。多比涅所在的国度比其他地方更不关心现时和即刻，更偏爱处理已被文学传统净化、蒸馏、提纯过的材料，而他非凡的大胆之处正在于他就这样把那个时代的原始物质作为材料。《惨景集》的偏差和过激属于那个时代的狂热，但哪怕是这些偏差和过激，亦反映出一个宗教战争的同代人模糊的努力，他想重新评价那个时代种种流血的事实，像诉说永恒的正义和秩序那样勉强把它们重新组织起来。

第一章《苦难》（或至少是《苦难》中仍值得读的那部分）总体而言是一首反向的牧歌，描绘了被内战煽动者踩在脚下的农民的困境、被毁坏而归于蛮荒的村庄、从可怜牲畜口中夺食之人的残忍。多比涅在《苦难》中转写了草民与弱者卑微的怨言，这怨言在胜利者一方很快被《感恩赞》[1]的喧嚣盖过，而即便在落败者一方，也几乎总是被更响亮、更振奋人心的武器碰撞声压制；更进一步地，他表达了被人的忘恩负义所摧毁的土地无声的抗议。这个读过维吉尔的乡下贵族对世界之美怀着一种近乎宗教般的情感，对领地上的劳动者抱有一种并不总是理所当然的同情，甚至对田野和树林中一直被虐待的走兽也怀着一种温情，这种温情在任何时代都是稀缺的，但在那个严酷时代的人们身上并不像我们以为的那样不同寻常。然而，诗中出现的说教和对以色列种种饥荒及破坏事例的学究式夸张，写来写去都差不多，不时令这幅法国大地上的苦难图景繁冗不堪。对卡特琳·德·美第奇和洛林枢机主教的怒骂侵占了诗的第二章，把已无法驾驭自己作品题材的作者引向尤维纳利斯[2]式讽刺。

在《王公》中，这个胡格诺派教徒（但他绝无清教徒习性）抨击王室的奢靡和挥霍，他的控诉中除了无可

---

1 罗马天主教传统圣歌之一，是胜利与和平的象征。
2 尤维纳利斯（Juvénal，约60—约130），古罗马讽刺诗人，有16首讽刺诗传世。

争辩的事实外，还添加了大量夸张的陈词滥调和一些公然的诽谤。诚然，俗套地拿亨利三世和埃拉伽巴路斯或耶罗波安[1]作比，并不能就此除掉亨利三世；把卡特琳·德·美第奇变成一心搞垮法兰西的泼妇，变成和同时代莎士比亚《麦克白》中遭诅咒的三姐妹一样擅长黑巫术晦气招数的可恶女巫，也并不能就此定义她。然而，尽管多比涅对瓦卢瓦王朝最后一批统治者所作的富有远见的描绘很像提香《保罗三世同其侄子》中的恶毒肖像，或者近两个世纪后戈雅笔下的西班牙的玛丽-路易丝的古怪样子，它们却包含了一部分深刻的现实，而一心想净化、洗白这些统治者后世声名的传记作者则刻意忽略了这种现实。他笔下粗俗的查理九世，既病态又凶残，每日狩猎中的杀戮令他习惯面对垂死和流血场景，他笔下脸带皱纹、毛发脱落、涂脂抹粉的亨利三世肖似其本人，这一点既得到那个时期其他证据的支持，也符合各个时代皆有的某类人的形象。即便他骂得未切中要害，这位愤慨于宫廷腐败的画家也永远比我们更接近心理真相，

1《圣经》中的人物，以色列王国分裂后，北以色列王国的首位国王。

因为他与他的模特有同样的价值观乃至有同样的时代偏见。多比涅嘲笑鞭笞派教徒的那些列队游行，在这些游行过程中，亨利·德·瓦卢瓦戏剧性地为自己的罪孽忏悔，诗人控诉他的也正是同样的罪孽，这些罪孽在作忏悔的国王心中的严重程度并不比在中伤他的新教徒心中轻。光顾招魂巫师和占卜师的卡特琳大概不会惊讶于自己被多比涅安上施行巫术的罪名，反而会惊讶自己被不再相信"恶之力量"的饱学之士宣告无罪。

所有在民众遭受灾难的年代享乐并统治的君主，都应在其位而负其责：王太后的惹是生非、她对阴谋和妥协的偏好更应得到多比涅的抨击而不是现代历史学家们的赞美——他们把这种一时的机灵粉饰成政治天分，而后者完全是另外一回事；无论亨利三世作为国王有哪些优良品质，这位瓦卢瓦王朝末代君主疯狂的任性妄为和挥霍无度自然会引来《惨景集》中的高声咒骂，也招致天主教神圣联盟小册子的恶毒攻击。这不仅是因为反君主制的宣传在新教一派和天主教极端派当中以同样方式进行，还因为胡格诺派教徒和嘉布遣会修士就君主真实或假想的缺点或罪行一致表达了同样的观点，那就是基督教的观点。

《金室》猛烈抨击腐败和审判官的冷酷，其寓意方式和讽刺仍属中世纪风格。上帝离开他的天国以便了解法庭内发生了什么，而在这座用人骨砌筑、用骨灰加固的宫殿里，呈现给他的，是以丝毫不亚于博斯或勃鲁盖尔的粗犷笔触画就的一群怪诞人物：打鼾的**愚蠢**，衣衫褴褛、怀藏金币的**贪婪**，认为什么事都易如反掌、时刻想下判断而从不知疲倦的**无知**，傲慢的**虚伪**，暗淡的**虚荣**，别无他求只想副署每份文书的**奴性**，唯唯诺诺的**恐惧**，把一切罪行都变成一句俏皮话的**滑稽**，最后是被放肆地引入这场恶人集会的**年轻**，因为贪婪、无所忌惮，随时准备为每日的神斟酒，不假思索地为他们倒上用血制成的饮品。一系列诗句虽粗粝，却具有一种现实主义，具有一种诗艺上无与伦比的大胆，展现出一场实实在在于上帝目光注视下进行的西班牙火刑。被判刑的人披着宗教裁判所命其受害者——**以袍子、苇子和荆棘冠冕／标记的继承人** [1]——穿上的滑稽服装，人们给他

---

[1]《马太福音》(27: 28-29)：他们给他脱了衣服，穿上一件朱红色袍子；用荆棘编作冠冕，戴在他头上；拿一根苇子放在他右手里，跪在他面前，戏弄他说："恭喜，犹太人的王啊！"

们一个十字架，以便在最后一刻为他们重新祝圣，众所周知，此举可让他们获得恩典，被勒死而不是被活活烧死。冷漠的受难符号被呈现给以肉身承受基督受难之苦的人，此情此景令诗人勃然大怒。无怪乎打败费利佩二世的英格兰女王伊丽莎白随后被多比涅描绘为忒弥斯女神，描绘为寄托了受迫害的胡格诺派期待的天上的玛利亚，也无怪乎诗人对这位新教徒女王统治时期合法的不公和野蛮行径闭口不谈，此乃人性使然，信徒身份使然。

接下来的《火》或许是全诗七章中最值得被记住的一章，在这一章中，上帝继续作为观众目击裁判所的罪行，对被投入火中的异教徒的列举触动人心、令人不忍，一直持续到上帝失望于创造世界、愤而返回天国。但幼稚的舞台表演与濒死景象本身的恐怖细节相比，与这受刑之人的长长队列相比，算不得什么，这当中有一些人还算有名气（至少对十六世纪的史学家们来说如此），但大多数作为光荣的殉道者已被人遗忘，除非他们在最后时刻公开放弃原来的信仰并活了下来。安尼·迪布尔，高等法院参事，被活活烧死在巴黎；托马斯·克兰默，英格兰大主教，被烧死在牛津；纪尧姆·加德纳，英格兰批发商，被砍掉双手并烧死在里斯本；菲利普·德·兰，格拉韦龙夫人，被割舌并烧死在莫贝尔广场；还有一个叫托马斯·奥克斯的，被烧死在库克肖；一个叫安·阿斯库的，被烧死在林肯；托马斯·诺里斯，被烧死在诺里奇；弗洛朗·维诺，在巴黎被处决；路易·德·马尔萨克，被烧死在里昂；玛格丽特·勒里奇，书商，被烧死在巴黎；乔万尼·莫里奥，方济各会修士，被勒死在罗马；尼古拉·克罗盖，商人，被吊死在格雷夫广场；艾蒂安·布兰，农夫，被烧死在多菲内；克劳德·富柯，在格雷夫广场被处决；玛丽，服装工阿德里安的妻子，被活埋在图尔奈；这些是诗人在大批他不知晓姓名的被判刑者中随机（或者有时为了押韵）选取的默默无闻的受害者。尽管多比涅认为他的作品只为教化，但他深入了殉道者的心理。他能够看出，激愤、暴怒、对审判官的愚蠢或刽子手的残忍反抗到底的热切愿望，和神秘的虔诚一样，都给了受难者难以理解的勇气。他并非不知晓施刑者的经典手段：利用恶化、贱化受害者的伎俩，直至令其脱了人形，惹人厌恶而非唤起怜悯。

他也知道普通人会作何反应，他们不断哄抬残忍程度，害怕自己不能足够全面地参与到一项集体野蛮行径当中。只有这一次，无关文学：在酷刑和壮举面前，想象也无能为力，对它们的叙述和一份反犹大屠杀的记述、一份来自布痕瓦尔德的报告或一位广岛目击者撰写的汇报属于同一个范畴。

终于在《剑》中，天使在天国的穹顶上亲手描绘了宗教战争的杀戮场景，将之呈现于全能审判者的眼前，这一次借助的是鲜明的巴洛克式虚构，令人联想到文艺复兴时期饰有壁画的天花板。这些杀戮场景表现的当然都是天主教的过分和凶残，《火》中的所有殉道者也皆是为宗教改革献身，虽然因自身立场的缘故，多比涅的同情及愤怒是有局限的，但他同样被人对人的残忍这个可怕的问题困扰。人们太习惯于把过去的罪行算在时代风气头上进而原谅它们，声称后者允许这些罪行发生，甚至其受害者也这样认为。面对圣巴托洛缪大屠杀，阿格里帕·多比涅起来反对上述这种省事的观点——他描绘杀戮，描绘杀戮中的常见情节，如掩盖在官方狂热之下的公报私仇、无来由的私刑、宫廷贵妇们围着被丢弃的裸尸所作的放荡评论，这样的描绘表明了一种愤怒，它和今天至少一部分人类目睹我们时代的罪行时的愤怒同等强烈，也同等地、悲剧性地徒劳。多比涅面对巴黎此般惨闻，赋予它既晦暗又热烈的色彩，以山那边他的同代人丁托列托[1]和卡拉瓦乔[2]式的强烈光影对比来突出它。屠杀的准备工作，作为屠杀的序曲也可能是信号的玛丽·德·克莱夫和玛格丽特·德·瓦卢瓦的婚礼，**这些床，流血的陷阱，不是床，而是墓穴/在那里爱与死亡交换火把**，这个**天上冒出血与灵**的阴沉黄昏，凡此种种，并非像我们看当今的谋杀那样，以某种动荡、阴郁的新闻影片的方式呈现，而是以这种自始至终都属于十六世纪的恢弘风格呈现。

多比涅在《复仇》中为我们展现的迫害者旋即就遇到致死事故或严重疾病的惩罚，这既不符合历史真相也有悖于更加神秘的上帝正义之道。姑且搁置这一大堆杜撰的轶事和粗暴的道德说教，来看看与之截然不同的对

---

1 丁托列托（Tintoret，1518—1594），意大利画家，威尼斯画派代表人物之一，画作色彩奇异富丽。
2 卡拉瓦乔（Caravage，1571—1610），意大利画家，擅长明暗对照画法。

不可见正义的严肃思考，即诗的最后一章，或许也是最美的一章，题为"审判"。没完没了地岔开主题大谈神学有损其效果，但我们既然接受但丁或弥尔顿这样做，也就没有任何理由不容忍多比涅这样做。况且，尽管他对肉体复活的讨论冗长到令人难以忍受，但这正是诗人触及的一大形而上学主题，《审判》是来自这个多种教义相互碰撞窸窣作响的年代少有的见证之一，这些见证清晰又热烈地呈现了一种不仅是宗教性的还是神秘主义的视角，为世界秩序提供了一种深入的解释。无论作者是否有意，在这种解释中，古代哲学的影响贯穿于基督教思想之中：孩童时期的多比涅七岁翻译柏拉图，学生时代透过亚里士多德一窥前苏格拉底哲学的某些思辨。我们尤其发现多比涅也翻阅过他朋友弗朗索瓦·德·冈达尔翻译的新柏拉图主义专著《神圣的珀伊曼德热斯》，并吸收了它对上帝的定义，即集宇宙本源、行为、必然性、终结和更新于一体。这远非胡格诺派狂热主义，只因多比涅是其信徒，我们便不加分别地把它归结在他全部作品上，却大大忘记宗教改革首先是文艺复兴时期一场重要的自由运动和智识运动。诗的语调有时令人想起卢克

莱修 [1]；对肉体复生的此般描写颇让人想起西纽雷利 [2] 壁画呈现的朴实而高超的艺术：

> 这里，一棵树感到，在它根的怀抱，
> 活的树干蠢蠢欲动，一个胸膛破土而出；
> 那里，浑水沸腾着，然后四处飞洒，
> 感到自己有了头发和一颗醒来的头颅。
> 仿佛从深潜之处浮出水面的泳者，
> 所有人走出死亡就像走出一个梦。

借由基督教关于肉体复生的教义，多比涅执着展示的是生与死的缓慢交融，这一过程把二者的每一个造物都带向完善，引领它们达到这完美的状态，在彼处永恒悄无声息地替代了时间：

> 于是，变化将不是我们的终结

---

1 卢克莱修（Lucrèce，约 98 b.c.—约 55 b.c.），罗马共和国末期诗人和哲学家，著有哲学长诗《物性论》。他为奥尔维耶托主座教堂的圣布里奇奥小堂创作的壁画中包含一幅《肉身的复活》。
2 西纽雷利（Luca Signorelli，1445—1523），意大利文艺复兴时期画家。

它把我们变为我们自己，而丝毫不变作另一
个……

世界齐心协力让永恒的自然
靠着自己延续，能够，为了不消亡，
从它的死亡中重生，由干枯重变为繁茂……

欲望，完满的爱，无所不在的崇高欲望
因为果实与花朵只诞生一次……

虽仍目眩神迷，但我诉诸理性
以便从我的灵魂看见世界的巨大灵魂，
知道人们不知道的和无法知道的，
耳朵不曾听过的和眼睛未能看到的。
我的感官不再起效，精神从我飞升，
狂喜的心缄默，口中不发一言；
一切死去，灵魂逃逸，重回它的居所，
迷醉中，它昏倒在上帝的怀里。

宇宙神秘主义的一个重要时刻在这里被想象并被体验。

　　《惨景集》直到 1616 年才出版，距离它所描绘的时代的结束已有三十多年，也就是说它在出版之日应该就已显得过时，尤其在法国这样一个连思想的交锋也只是一时风潮的地方。按照多比涅的说法，有些段落他从年轻时就开始写了，总之很多段落可追溯到亨利·德·纳瓦尔放弃新教信仰之前；从某些迹象来看，我们有理由相信 1610 年后该诗未作任何添加。无论如何，多比涅的用词、形式、韵律和他的思想一样，本质上属于一个十六世纪的人。他的史诗最终失败，原因之一或许在于他使用的语言尚未充分定型以支撑他声称要完成的高雅杰作：他未能像几年后高乃依确立悲剧的范式那样确立史诗的范式；他的写作可能为时过早，相反，当伏尔泰在《亨利亚德》中尝试续写《惨景集》时，又为时过晚。一直要等到浪漫主义时期，多比涅的作品，也包括所有十六世纪诗人的作品，才重新获得法国诗歌爱好者的青睐，而事实上，这部混乱的巨著，这遍地湍流般猛烈的滔滔不绝在很多方面已经属于前浪漫主义。因为这部史诗作品实际上非常抒情，它独一无二，兼具超验性和热烈的现实主义，它优美至极，尤其是那些猛然起步和戛然而止，那些突如人声般迸发的诗句上升、交错，仿佛在唱文艺复兴时的经文歌。**人为人所苦……一切住所皆是流亡……这带刺的重负名曰真理……这风俗变换的时代需要另一种风格：/让我们采集它丰产的苦涩果实……**有时，冷酷的现实主义达到刺耳的程度，比如当诗人颂扬安·阿斯库的殉道时，他描写这个不幸的人无言地承受吊刑的折磨，拉紧的绳索"代替她呼喊"，又比如，他残忍地缩短透视，向我们描绘仍然活着但已被烧掉一半的奥克斯用"曾为手臂的骨头"向他的教友示意，直到生命最后一刻。有时，画面浸透着一种愤慨又温柔的怜悯：**被烧死之人的骨灰是珍贵的种子……就像幼兽的血锈蚀捕兽器……**或者相反，充满一种优雅，那是力量开出的花。谁也不会想到法语中最美妙的诗句之一，**一支秋天的玫瑰胜却另一种美**，不是龙沙[1]为赞美一位迟暮的美人而写，而是多比涅为颂扬宗教改革晚期的一位殉道者

---

1 皮埃尔·德·龙沙（Pierre de Ronsard，1524—1585），法国最重要的抒情诗人之一，文艺复兴时期文人团体七星诗社的领袖。

而写。对奄奄一息的动物和被雷电击中的橡树的长篇描写，带着雄壮的朴实，或许是我们文学中唯一真正的荷马式比喻；以拟人法写大地与火、水与树木如何反感人们利用自己来施加酷刑，这种手法后来部分被雨果用在了《静观集》中，饱含同样富有感染力的大胆抒情——我们有理由相信，如果没有《惨景集》，雨果或许永远不会创造出那非凡的集史诗叙述、浓烈抒情和粗暴讽刺于一体的《惩罚集》。上文摘录的一句诗浓粹了对生命身份的形而上学确认，提前让人想到马拉美；另一句把抽象的字词用作同位语，一幅具体的意象以近乎引起快感的方式展开，预示着瓦莱里的艺术；那素朴、孤绝、近乎艰涩的隐喻，提前让人想到维尼[1]冷峻的高妙。《惨景集》就像那些辉煌的古迹，最丰富的材料已经收集并运到了施工现场，但梦想的建筑却从未彻底完工，这些废弃的、洞开的、几乎取之不竭的遗迹成为后代的矿藏。

但人性中不太光彩的一面或许最能解释这部巨著为何部分地失败了。不幸的是，再没有什么东西比殉道者

---

[1] 阿尔弗雷德·德·维尼（Alfred de Vigny，1797—1863），法国浪漫派诗人。

过时得更快。只要他们为之辩护的派别夺得胜利或至少存续下来，这个派别就会利用他们；它让这些带血的牌参与它的牌局。但他们为之服务的信仰也经常会迅速在某一刻冷却下来，变得因循守旧，不愿再过多提及这些崇高又碍事的榜样。再者，新的殉道者会替代旧的；他们为之牺牲的分歧并未和解，而只是被丢弃了；在其他接二连三的冲突过程中，人类的思想或狂热情绪又会按照其他方式站队。九月大屠杀[1]使人忘记了圣巴托洛缪之夜；巴黎公社社员墙取代了大革命时的断头台；接着轮到抵抗运动中的死难者进入语焉不详的传说，被诋毁或被遗忘。多比涅的伟大在于，他尝试以诗的反抗形式包裹殉道者对他们事业笃定的呐喊、他们献给上帝的歌唱而不是抱怨；他为被迫缄默的声音发言；他还倾吐他对那些在他看来犯下不义之行或未能阻止不义之行的人的愤怒。阿格里帕·多比涅既没能成为他所属派别在法国立足可能需要的杰出军事家或杰出政治家，也没能成为他更该成为的杰出调解人。这位坚实的生者本人既不曾

---

1 1792 年 9 月 2 日至 6 日，在君主制覆灭、东线战事失利背景下，巴黎民众因怀疑大量囚犯欲通敌颠覆革命，对其展开大规模杀戮，五天中约 1300 名囚犯被杀。

入圣也不曾殉道。他的情感过于充沛，成不了一锤定音的宗教改革史学家，尽管他可能有此愿望。但这位在儿时就向父亲许诺要铭记昂布瓦斯被绞死者的诗人极其出色地履行了见证人的职责。

辛特拉，1960 年

啊，我美丽的城堡

舍农索城堡，［法］亚伯特·罗比达创作

有一些城堡如宁芙，慵然卧于流水之畔；有一些城堡如那喀索斯，于城壕的静水中显出分身，沉迷映像的游戏，令石壁下方多了一道颤动的墙，变幻不居。舍农索同时属于这两类。它比卢瓦尔河谷的大部分王室城堡都小，安静地偏居都兰[1]一隅的田园风光之中，不像它的大邻居昂布瓦斯城堡或布洛瓦城堡那样，勾起人们对法兰西历史上一些决定性时刻的回忆。它也不像香波城堡那样，是为满足某位国王的任性妄为而斥巨资建造的庞大狩猎行宫。它几乎不为人注意的魅力是作为私人居所的魅力，且因种种偶然，它主要是女人的居所。而更叫人悲伤的巧合是，历任女主人几乎都是寡妇。

　　一位寡妇主持了它的修建；另一位令它浸染上了自己的传奇；这件石头做的珠宝惹得寡妇们眼红或让她们妒忌

---

1 法国旧时行省，首府为图尔。

心更重。有的旅游宣传材料说，这是座爱的城堡：其实它更是见证上流社会的算计和金钱阴谋的城堡，也是见证它们失败的城堡，是忧心忡忡的丧居处或孤独暮年的庇护所，是破产或改朝换代后诉讼的目标，它背负的债务不比回忆少，但又永远被今夕和来日的风云莫测间所举办的几场欢宴的光辉照亮。起码从这一点来看，舍农索是一个典型的例子：美丽的居所总是不走运，它们同时是且几乎注定是奢侈的居所，正因此，尤其受制于金钱的不稳定力量——而我们并不总能在它们往昔更高贵或更秀丽的形式下辨认出这种力量。让我们且以他们并列一处为理由，仔细探究这座宅邸的四五位主人尤其是女主人，他们每一位都代表了一个社会或一个群体最美好的时刻或者衰落前的最后一步；让我们努力在他们和她们身上重新汇集我们所知晓的确凿无误的东西。能说的都被人说过了：我们不会在他们城堡的故事和他们自己的故事里添加任何新的事实。但我们也不妨勇敢地重温已知的事实：它们往往并不像我们以为的那样为人所知。曾经有位有点儿才华甚至有点儿文化的法国年轻小说家写道："狄安娜·德·普瓦捷，对，这位裸着身子、当大伙儿的面、就着火把的亮光在谢尔河洗澡的弗朗索瓦一世的情妇……"咱们把这些香艳的场景留给彩色电影吧；不要犯天真人的错误，为屠杀和审判时的严刑拷打黯然神伤，并庆幸自己生在二十世纪；也不要犯历史小说爱好者的错误，安然拿从前那些精彩的罪行和精彩的丑闻取乐；尤其不要羡慕过去的稳定。干脆把变幻的聚光灯也关掉，它们为老房子的墙壁和屋顶增添了一种诗意，这诗意不无美感，但也只是今时照进昨日，给事物打上它们不曾有的光。在这段既不加音效也不舞光弄影的漫步过程中，我们或许能更好地了解这些坐在时间列车另一些车厢里的生命和这片处所本身，它常常成为被迷恋的对象或精巧诡计的赌注，而如今对游客来说，它只不过是往昔华光的一个高贵见证，一个中途站，一个远足目的地，一个供人们活动腿脚和遐思的地方。

经过一系列不甚光彩的家产分割、荒年和拆东补西——这样的事还会在这座美丽庄园的整个历史中悲惨地一再重复——一位破落贵族于 1512 年把他的祖产卖给了一位债主，富有的资产者托马·博耶，后者凭借一些精心炮制的契约和勉强合法的扣押，对把这颗熟透的果子摘到手蓄谋已久。彼时，这块地产上有一大片田野和树林，有一座警戒塔——它是破败城堡唯一的遗存，水边还有一座磨坊。

托马·博耶的妻子卡特琳也来自图尔一个富裕银行家的家庭，他们二人都属于财政区区长这个紧密的小团体，其成员皆为十六世纪的包税人，共享国库这块蛋糕。卡特琳是声名显赫的桑布朗塞[1]的表侄女，后者因贪污的罪名被绞死在蒙福贡，马罗[2]写了一首短诗颂扬他在临刑时的英勇无畏，因而诗歌爱好者一直都知道他的名字。这位权势人物助了托马一臂之力使其获得了舍农索。托马本人掌管诺曼底的财政；他曾以战时审计官和总财务官的身份先后跟随两位国王远征意大利；这位看似憨厚实则狡猾的银行家在困难时期颇有一套办法，是国王的宠臣。

卡特琳大概也和她丈夫一样追逐奢华与摩登艺术，而在十六世纪，摩登艺术就是意大利艺术。不过，成为

---

1 桑布朗塞，即桑布朗塞男爵雅克·德·博恩（Jacques de Beaune，Baron de Semblançay，约1445—1527），弗朗索瓦一世时期的财政总监，因在意大利战争期间未能向军队提供必要资金，被控告为法国失利负责，1527年在蒙福贡（Montfaucon）被绞刑处死。安娜·蓬谢的父亲为路易·蓬谢（Louis Poncher），1510至1520年担任法兰西司库一职，卒于1521年。下文称其与桑布朗塞一同被处以绞刑，似有误。
2 克莱芒·马罗（Clément Marot，1496—1544），法国诗人，著有短诗《刑事长官和桑布朗赛》。

业主的博耶夫妇首先按照近乎中世纪的风格翻新了小塔楼，安上带涡卷叶饰的窗户，仿建了巡查道和装饰性突堞，这种风格可以说是文艺复兴时期的优雅伪哥特风。1515 年至 1522 年间，卡特琳·博耶在她丈夫因公在巴黎或军中侍奉君侧期间主持修建了严格意义上的城堡。她雇来的工长很可能也是图尔人，名字不得而知，而我们大概可以想象这个在安娜·德·布列塔尼当王后的年代正值青春年华的女人，可能还戴着旧宫廷那种上浆的女帽，骑着披甲的母骡或母马，赶足足六里[1] 远的路从图尔去舍农索监督土方工程和主体结构的搭建。

1521 年，托马第四次随国王的军队远征意大利。假如他抽空去看一眼那座仍被脚手架遮住的城堡，那么他所见到的和我们所见到的并无本质区别：一座方形宅邸，带有仍十足中世纪风格的角塔和城壕，浸在河中，南侧外墙倚靠着河。新建筑巧妙地立于旧磨坊的桩脚上，后者已被腾空，用来布置厨房、地窖、宰杀场、船坞，总之就是为这种未加修饰的现实供其所需——这种现实，

---

1 法国古时长度单位，1 古里（lieue）约合 4 公里。

属于仆人的领域，而主人是不会走进它那令人生厌的细节中的。漂亮的楼层上，窗扇向空气和阳光大方地敞开，相通的各个房间的木地板和方砖还有待铺设，意大利发明的直楼梯取代了中世纪的螺旋式楼梯，这些无不体现了由文艺复兴带入生活风尚里的那种舒适。它们也证明托马在伦巴第平原见识过的漂亮别墅果然没有白看。财政区区长这次想必也打算从意大利带些家具和帷幔回来。

托马再也没有回到舍农索。不到三年后，他身处溃败法军的后卫部队，死在皮埃蒙特的维吉利村。那不勒斯的卡波迪蒙特博物馆有一组挂毯，是哈布斯堡家族订购的，用来庆祝他们在帕维亚取得的胜利，这场胜利在托马死后次年为这一系列灾难性的远征画上句号，终结了三代法国人的热情与疯狂。挂毯上有一幅反映战争灾难的写实图景，托马·博耶正是在这些灾难中闭上了眼睛：农民不关心军队的胜败，但为自己的牲畜担惊受怕，德籍法国雇佣兵霸占战利品或抢劫居民，侍从和军妓逃向敌方，落马的贵族老爷在烂泥中拖着他们带羽毛的无边帽、夸张的裤门襟袋和刺绣肩带。卡特琳在终于完工的城堡里开始寡居；她比她丈夫多活了两年多一点。

拉布吕耶尔[1]说:"人要到三十岁才能想发财这事,五十岁还发不了财;老了开始盖房子,临死才刷墙装玻璃。"这基本就是博耶夫妇的写照。对于这位在崭新的四壁之间整整寡居了两年的大资产者来说,这片以不义手段得来的庄园或许只是个破碎的梦。然而,正是这位财政官妻子塑造了这座先后有六位王后生活或暂居过的城堡留存至今的面貌。她打算在谢尔河上建的桥直到卡特琳·德·美第奇入住时才建;内部装饰大部分在亨利二世时代翻新,然后又多多少少被十九世纪的修复者改变并破坏,但总体上,舍农索一直还是卡特琳·博耶的那个舍农索。

当国王亨利二世在他登基之年,即 1547 年,把舍农索送给狄安娜·德·普瓦捷时,后者时年四十八岁。但国王送给她的不是自己的产业,而是王室的产业。事实上,托马和卡特琳的儿子安托万·博耶及他的妻子安娜·蓬谢很快就不得不放弃这处宅邸——他们即便短暂在里面住过,也住得战战兢兢。早在 1527 年,安娜的父

---

1 让·德·拉布吕耶尔(Jean de La Bruyère,1645—1696),法国散文家,著有《品格论》,文中摘录的这句即出自这部作品。

亲，司库蓬谢，跟着桑布朗塞一块儿上了蒙福贡的绞刑架，安托万·博耶也卷进这桩文艺复兴时期最大的财政丑闻之一，并选择放弃自己的庄园以支付巨额罚款。但谨慎的狄安娜坚持要做出从个人手中买入舍农索的样子，害怕万一哪天失去亨利这座靠山，她的城堡会作为非法从国家获取的财产而被没收。于是她借口庄园财产清单弄虚作假，设法以欺诈为名撤销了十一年前就已确认的舍农索向王室的转让，然后以低价买入城堡，而之所以把城堡还给安托万·博耶，只是为了更方便扣押和拍卖。博耶的儿子本以为当初交出舍农索就不欠国家的债了，结果这下又要还，于是便逃到威尼斯，把国王宠爱的情妇刚刚没花多少钱就弄到手的这片美丽庄园的产权证也带走了。国王支持狄安娜·德·普瓦捷假模假样地打了一场长达七年的不公正官司；狄安娜最终获胜，继续合法地做舍农索的女主人，这城堡没花她一个子儿——亨利给了她以超低价格买入所需要的钱。当我们在博物馆里欣赏克鲁埃 [1] 或让·古戎 [2] 留下的这位文艺复兴女神的迷

1 弗朗索瓦·克鲁埃（François Clouet，1516—1572），法国宫廷画家。
2 让·古戎（Jean Goujon，1510—1566），法国雕塑家，《狄安娜与鹿》是其代表作之一。

人肖像时，有必要回想一下这段肮脏往事。冷静的狄安娜会耍些奸邪公证人的诡计，也有吝啬鬼的个性。

狄安娜·德·普瓦捷是少有的因独一无二的美而出名且一直出名的女人之一，这种美如此绝对、如此经久，以至于把具有这种美的人的本来个性没入了阴影。大众的想象力徒劳地尝试激活这尊美丽的大理石雕像：人们给她安上一段与弗朗索瓦一世的夸张奇遇，说她很年轻时就委身于后者，好救下她被判了死刑的父亲。这则轶事来自布朗托姆[1]，故事中狄安娜隐匿了名字，但讲故事的人转述或者说虚构了她父亲相当露骨的言辞，说他很高兴花这么小的代价就把事情摆平；雨果在《国王寻乐》的开头把这番话改成了一大段愤慨又正义凛然的台词。

但这只是个传说罢了，而且舍身救父的行为包含一种不像是狄安娜能有的慷慨。据我们所知她的经历没那么悲情，且更为特殊。她出身豪门，年纪轻轻就嫁给了一位年老的领主，是端庄得体的妻子和两个孩子的母亲，三十七岁那年，身为寡妇的她在一次舞会上遇到了年方

---

1 即皮埃尔·德·布尔代耶（Pierre de Bourdeilles, 1540—1614），曾任布朗托姆修道院院长，法国军人、历史学家、作家，著有回忆录，记录战争及名人轶事，其中尤以《名媛传》出名。

十七的未来君主亨利二世。对一个比他大二十岁的女人抱有的奇怪激情是这位谨慎、忧郁的王子唯一的疯狂，他总体而言是个规规矩矩的君主。刚一登上王位，他就把王室的珠宝送给这位寡妇；他让她当上女公爵；他为她挥霍国库里的钱。我们已经看到，在舍农索的官司中，对狄安娜的爱令他徇私枉法到何等地步。

亨利和一个面色暗沉、长着漂亮眼睛的十七岁娇小意大利女子成婚。这位卡特琳·德·美第奇后来将成为有名的王太后，工于心计，不惜一切代价捍卫她孩子的遗产。不过，在狄安娜登场的时候，她还只是法国宫廷中一个孤单无依的外国人，并疯狂地爱着她年轻的丈夫。她行事谨慎；她不拿怨言去惹亨利烦心，毕竟亨利仍继续忠实地履行伴侣的义务（或者说最终不得不如此，狄安娜的明智建议似乎对国王起了点作用，令他多关注些王后），就这样长达九年未得一儿一女之后，卡特琳最终和他生下了十个孩子。王后设法拥有了最杰出的廷臣、最漂亮的宫女；她高雅的品位和处理事务时的务实头脑给老家佛罗伦萨争了光。但在白皙的狄安娜旁边，卡特琳只是个肤色过于发棕的女人，太不时尚，多次怀孕再加贪恋美食，让她的身材也变得臃肿。王后和女公爵一起主持各种聚会；狄安娜照顾生病时的卡特琳和孩子们；她们的关系充满了客套和一种表面的友善，但这种友善未必不真诚，在两个被迫分享同一个男人的女人之间，它与敌意和怨恨相伴出现的概率比我们所以为的更高。众所周知，在枫丹白露、卢浮宫、舍农索和别的地方随处可见的亨利的花押字是由一个 H 和与之交叉的两个 C 组成的：C 是卡特琳名字里的。但这两个 C 成新月状，是狩猎女神狄安娜的象征，它们与 H 的两道竖线相交，组成了两个 D：这是狄安娜名字的首字母。这个巧妙的安排肯定让国王和他的情妇很高兴，也令国王的妻子暗暗不快。

一些思想正统的历史学家思忖，国王驾崩时已年过四十，女公爵则已年过六十，这份至死不渝的爱是否只是对美人的柏拉图式崇拜。若果真如此，这将是唯一一段令国家付出如此昂贵代价的柏拉图式恋爱。但当时的编年史作者丝毫没想到这一层，王后显然也不这么认为。从狄安娜要求或听凭当时的雕塑家或画家为她创作的那些光彩夺目的裸体像来看，她也不像是个正经女人。我们面对的更像是常见的一类女人，与其说热情四射，不如说贪慕虚荣，肆无忌惮的同时又谨遵她所处圈子和时代的习俗，在爱情里也脱不了吝啬的个性。亨利爱她如此疯狂，但狄安娜爱自己更甚；这种狂热让其他人都得靠边站。她给自己定下最严格的纪律，好让这百分百的美丽不受一点儿损伤；她每天强迫自己洗冷水澡；她娴熟地蒸馏洗剂和软膏；她可以当现代美容业的理想守护神。她实现了双重抱负：永远年轻的身体和面庞；保养和修饰这件杰作所需要的可观财富。据称由克鲁埃创作、现藏于美国伍斯特博物馆的一幅推测为她最美丽的肖像画上[1]，赤裸的狄安娜身着那个年代的半透明睡衣，上身挺直，头发精心编成发辫，珍珠点缀其间，用她明亮、冷淡的眼睛欣赏摊在桌上的那堆首饰。一面华丽的镜子紧挨在她旁边，照出这位女那喀索斯的侧影。房间深处，一个女仆从箱子里拽出一件长裙。她的同代人注意到狄安娜一辈子都穿着寡妇的服装，这当然不是为了表达对

---

[1] 但要注意的是，保存在第戎的另外一幅构图几乎相同的镜前女人肖像被认为是加布丽埃勒·德斯特雷。当然，同样的绘画布局完全可能使用两次，用来表现前后两代著名的美女。也可能这两幅肖像以及里士满博物馆库克藏品库中据称是狄安娜的肖像实际上画的只是位不知名的美女。——原注

在她得宠于国王之前死去的年老丈夫的尊敬，而可能是对习俗特有的一种遵守，尤其是因为丧服的颜色很适合她。不管怎么说，这种黑与白令她的如月美貌更添了几分寒辉。

舍农索从来就不是她钟爱的城堡；她更喜欢她家族的阿内庄园，亨利二世帮她把后者变成了一处有皇家气派的豪华府邸。不过她经常光顾舍农索的美丽宅邸；她曾在那里接待过一次王后和廷臣；国王也经常去。亨利和他六十多岁的情妇都爱好狩猎，痛恨异端；在听人讲述格雷夫广场上另一位美丽寡妇之死时，瓦朗迪努瓦夫人[1]那张完美的脸想必连眉头都不会皱一下，那位菲利普·德·兰夫人1557年被割去舌头，同其他宗教人士一起被火刑处死：人们用这样的措施来捍卫真正的信仰和国家秩序。但比起政治上的必要手段，狄安娜更关心如何恰当管理自己的财富。这位无与伦比的女主人知道如何让舍农索变得既宜人又实用；她扩大田地，成功令庄园收入翻了三倍；她种植了一些桑树——当时丝绸很

---

1 即狄安娜·德·普瓦捷，她获封瓦朗迪努瓦女公爵。

受追捧，因而是十六世纪重要的新产业。她热衷于美化花园。她修建露台，布置花圃；她在绿荫阁内设置网球场和套环游戏场地——她玩这些十分在行；她在花园里建了一处迷宫，其中隐藏着复杂的弯弯绕绕，那些黄杨和梅花形让人想起文艺复兴时期有固定形式的复杂诗歌；她构想了一座喷泉。她的园丁们从当时还未枯竭的森林向舍农索移植了九千株野草莓和紫罗兰，而森林中的那些大树曾目睹了中世纪的人们来来回回。她命人栽种玫瑰和百合，其花之优雅堪比龙沙或雷米·贝洛的十四行诗。

1559年，亨利二世签署了悲惨的《卡托-康布雷西条约》，确认了哈布斯堡王朝在欧洲的至高地位。费利佩二世借此获得皮耶蒙特、米兰公国、蒙菲拉托、科西嘉、布雷西和法国东北部多处要地。刚刚失去妻子玛丽·都铎的他此番还获得了一个女人：法兰西年轻的伊丽莎白，过不了几年，她就将死在西班牙，有人声称她是被这位阴郁配偶的嫉妒所害。在庆祝这次万众瞩目的联姻而举行的庆典中，国王命人在圣安托万镇组织了一次骑士比武，对于文艺复兴时期的人们来说，这已然是重温中世纪传说的一种方式，华丽的服装、马具、甲胄提升了这些仿冒决斗的格调，一排排女观众的在场更让它们美轮美奂。作为出色的骑士、灵巧的马上比武者，国王像往常一样宣布自己也将参加。第二天，也就是 1559 年 6 月30 日快结束的时候，他坚持要跟自己的苏格兰卫队长，一个叫蒙戈梅里伯爵的人，再较量较量。长枪崩开的一块碎片穿过头盔的金护眼罩，刺入国王眼中。人们把昏迷不醒的国王运至卢浮宫。绝望的卡特琳这时想起占星师曾经预言国王将死于一场决斗，荒谬的是，王冠下的脑袋按理不会亲自参加殊死搏斗，也不会和他的臣民一决高下。她还想起，三年前，一个普罗旺斯医生，也就是教名为"圣母院的米歇尔"的那个犹太人，在一些带有预言性的神秘的四行诗里描述了一头狮子的残酷死状：狮子的眼睛在一个金色笼子里破裂。

国王驾崩只是时间问题，她立刻敦促狄安娜归还王室珠宝和舍农索庄园。女公爵拒绝了：只要国王还活着，没有他的明确旨意，她什么也不会放弃。

但十一天后，亨利死了，狄安娜不得不交还珠宝。至于舍农索，她坚称自己依法有权保有它，毕竟她已用我们知道的那些手段从前业主手里把它买了下来，但卡特琳对狄安娜穷追不舍的劲头丝毫不逊于狄安娜当初对安托万·博耶的。王后没有忘记自己有一次可能是被迫，总之很耻辱地到舍农索庄园去拜访这位得宠情妇时所体会到的心情；她也记得大宅和花园的美。有些廷臣严肃地建议"割掉这位美丽女公爵的鼻子"，王后则狡黠地只让巴黎高等法院判决狄安娜归还从国王那里获得的钱财。眼见她最宝贵的东西——她的财富——直接受到冲击，狄安娜明白，得跟王后妥协。但她始终是个有头脑的女人。看准了卡特琳一心想得到舍农索，她向对方提出用肖蒙庄园作为交换，后者从纯经济角度看价值更高。卡特琳同意了。对狄安娜来说，舍农索自始至终都是笔好买卖。

狄安娜·德·普瓦捷最后退居到她的阿内宫，其入口处有让·古戎的雕塑，雕塑中的狄安娜以苗条的裸体女神面目示人，两条长腿意外地和二十世纪高级服装师用的塑料模特具有类似比例，她的胳膊搭在一头也近乎神明的巨鹿的脖子上，关于荒野森林的古典理想和中世纪诗歌就这样怪异地混杂在了一起。人们在卢浮宫的展厅里对着这个组合遐想，它把现实倒转为诗：对瓦朗迪努瓦夫人来说，森林里的鹿从来只是垂死抽动的野兽，人们纷纷跑过来向她敬献流血的鹿腿，然后就是宴会菜品里必不可少的热气腾腾的烤鹿肉。只有在艺术世界里，鹿对美人来说才是一个可爱的伙伴；只有在艺术世界里，隐藏在天鹅绒和金银线饰带下几乎无人得见的这副裸体才天真无邪地袒露于光天化日之下；只有在艺术世界里，国王五十多岁的情人才永远不朽。

真实的狄安娜在几乎以王族身份退隐的岁月里仍然举足轻重。的确，她过去的朋友疏远了这位失势的国王宠妇；但她依然富有；她依然美丽；她的宗教情感令她受人尊敬，她对新教徒的仇恨令她始终受当权派的重视。七十多岁时[1]，她从马上跌落，随着病情发展而去世。"我在瓦朗迪努瓦女公爵夫人六十六岁时见过她，"布朗托姆写道，"她从正面看去还是那么漂亮，还是和三十岁时一样明艳、可爱……她的美、她的优雅、她的庄严、她姣好的面容一如从前，而且她的皮肤特别白皙……我想假

---

[1] 此处疑有误，根据查阅的多处资料，狄安娜去世时六十七岁。

如这位夫人活到一百岁，她也永远不会老……可惜，大地掩埋了这些美丽的胴体！"

　　卡特琳立刻占有了舍农索。她对城堡的整治和狄安娜的一样兼具装饰性和实用性；她扩大了有利可图的桑树种植区，在村里建起养蚕场和缫丝厂；她在花园里摆了些大鸟笼，养珍稀禽鸟，还引进了老家托斯卡纳的橄榄树——长势喜人；她建了一座图书馆，据说里面藏有她从同胞斯特罗齐元帅，也就是缪塞《罗朗萨乔》中的皮埃尔·斯特罗齐手里买来的精美书籍。更重要的是，她把她那群好动的孩子也带来了，一心想要管教他们，同时又想娱乐他们；她的长子，小国王弗朗索瓦二世，十七岁时将死于严重的耳炎；她的次子查理，二十三岁时死于奔马痨，在历史中永远咯着圣巴托洛缪的鲜血；她的第三个儿子，安茹公爵亨利，是唯一继承了母亲的才智和细腻的那个；她的小儿子阿朗松公爵是个爱吵架又阴险的孩子，后来成为一位让人难以忍受的亲王；她的两个儿媳尚未成年，缩在锦缎长袍和打褶的皱领里，还是个孩子的玛丽·斯图尔特是同样还是个孩子的国王弗朗索瓦二世的妻子，她将遭遇不幸、罪恶，身陷囹圄二十五年并最终在佛泽林盖走上断头台；奥地利的伊丽莎白，查理九世的妻子，没过多久就将披上寡妇的黑纱，谨遵惯例在维也纳的修道院里生活几年后去世；最后是女儿玛戈，她很快将嫁给身为新教徒的亨利·德·纳瓦尔，两人的结婚庆典最后演变为屠杀，但她风流、爱说笑，家族的悲剧对她没什么触动，她的形象无论在传说中还是历史中都是一个轻佻的美丽女子。

舍农索最多住得下这一大家子人，可还得找地方安置廷臣。王后便想在城堡里添一座廊桥，当初卡特琳·博耶的建筑师和狄安娜的建筑师也有此计划，它可以充当宴会厅，还能把现有的住宅和将来要在河对岸系统修建的附属建筑连接起来——只因资金不足，这些附属建筑才没能建起来。廊桥的上层被划分为若干小房间，分配给仆人，廷臣没有更好的选择，大概也得跟他们争这些房间。

卡特琳在舍农索举办的欢宴无疑明里暗里有政治目的，不过最主要的还是这位事务缠身的女人要随着自己性子在周围制造一些喧嚣、快乐和华丽而轻松的消遣。所有这些欢宴，除最后一次值得单拎出来说以外，都属于当时流行的寓言和神话样式：有在草地和水上表演的芭蕾与小夜曲，有普列马提乔[1]画的装饰布景，有安排好的像幕间插曲一样的野猪狩猎活动——最后愉快地结束在城堡自带的花园里，好让从自己房间下来的年轻国王能从容地了结已被他的猎狗撕开、被他的侍从猛刺过的母野猪的性命。一些打扮成古典女神的美丽姑娘不停地大谈特谈王室；焰火环绕着河流与树林，这是来自意大利的新娱乐。这些欢宴中的第一场举办之时，离被称作昂布瓦斯密谋的新教徒突袭行动失败、参与者立遭处决刚过去没几天。各种行刑起初被当作一种流血的闹剧逗得宫廷开心。但人们厌倦了一切：卡特琳不关心那些像斑鸫一样被吊在昂布瓦斯雅致阳台上的起义者尸体，于是带着她的随从和孩子们去舍农索亲近自然。

卡特琳·德·美第奇，更确切地说，她的儿子亨利三世，于1577年5月在舍农索花园举办了一场欢宴。和其他一些欢宴一样，它在事后也进入传奇，成为一个时

---

1 普列马提乔（Francesco Primaticcio，1504—1570），意大利画家、建筑师、法国王室御用装饰艺术家。

代、一个阶层、一种享乐与幻想方式的奇异且近乎丑闻的象征。

5月15日，在普莱西勒图尔，亨利隆重款待了他的弟弟，惹人厌的阿朗松公爵，以及跟着公爵击败胡格诺派赢下拉沙利特一战的贵族们。几天后，他们还将攻下伊苏瓦尔，接着照例又是大开杀戒。在年代悠久的普莱西勒图尔王室城堡里，在内战背景下举办的这场盛宴似乎是中世纪春日欢庆传统下典型的五朔节景象，并由普列马提乔一位弟子作了修正和美化：宴会耗费六万法郎置办绿色绸料，好把贵妇和廷臣们装扮成林中神仙。随即，卡特琳又在舍农索接待了这群人。

在更具文艺复兴特色的装饰下，意大利王太后举办的欢宴似乎更为放纵、奢侈，它或许和罗马的葡萄园或佛罗伦萨的别墅背景而非法国花园背景更相衬。国王时年二十六岁，和平常一样化妆打扮，出席欢宴；此外，并无证据表明，当晚他像人们传说的那样穿着他同年在狂欢节化装舞会上穿的那件缀三排珍珠的半女式低胸装。负责伺候宾客用餐的女官和宫女们炫耀地穿着年轻侍从花花绿绿的紧身男装，或者扮成枫丹白露派画中的宁芙，脖颈下部和双腿裸露，头发散乱。欢宴虽一派纵乐气象，却肯定缺乏信任：国王讨厌他的弟弟。实际上，对于这场激发现代历史学家想象的欢宴，我们对其细节知之甚少；但我们知道它花费着实不菲，以至于财政上已捉襟见肘的王太后不得不再次求助她手下的意大利商人，而后者旋即又从民众手里收回了自己的借款。不过在这些尚幼嫩的乔木林下，我们仍很容易想到十六世纪那些乐事里的常规配置：金质餐具、丝绸桌布、列贝克琴和抒情维奥尔琴的美妙弦音。我们也很容易想象一对对恋人在树下迷路，或是在新建的廊桥顶层相会，桥上灯火通明的长厅则倒映在水面上。

这场狂欢中——如果它确可称为狂欢的话——卡特琳卓然一身孀妇装束，身边是路易丝·德·洛林，亨利三世年轻而虔诚的妻子。当今一些历史学家猜测，王太后指望这些美丽的宁芙和假扮的迷人侍从能让相对厌女的年轻国王和女人走得更近些：她的这种做法着实令人生疑——它更加迎合了国王的狂热爱好，而不是让他和王后有一刻钟的亲密相处。这场疯狂的晚会更多打上了亨利本人而非卡特琳的烙印，体现的是亨利的癖好和幻想。亨利属于这样一种人：对他来说，一套服装、一段芭蕾出场、一个空前绝后的夜晚当中无与伦比的发现是活生生的诗篇，它们和更经久的杰作相比，值得同样多的身心投入。在这场放纵的、起码政治色彩较弱的欢宴过程中，年轻的国王几乎没有创新；相反，他实现了行将结束的文艺复兴的隐秘渴望，实现了他对暧昧的热衷、对变形和异装的感官喜好。这个晚上，他送给自己一场早来的莎士比亚喜剧或是马洛剧作中加韦斯顿献给爱德华二世的那种与神话有关的幻梦剧[1]。

路易丝·德·洛林，注定要在这同一些树下游荡，身着王后丧服，白衣愁影，度过生命最后十二载光阴。这位悲情的路易丝出身于显赫的洛林家族，母系亲属那头出了个玛丽·斯图尔特，父系那头则出了个玛丽·安托万内特。但路易丝家属于贫穷的一支，在大家族里相对默默无闻；她父亲是沃代蒙伯爵。因她母亲玛格丽特·埃格蒙特的关系，她和低地国家的贵族成了亲戚，

---

1 克里斯托弗·马洛（Christopher Marlowe，1564—1593），莎士比亚同时代英国剧作家，著有《爱德华二世》等。皮尔斯·加韦斯顿（Piers Gaveston）是英格兰国王爱德华二世（1284—1327）的情人。

是被阿尔瓦公爵下令斩首于布鲁塞尔的那位伟大的埃格蒙特的亲侄女。但如今打动我们的这段记忆大概并不会打动十六世纪的各国宫廷和各位掌玺大臣。1573 年亨利经过南锡时，沃代蒙小姐年方二十，亨利此番要去动荡的波兰王国——他被波兰议会推举为国王。但这位 22 岁的国王瞥见路易丝时，头脑里充满的却是对美丽且贞洁的玛丽·德·克莱夫的浪漫激情，后者是一位新教徒亲王的迷人妻子，丈夫出于嫉妒，一直不让她接近宫廷。这位性格复杂的亨利此前也和几位女性有过短暂的关系，但似乎纯粹出于感官的好奇，或者只是随大流而已，然而这一次他却幻想让罗马教廷撤销玛丽的婚姻；看样子，他也被玛丽纯洁地爱着。匆匆一瞥的路易丝或许和这位玛丽有某种相似之处，令他欢喜，而他刚刚流着泪，吟着动情的十四行诗，说着至死不渝的爱情誓言和玛丽分别。

　　一年后，在克拉科夫的王宫里，亨利得知兄长查理九世驾崩，仅留下一个年幼的女儿。于是年轻的国王只带了他信任的八九个法国青年，骗过哨兵的警戒，快马加鞭赶往边境。留着下垂的小胡子、穿着东方长袍的波兰贵族紧追其后，用拉丁文喊他回来。亨利直到维也纳才喘了口气，坐骑倒在他的身下，成为这场传奇色彩多过皇家威严的逃脱之旅的牺牲品。在威尼斯，人们为他举办了豪华的招待会，既有公开的，也有私人的，令他乐不思归；不能免俗地，他也从一个高级妓女那里染上了梅毒这种司空见惯的世纪病，再加他原先就有的家族性肺痨，这或许可以部分解释这位悲惨、浅薄又清醒的君主为何神经失调。

在里昂，国王又见到了他的母亲和宫廷，还有围在他们身边同等狂热的两派——一派是天主教，一派是新教，二者正在争夺法兰西。他立刻就面临着婚姻问题——在这个男性子嗣早夭的家族里，此乃当务之急。亨利刚刚怀着巨大的悲痛得知他再也见不到玛丽·德·克莱夫了；她在20岁上难产去世，自始至终都悲伤地忠于那位据她说是最慷慨但嫉妒心也最强的亲王丈夫；她这一死，安排一项利于国家的重要政治联姻看样子再无障碍。

卡特琳不久前建议自己最喜爱的这个儿子迎娶英格兰的伊丽莎白，但女王陛下拒绝了这个提议，年轻男人也不怎么喜欢这样的安排；这几乎有点可惜了：那个时代最特别、最爱打扮的两个人同床共枕该会是什么样子呢。卡特琳又想和瑞典王室联姻，借此拉近天主教欧洲和新教欧洲的关系；她力推北欧的一位美人，古斯塔夫·瓦萨的女儿。但国王不再是王太后的乖儿子。他也不再是蒙孔图尔战役中那个深入新教阵列无情砍杀而受众人欢呼的年轻最高统帅了。在政治上，他声称采取温和路线——该路线总体承袭自卡特琳，但他希望以自己的方式推行。还应该看到，这种温和是一种手段，可巧妙地令两派互相牵制，而不是真的要在王国内实现宽容或正义——根本没人想着这些。

在容貌方面，亨利也变了。克鲁埃为他画的最早一批肖像展现了一个骄傲、细腻的男孩，有着近乎意大利式的妖娆，这一面或许也解释了他个人经历中的某些因素。但很快，少年之花凋落，艺术家面对的似乎是个面容黯淡、胡子稀疏、额头裸露突出的男人，只有微笑和眼神还闪现着无可否认的优雅。事实上，在私生活方面，亨利在波兰爱上了一种近乎东方式的奢华排场，并在他身上与一种不谨慎的自由风度结合，最终令他付出血的代价。他愈发只和一群傲慢、迷人的年轻男人厮混，而他们几乎都出身低贱，天生嗜好金钱和荣耀，不过这些碍眼的嬖幸中有许多人都会英勇地侍奉他们的君主。最终，在婚姻问题上，新国王坚决地违抗母命。不得不结婚的亨利只同意迎娶一年前在南锡见到的那位寂寂无名的沃代蒙小姐。

这桩跟政治毫无关系的婚姻令卡特琳大为震惊。此外，她也担心这场联姻会让洛林家族在法国的地位更加举足轻重——洛林的几位王公领导着可被称为天主教右派的势力，已经过于强大，十分危险。但亨利不顾众人反对，坚持己见。他即刻按照当时的习俗，派一位宠臣去为他迎娶路易丝。年轻女孩此前一直在父亲给自己找的前后两任继母眼皮子底下谦顺地生活；当她看见继母卡特琳·德·奥玛勒一大早走进她的房间，恭恭敬敬给她行了个屈膝礼，然后告诉她她将成为法兰西王后时，还以为这是个恶毒的玩笑。

亨利和路易丝一起在兰斯加冕，国王亲自动手没完没了地给这位小王后穿衣打扮，仪式被迫推迟了好几个小时——当时的文字记载一致表示这位王后甚是迷人。她是否果真如此呢？卢浮宫里有一幅不那么美化的肖像，画中是个略显温顺的年轻女子，一双大眼睛若有所思，神情温柔又相当固执。

这对很可能只在形式上结合的夫妇和睦相处了十五年。路易丝继续像在南锡那样做善事：她照顾医院的病人，为他们擦洗，亲手掩埋死者。这些虔诚的事务并未妨碍她追随国王一次又一次去布洛瓦、舍农索、普莱西雷图尔、昂布瓦斯、奥兰维尔，同行的还有王太后和穿金戴银的宠臣——这些好斗的漂亮男孩大批殒命决斗场，亨利为他们的死哭泣，就像他曾经为玛丽·德·克莱夫哭泣一样。他们中的一个娶了路易丝的亲妹妹；盛大的婚礼当晚，小王后甚至鼓起勇气为国王献上了一段她自己编的芭蕾舞；当时的一位编年史作者称，她化身宁芙，戴着珍珠，穿着银色的呢绒，其装扮有一种近乎天神般的温柔和庄严。

皮埃尔·德·莱图瓦勒的《日记》[1]告诉我们，她也参加了那些更加阴森的仪式：她和国王及王太后观看了处置叛徒萨尔塞夫的车裂刑，为此市政厅的一间小屋特

---

1 皮埃尔·德·莱图瓦勒（Pierre de l'Estoile，1546—1611），法国编年史作家，其著作《日记》是了解亨利三世和亨利四世统治期间历史的重要资料。

地为几位至尊进行布置并装扮了一番，可以想象里面定然十分优雅舒适。当马匹被赶着使了两次劲之后，可怜人得到特别恩典改成被绞死。习俗支配人的情感至这等地步，就连仁慈的小王后可能也对这种恐怖的场景习以为常：被用来撕碎活人身体的无辜野兽的力量，被鞭打或被大量咒骂声刺激的强壮牲畜，受害者的嚎叫，乃至人群的亢奋。不知她对不那么血腥的消遣又作何感想，比如国王和他的同伴夜间出游，辱骂或痛打过路者，又或者是阵阵强烈的宗教抒情——如今大概只在塞维利亚圣周期间有类似场景——亨利和他的朋友们穿着鞭笞派的传统服装，袒露胸膛，满头是灰，在公共场所突然发出悔罪的呐喊和哭声。

　　一个执念将他们联结在了一起：他们一心想有个儿子——不管有没有道理，人们认为有个儿子就能巩固王朝。具体细节我们也不清楚，国王和小王后保守着他们可怜的床帏秘密。在那场树下狂欢的同一年，国王回到舍农索，然后又到昂布瓦斯寻找路易丝——她躲在都兰，悲伤难过，误以为自己将因为不孕而被休掉。舆论则把没有子嗣一事归咎于坊间流传的与国王的疾病和纵乐有关的种种隐情。不管怎样，亨利和路易丝一直没有停止期待奇迹；他们一次又一次向教堂捐赠；他们耗费精力去朝圣，有时甚至步行前往；他们虔诚地从沙特尔大教堂请回祝圣过的睡衣。有一天，一位宫廷女官建议王后以通奸这种更人性的手段获得一个王位继承人；路易丝此后不再宠信这个出坏主意的女人。

尽管不时以戏剧性的方式展现出虔诚，这位国王，这个好天主教徒，却丝毫不是个宗派分子：他顶住压力，断然拒绝在法国建立宗教裁判所。他年纪轻轻就有了对福音派教义的信仰危机，并随身携带一本《诗篇》——可能更多是为了赶潮流而不是因为笃信。但两种互相冲突的宗教，一如两种敌对的意识形态在大多数情况下的遭遇，从此只是暴徒和野心家的借口或伪装，一种激起大众歇斯底里的手段，一种让精明人的企图在傻瓜眼中变得神圣的方式。新教一派的王公们想的是自己的特权和自己在政权里的份额；天主教联盟首领们的意图更坏。亨利一生都在对君主政体来说几乎同等致命的两个宗派之间迂回前行，自然也就会忽左忽右，绝望地改变倾向。

人人都知道或以为知道一系列事件的后续，而相关记述经常要么被派系思想扭曲，要么被通俗历史戏剧化。1588年5月，国王不得不逃离已陷入天主教联盟鼓噪当中的巴黎，这有点像当年他逃离克拉科夫，但这个过早就精疲力竭的男人不再是从前那个无忧无虑的骑士了。8月，惊慌失措的亨利被母亲逼得妥协，签署《阿朗松敕令》，向这批天主教右派及其令人不安的头目，也就是既搞独裁又搞煽动的吉斯公爵和他当枢机主教的兄弟作出保证。12月，国王被吉斯兄弟软禁在布洛瓦城堡，混乱的三级会议也无法给他有效支持，他拒绝签署法令剥夺自己的新教徒表弟亨利·德·纳瓦尔的王位继承人资格，一旦签了，吉斯公爵就可霸占法兰西的王位。

喜好恢宏历史场景的人只关注布洛瓦发生的戏剧性事件，而常常忘了西班牙无敌舰队正是在1588年夏天最终出海；天主教联盟如此法国、如此巴黎式的战斗准备实际上正是费利佩二世欲包围西欧的大规模军事调动的前哨战之一。无敌舰队的惊人失败给了西班牙重重一击，这很可能令亨利更下定决心要对抗一个由西班牙出资豢养的派别的众位首领。某种意义上，这些日子里袭击都兰的狂风暴雨是几周前刚刚吞没那支可怕舰队最后一点残骸的风暴的后卫队。亨利重新振作起来。这位被敌人认为即将乖乖退位的国王，带着囚徒的机智和谨慎，准备通过暗杀除掉煽动者——这是他仅剩的办法。

谋杀前夜，亨利虽决心已定却仍惴惴不安，便去王后那里寻求些许安宁，但他想必向后者隐瞒了自己失眠的原因。长久以来，他已学会怀疑所有人，甚至是他的母亲——她现在只是个生病的老妇，在两剂药水之间打盹，但在她一楼的房间里，瞻礼前夜轻微的异响还是隐约令她警觉。他也有几点理由提防他的妻子，她和他决定杀死的这些洛林的王公们是亲戚。后续事件证明路易丝百分百忠于国王，但那天早上她很可能并不知道亨利为什么命人在拂晓前叫醒他并为他更衣。一切都按预先的计划进行。吉斯公爵被刺身亡一事在欧洲舆论界几乎未引起波澜，"西班牙国王又失去了一位军事首领"，教皇西克斯图斯五世唏嘘道。吉斯公爵口袋里发现了一张便条，上面记录着在法国维持内战每月要耗费 20 万埃居，它向国王证明，他没有弄错恶的源头。

但巴黎就像女巫之锅一样沸腾。没过几天，王太后的死让路易丝成为国王身边唯一重要的女性，此时巴黎的一个小贩带来了大都会的新闻。亨利自始至终对所有人都持不抱戒心的亲近态度，他一大早就让小贩进入他和路易丝的卧室，并询问他，那些造反的好人是否现在只管他叫瓦卢瓦的亨利。那人说是的。"好啊，"亨利高兴地接着说道，"你可以告诉他们，你见到了和王后睡觉的亨利·德·瓦卢瓦。"我们可以想象路易丝略红的脸，她的微笑，她在险境中听到这句玩笑话时心头的甜蜜，这玩笑仿佛是她的第二次加冕。

路易丝被国王留在了希农城堡，那里相对安全，国王则在亨利·德·纳瓦尔的协助下出发去夺回巴黎。1589年7月的一个早晨，按计划反攻首都之前没几个小时，在圣克卢，亨利在如厕时遭一名巴黎修士刺杀，垂危之际，他首要的念头之一就是为王后着想。当时他还不知道自己受了致命伤，又或许他无论如何也不想让年轻女人踏上危险又累人的旅途，他给她写信，叫她不要来找他："我的爱人，为我祈祷吧，待在那儿别离开。"接着，再一次确认亨利·德·纳瓦尔为自己的继承人并为他引荐了自己仍然信任的那些宠臣后，亨利咽了气，享年三十七岁。按照布朗托姆的说法，亨利刚死，他的一个名叫里勒-马里沃的年轻侍从便因不愿在主人身后苟活，而在决斗中死去。

传统历史照搬不同派别的同代人对亨利三世的辱骂，大肆诋毁他，二十世纪的一些历史学家则又十分狂热地为其辩护，这使得我们很难公平地评价这位复杂的君主。出于天生的理智，他抗拒所有过火行为，加上内在的软弱，他因而有所节制，在一个人人指望打仗的年代，他不得不谋求和平，他更像政治家而非国家元首，他的神经质和任性妨碍了他，但对自己的国王职责又紧密又深刻的感情也给了他支撑，这位变化无常的君主总归在十四年的危机中坚持住了，并在垂危之际把王冠传给了依王国继承法指定的人选。这不算什么，但也很了不起。历史上不乏更平庸或更无耻的君王。

当同一个信使带来国王的最后一封信和他的死讯时，路易丝正要离开刚刚爆发鼠疫的希农城堡。她的亲信向她隐瞒了信和死讯。他们一致决定在把她带回舍农索前不透露只言片语，舍农索固然不如卢瓦尔河畔的巨大堡垒那么安全，但它更舒适，更有趣，夏天这会儿更凉爽，或许也更远离瘟疫。他们的选择是明智的。"我的爱人，为我祈祷吧，待在那儿别离开……"路易丝偶然在舍农索拆开了亨利最后的讯息，她按字面意思去理解它，决定不再离开这处住所，但这封信其实只是一个伤者的建议，而非一个死者的遗愿。这是浪漫的解释。另外一种更乏味点儿的解释是，舍农索由王太后直接传给了路易丝，从此成了年轻寡妇仅有的地产。无论如何，十二年间，这处休闲之地将化作灵堂，用来祭奠一段回忆。

文艺复兴时期是著名的寡妇服丧的年代：疯女胡安娜在西班牙的路上服丧，奥地利的玛格丽特在布鲁服丧，维多利亚·科隆纳在她罗马的隐修院里服丧，还有卡特琳·德·美第奇可能没那么真诚地在卢浮宫服丧。但这些人的丧期都没有这位小王后的丧期来得悲怆，她至死依恋着一位被一些人辱骂又被另一些人遗忘的君王。路易丝叫人在舍农索城堡一楼挂满黑色帷幔。饰有一幅濒死基督像的小教堂被永久布置成做丧礼弥撒的地方。她让人在天花板画上文艺复兴时期流行的阴森恐怖的丧葬标志：头颅、骸骨、掘墓人的十字镐，还有最重要的，千万滴眼泪。大长廊的屋顶上现在还能见到一个类似装饰的藻井，这是这份巨大伤痛略微褪色的见证。人们看

着它时再一次意识到，这个炽烈热爱生命的时代亦懂得
如何从死亡中提取它所蕴含的诗意、华丽和永恒发出的
召唤。柔弱的路易丝在避静和哀悼中结束生命的年代也
是莎士比亚写出哈姆雷特的独白和他与掘墓人之间对话
的年代。

"*Mihi，sed in sepulchro.*"（我的，却是在坟墓里。）
路易丝采用的这句格言准确反映了她寡居生活的现实。
某种意义上，从前那个谦顺的妻子在舍农索明确成为爱
人；她在这儿完全拥有了这位丈夫，而在过去太多纵乐
的消遣或悲剧的事情分散了他的注意力，不断把他从她
身边夺走。或许亨利从未离她这么近过；她也从未觉得
自己如此不可或缺。她终于可以报答他曾经选择了她并
自始至终在心里给她留有一个位置了。在把这段全身心
缅怀亡灵的岁月描述为一场浪漫而无果的噩梦时，人们
可能忘了王后诚心诚意地相信祈祷是有用的，忘了她不
懈地努力，以便在另一个世界里援助亨利、安慰亨利。
路易丝跪在祈祷室里，河上升起的湿气令她的关节僵硬，
她在舍农索为逝者奉献自己，正如同一个女人尽心照顾
她爱着的病人，直到精疲力竭。路易丝不是在为一个诗

意的鬼魂奉献自己的生命，而是为了一个灵魂。

人们想象她穿着白色丧服——和卡特琳的丧服不同，是专属于未做母亲的王后，想象她和自己为数不多的贵族侍从及女仆待在一起。家中佣人不多；路易丝囊中羞涩。亨利去世六年以来，内战依然如火如荼；物价上涨；疏于打理的庄园收入微薄。但路易丝一直有储蓄的习惯；亨利不止一次克扣他妻子的年金以支付某场欢宴的费用或赏赐他的某位男宠。过去人们曾嘲笑她拿一些寒酸的小礼物回赠同辈女亲戚们的豪礼。大壁炉里烧着将将够用的木柴。路易丝坐在火旁，由一扇绣有泪珠图案的隔热屏护着，她或许正把一只长耳卷毛犬抱在膝上——亨利和她都喜欢这种狗。又或许，她身旁有一只母猴或一只鹦鹉，是往日种种新奇玩意儿的陈旧遗存。侍从的衣服和她自己的衣服都是照着以往宫廷过时的服装纸样裁剪的。大家谈论乡间小事，谈论天气——它总是不尽如人意，影响收成，还谈论小教堂里上一次布道和先王忌日弥撒的咏唱方式；大家讨论下顿饭吃些什么，讨论是不是该从有限的预算里拿出点儿钱，给一个正在康复的病人买几罐酒，或者给一个产妇买些新生儿的衣着用品。城堡总管亚当先生指责亨利·德·纳瓦尔允许他手下一个上校在舍农索的土地上扎营，他们不仅砍伐树木，还粗暴对待农夫。城堡仍然背负着王太后的所有债务；农场微薄的产出不足以安抚卡特琳的各个债主。但王后卧室的镶木地板还是得更换一下；其余的地板可以再等等。困在谢尔河畔城堡里的这些人就像待在一艘船里，彼此之间形成了一些被迫长期同居一处的人群里常见的小竞争、小怨恨；女仆们互相交流些闲言碎语。菲埃斯克伯爵夫人是意大利人，在书架上一大堆虔诚的宗教书籍中，她可能挑了被错放其中的彼特拉克作品来高声朗读，且读的是一首以超越死亡的忠诚为主题的诗。又或者，路易丝踌躇的手翻过德波特[1]的诗集，他曾是亨利三世的宫廷诗人，写了首奇怪的十四行诗，描写绝望的幽灵游荡在墓穴周围，一场惨烈的死亡令他们长眠于此。王后告辞，起身去她的祈祷室或卧室；仆从们也上床休息，心想这世道艰难，舍农索的日子总归不算太坏。

---

1 菲利普·德波特（Philippe Desportes, 1546—1606），亨利三世时代法国宫廷诗人，学习意大利诗歌，具有古典主义倾向。

王后的卧室位于伸向河面的一个出挑的套房内，后来在一次修复城堡时被拆除，现已不存；她夜晚遐思之处从此只剩看不见摸不着的空气。但她在舍农索的家具清单保留了下来；我们可以想象她打开她装饰繁缛的精美匣子中的一个，或许再读一次国王留给她的讯息："我的爱人……待在那儿别离开……"他从未像给玛丽·德·克莱夫那样用自己的鲜血给她写信，但他的最后一张便条是留给她的。

不知过去那些曾向公众大肆宣扬亨利恶习与弱点的下流檄文是否也曾落到过这位可怜的小寡妇眼前；不知她是否蔑视这些檄文，针对每一篇内容自始至终信任国王；在这个丑闻窸窣作响的宫廷里，她是否生活在一种模模糊糊的不知情中，还是相反，她完全知晓亨利的越轨行为，从中又看出一个夜夜祈祷的理由？

她站在窗前，心不在焉地望着那片暗色的树林，树下，那个曾被诗人们比作女人中的阿喀琉斯的人在一个五月的夜晚办过一场变装聚会。当时满身珍珠宝石的年轻王侯们此时几乎都已不在人世：凯吕、里瓦洛、莫吉隆死于决斗；圣-梅格林和帮亨利去南锡找她的杜加斯特被刺杀；她的妹夫安尼·德·茹瓦若斯在内战时的一次遭遇战中丧命，死得或许正是时候——他那时正要倒向天主教联盟……亨利本人大概也很不舒服地躺在他的临时墓穴里。一位威尼斯的使臣曾注意到，在卢浮宫的招待会上，王后的目光一直驻留在国王身上，带着一种柔情无疑，但或许也是因为一直担心会发生谋杀，而她却不在场。这双忠诚的眼睛一定记录下了无数亨利的影像。她又看到在洛林与她初次相遇时的国王，浑身透着优雅，是一个近乎刻板的中世纪君主典范；然后是那个奇怪的人，化妆打扮，涂脂抹粉，在夜晚欢庆的喧嚣和热气中出现，闪闪发光；或者是那个惶惶不安的人，被无法消除的焦虑所折磨，比如那天早晨，他梦见自己被猛兽撕碎，惊恐不已，便野蛮地命人用火枪杀死卢浮宫壕沟里的狮子，这桩罪行肯定比势在必行地除掉吉斯家族更残忍。最后还有那个早衰的亨利，身患种种她治疗过的疾病，咳嗽、耳疾、泪瘘、左臂脓肿、丹毒。六年，八年，十一年了……谢尔河畔的这座建筑仿佛在时间中航行。路易丝枕着潺潺水声睡去。

除了希望亨利得到永恒的救赎，另外两件事也萦绕着白衣王后：将杀害国王的凶手绳之以法，以及将国王的遗体正式下葬到圣但尼，和他的先祖们待在一起。没错，被亨利扼住喉咙的凶徒雅克·克雷芒修士已被护卫乱枪戳死，但这个雅克只是一把刀；更狡猾的手操纵了行动；他来自洛林家族，而路易丝出自这个家族，亨利最凶狠的敌人也出自这个家族。守寡的王后不停哀求终于登上王位的亨利·德·纳瓦尔追查真正的黑手，不管他们属于什么等级，拥有什么头衔。但亨利四世忙于尽全力平定王国局势，不想把注意力再放到过去的罪行上。路易丝也没能看到她的第二个愿望实现：资金实在太短缺了，最终也没人想着给这位王朝末代君主办场豪华的葬礼。

但围绕着路易丝的退隐又生出新的波折。亨利四世的情妇觊觎舍农索，一如从前的狄安娜·德·普瓦捷，而新登基的波旁对他的情妇百依百顺，较之亨利二世亦不遑多让。加布丽埃勒·德斯特雷和卡特琳的债主们串通一气，后者继续骚扰可怜的小王后：他们的代言人，一个叫杜·迪耶的人介入，出价两万两千埃居，让她拍卖舍农索。巴黎来的一个执达吏敦促路易丝立即偿还王太后的巨额债务；一些出售布告贴在了城堡各个门上，路易丝被人不那么客气地要求离开城堡；巴黎高等法院批准了扣押程序并驳回了亨利三世遗孀的上诉。

这一系列司法噩梦在加布丽埃勒和她的国王情人头脑中等同于进攻前的连续炮击，1598年，精明的贝阿恩人和他的情妇亲自来到舍农索，对寡居的前王后进行了一次友好的拜访。卡特琳的债主们可以想办法安抚，不过有个条件，国王的私生子，当时才四岁的恺撒·德·旺多姆，将在同路易丝的一个侄女成婚后继承这份地产。我们仿佛看见在一个雾蒙蒙或结冰的早晨所发生的这次访问应该有的样子，它让城堡平淡的日复一日终于有了点儿生机，也让可怜的女主人不得不发挥出格外的创造性才能体面地接待她的客人。这些日子里，路易丝在德斯特雷夫人脖子上又看见了她当年所戴王冠上的珠宝，可以想象，迷人的加布丽埃勒，正值青春貌美，又再度怀上国王的孩子，她对寡居的前王后这个旧时幽灵的尊敬里，肯定多少也刻意显露些优越感来。风流老汉¹直来直去，滔滔不绝地同女士们开玩笑，说恭维话，他轻轻松松地打消了一个精疲力尽的女人最后的犹豫；五月，第二个私生子亚历山大·德·旺多姆以胜利之名²诞生前不久，这对夫妇回到舍农索敲定计划的细节：德斯特雷夫人出色的生育力很可能让路易丝又苦涩地联想到自己的不孕，这是她作为妻子的不幸，也是作为王后的最糟糕的运气。

原则上，这份有些屈辱的协议保留了路易丝对庄园的用益权。但杜·迪耶只能给一部分债主作担保——这或许正合这项计谋策划者的意。尽管有费尽力气达成的协定，他们还是任由卡特琳其余的债主继续骚扰这个可怜人，让她不得不变卖些珠宝以解燃眉之急。可想而知，留给路易丝的用益权在德斯特雷夫人看来只是暂时的妥协：瓦卢瓦的遗孀说不定哪天会终于决定避居她喜爱的某座修道院，而在此期间，加布丽埃勒的女公爵头衔说不定就换成了王后，她不用等多久就能和年幼的儿子们

---

1 "风流老汉"（Vert-Galant）是亨利四世的绰号。
2 1598 年 4 月 13 日，亨利四世签署《南特敕令》，结束法国国内宗教战争。亚历山大·德·旺多姆出生于 4 月 19 日，这里作者称五月，可能有误。

舒舒服服地待在舍农索。实际上，光彩照人的女公爵在第二次访问都兰之后没几个月就因高危妊娠期一系列疾病去世，几乎成了鳏夫的贝阿恩人次年独自重返舍农索，在文件上画押，确保这片被热切觊觎的地产归旺多姆的那个孩子。

国王再度到访之际，路易丝想必又一次恳求将杀死亨利三世的凶手正法，并让已故的国王能最终安息在自己的坟墓里。但无济于事。直到十年后，亨利四世自己也死在一位刺客刀下，人们才慌忙把瓦卢瓦王朝最后一位君主的遗骸草草运至王室教堂，因为按照礼仪，在位国王的棺椁必须由上一任国王的棺椁迎入地下墓穴。此时路易丝已不在人世。

1601 年，隆冬时节，小王后离开舍农索去她的波旁公爵领地领取收入——亨利四世最终把这块地指定为她所享有的亡夫遗产。她此番是在逼迫之下彻底离开，还是说打算在钱的问题得到部分纾解之后还回到舍农索来？不清楚。但总之，王后没能经得住寒冷天气下的这场旅行：她在穆兰病倒，1 月 29 日在那里去世。人们把她安葬在当地一座教堂内；随后她被转移到她曾协助修建的一座巴黎修道院的小教堂里。不管怎样，她并未想过为自己要求一处王室墓穴。但她还是得到了。过了两个世纪，法国大革命后，当人们忙着在圣但尼修复已被洗劫一空的历代国王墓时，遍地搜寻王室成员的遗骸，好凑合着装满已经改变用途的地下室。人们想到路易丝，于是她便这样矛盾地长眠在空空的坟墓和一些被打碎的雕像中间，与波旁王室最后几个成员可怜的棺椁做伴。但为时已晚：亨利三世已不在那儿了。*Mihi, sed in sepulchro.* 即便在坟墓里，亨利和路易丝也无缘完全属于彼此。

在半个多世纪里，舍农索几乎只是一处很不受重视的华丽宅邸，只在国王极偶尔巡幸路过此地时，人们才给各个厅堂通通风，擦擦镜子。不过有十二年时间，梅尔克尔公爵夫人，那个玩弄阴谋的糊涂虫恺撒·德·旺多姆的岳母和监护人，在一次并不完全情愿的流亡中退隐于此，尽其所能地管理这份刚刚摆脱诉讼的地产，甚至把公园的一部分也开垦出来，以增加农场的收入。她在城堡顶楼安置了一个嘉布遣修女会。1677 年左右，执达吏又出现了，这次带来了恺撒的孙子即无耻又声名显赫的菲利普·德·旺多姆的债主；他们将在未来二十年里享有争议财产保管权。大旺多姆[1]欠下的债几乎和卡特琳一样多；树木快要砍到最后一棵，好支付这位最无耻的王公的庞大盛筵、猎犬和侍从们投其所好花掉的巨资。1696年，粗野的旺多姆在战争中发迹，又有了钱，夺回了自己的地产，并把他旧日的一个狐朋狗友安置在此达二十五年之久：城堡对于那位奥勒奈先生来说，几乎只是个歇脚的地方。待落拓不羁的杰出军人去世之后，城堡归孔代家族所有——这位惊世骇俗的旺多姆晚年和孔代家族一位失宠的酒鬼小姐结了一桩荒唐的婚姻。舍农索对得到它的公爵先生来说过于耗钱；没过多少年，孔代家族便把庄园卖给了以收人头税起家的克劳德·杜班。

于是在十八世纪，舍农索又变回它最初的样子，一位财政官的产业。杜班先生是包税人；他的妻子，路易

---

1 即旺多姆公爵路易-约瑟夫（Louis-Josephe de Bourbon-Vendôme，1654—1712），路易十四时代的法军将领，以粗野出名。他和菲利普·德·旺多姆是兄弟，二人皆是恺撒·德·旺多姆之孙。

丝·德·丰丹纳，据说是萨穆埃尔·贝尔纳的私生女，后者相当于那个时代的罗斯柴尔德；总之，此人给这对年轻的夫妇提供了方便。夫妻俩同属于富裕的资产阶级，这群人爱忙活，贪慕文学和流行艺术，造就了十八世纪的美好年代。路易丝·德·洛林套房里阴郁的绘画被刷白；城堡重新成为欢乐的居所和艺术乃至科学之家——在牛顿的年代，上流人士热衷物理。

杜班家有个受保护人甚至可以说是寄生虫，叫让-雅克·卢梭，不要和与他姓氏相同的让-巴蒂斯特混淆，后者因宗教诗和放荡的短诗而出名。这个几乎寂寂无名的让-雅克有一双漂亮的眼睛，举止平庸，性格易怒，但又因渴望成功和讨好女人而有所收敛，他颇擅音乐，能写些讨喜的小作品。不过，他的文学或音乐才能平平无奇：一部未上演且很可能没法演的喜剧；一部他自己写的歌剧——几乎多亏了杜班家族一位成员的斡旋才得以上演；另外一部歌剧，他仅仅参与了创作，该作品获得一些好评，但海报上没有他的名字。最后还有一件事，在改革体系和改革计划层出不穷的年代堪称稀松平常，他发明了一种新的记谱法，虽然业内人士看不上，但有人建议他可以拿这东西吸引那些赶时髦的女士。所以乍看上去，这个人和成打成打来到大城市碰运气的蹩脚音乐家或平庸作家没什么区别。再者，这个想在巴黎获得认可的瑞士人已经三十五岁了，对这种事情来说，这个年龄既是青春的结束也是衰老的开始。当时没人想到再往前看看他的过去，否则人们见到的东西恐怕很可鄙、不光彩或可疑：贫穷、流浪、仆役身份、偷懒和扒窃的恶习、持续的疾患或疑病、感官方面的羞怯和怪癖、一个有点疯狂又富有魅力的女人给予他的母亲般的慷慨。再仔细些看，还能发现一种想必会惹这个精明又乏味的上流圈子发笑的激情遐想的癖好，最后，是改革者特有的危险天赋，它与所有弱点和卑劣共存且更为隐蔽，即，无法如其所是地尊重或接受世界。

卢梭和杜班夫人的关系始于一场误会。她坐在梳妆台前接待他，头发散乱，手臂裸露，罩衫胡乱系着：害羞的求职者不太习惯巴黎人无拘无束的优雅，误以为是种引诱。如果纳提耶[1]没骗我们的话，杜班夫人拥有一种

---

1 让-马克·纳提耶（Jean-Marc Nattier，1685—1766），路易十五时代宫廷画家。

塞夫尔[1]小雕像般细腻的美；她已不太年轻，和夏尔梅特温柔的"妈妈"[2]以及拉尔纳热夫人年龄相仿，前者给了卢梭最初的感官经验，后者与他在小旅馆偶遇，有过几晚露水情缘；和另外两位情人一样，她也属于那个出身良好或堪称良好的女性圈子，对此这个工匠的儿子一直心向往之。杜班夫人光芒四射，喜爱艺术，装扮优雅，一度成为他美妙的幻想对象，这个幻想后来又更长久地被他具象化在乌德托夫人身上，并最终在《新爱洛依丝》中跃然纸上。他写了封炽烈的表白信，对方带着高傲的蔑视将其退回。杜班夫人品德高尚，鉴于她有轻佻的母亲和姐妹，这点值得称道。然而，她恐怕未必会以同样的不屑回绝一位爱慕她的公爵。

但如果说卢梭微贱到不配被优雅地拒绝，他同样微贱到不值得怨恨。杜班夫人请他照管她儿子一周，男孩正好暂时缺个家庭教师。舍农索的年轻杜班终将把他父亲为国王收税或者萨穆埃尔·贝尔纳投机赚的一大部分

---

1 塞夫尔（Sèvres），法国皇家陶瓷厂所在地。
2 即华伦夫人（Mme de Warens, 1699—1762），她比卢梭年长 13 岁，二人在夏尔梅特结识，卢梭称她为"妈妈"。

钱糟蹋在赌桌上。他最后死在了波旁岛[1]——他的家人在一次风波之后把他送去了那里。这个天资愚钝的学生令卢梭厌烦，照他的说法，即便杜班夫人委身于他作为交换，他也不会同意再多管这孩子一个星期。在他的女保护人的继子弗朗克伊的杜班那里，让-雅克的任务就轻松多了，他反复给他讲化学，而他懂的并不比他的学生多。他还被差遣去誊写杜班夫人的小文章，其中包括一篇《论幸福》，其题目和主题与时俱进，紧贴十八世纪风尚，好比我们今天写《论焦虑》一样。卢梭因而是以下人身份频繁出入朗贝尔公馆的，在那里，财政官们的巴黎生活有了不逊于舍农索的富丽堂皇的环境，而每逢接待法兰西学院院士的日子，他们就把卢梭打发走。

这些职任总共持续了约五年，在卢梭作为法国大使秘书暂居威尼斯时中断——卢梭后与这位大使闹翻。除九百利弗尔的微薄年薪外，杜班夫人私底下也给她这位作家的同居家庭一些额外报酬，而卢梭向来会被女人的礼物感动，并不拒绝这些小恩小惠，不像后来成为哲学

---

1 留尼旺岛的旧称。

家后，他愤怒地拒绝一位仰慕者送他的几罐黄油。1747年，杜班夫妇带他到舍农索过秋天。

这个邀请想必令一个两年来幽居巴黎各处出租屋的人高兴，此外，他或许也长舒一口气，能暂时离开他曾发誓永远不会抛弃但也永远不会娶的那个傻乎乎的黛莱丝以及一整个灾难般的同居家庭。但无论哪个时代，直至维尔迪兰家族的拉斯普利埃尔城堡[1]，巴黎上流社会的别墅仍主要是为城里带来的娱乐项目提供乡野布景，客人彼时还只是《风雅的缪斯》的作者，他在这一浪漫得像歌剧幕布的景象中发现并品味到的，是搬到水边和树下的朗贝尔公馆的奢华，是小提琴、羽管键琴，是施展他那点儿在沙龙里娱乐观众的本领的机会，若没有这些才能，他就落伍了：

> 1747年，我们到都兰的舍农索城堡过秋天，它过去是谢尔河畔的王室宅邸，现在归包税人杜班先生所有。我们在这个美丽的地方甚是愉快；菜肴十

---

[1] 此为普鲁斯特在《追忆逝水年华》中虚构的地点。

分美味；我胖得像个修士。我们演奏了很多音乐。
我写了几首三重唱，都非常和谐悦耳……我们还演
了喜剧。我在那儿花了两周时间写了一部三幕喜剧，
名叫《冒失的婚约》。我还写了其他一些小作品，特
别是一部叫《西尔维的幽径》的诗剧，名字来自谢
尔河畔公园里的一条小径；而这一切都没有耽误我
学习化学和给杜班夫人做事。

　　这段短文是仅存的有关都兰这次假期的资料，它足
以证明，对前浪漫主义来说，历史的诗意还有待发现。
让-雅克在舍农索并未流连于怀古。

　　于是对卢梭来说，这四五周马不停蹄的欢乐时光中
没发生任何重要的事情：一幅华托[1]式幕间插曲，一个
在此优柔寡断之人的生命中无关紧要的节拍——他还不
知道自己真正的才华将把他带向何方。然而，每个人都
被如此完整地包含在他生命的每一个片段中，我们不难
在舍农索发现完整的让-雅克。女主人是他有限的浪漫

---

[1] 让-安托万·华托（Jean-Antoine Watteau，1684—1721），法国洛可可时期代表画
家，以画宫廷贵族游乐场景著称。

经验之一，这些经验与其说是切身体会过的，不如说是想象的，它们最终促使这个笨拙的求爱者在《新爱洛依丝》的第二部分把智慧与疯狂热烈地融合到了一起——这部小说是最美也是最被埋没的爱情小说之一。他的两个学生，舍农索的杜班和弗朗克伊的杜班，一个热衷于纸牌游戏，一个热衷于化学，是卢梭少有的实际教学尝试；他们大概启发了《爱弥儿》中的某些告诫和建议，他在1761年把这本书献给了年轻动人的舍农索夫人，也就是被逐到波旁岛的那个赌徒的妻子。这年夏天在都兰创作的三重唱是《乡村占卜师》里三重唱的前奏；他带着孤独漫步者的遐思走在公园条条小径上；大宅女主人或一位有教养的路人巧妙表现出的恰到好处的礼貌，或者也许一位侍从猜出这位卢梭先生过去是仆人因而对他表现出的蛮横，都可能促使他思考人与人之间的不平等；他对包税人财富的了解或许是《社会契约论》中有关君主制国家税收的某些评论的来源。这些上流社会的人如此安逸地活在他们的时代里，甚至能够接受大胆革新——只要他们觉得后者没有危险就行，他们不会想到（卢梭本人几乎也没有想到）这位吃得太好的秘书在舍农索准备的东西既是浪漫主义，也是革命。

"杜班先生的抄写员"回到圣雅克街："当我在舍农索发胖的时候，我可怜的黛莱丝在巴黎以另一种方式发胖。"窘迫的处境令他有了利用弃婴堂的念头。而他用思想更好地滋养了后代，因为这些影响今日仍然直接或间接存在于几乎所有和我们切身相关的主题当中，无论涉及的是文学还是教育，是个人与自然的关系还是个人与国家的关系，他在哪怕不能坦诚之事上也要坦诚，这种偏好帮助我们转变了关于人的观念，他欲去除生活中的陈规或多余的东西，以抓住生活的根本价值，这种热烈的关切通过一长串中介传递到易卜生、萧伯纳、D.H. 劳伦斯那里，并借由托尔斯泰传递到甘地那里。在《忏悔录》中，舍农索之行可以说结束了让-雅克的社会学习阶段；他与杜班夫人的关系随后疏远，这与他很快倾心于年轻的舍农索夫人而杜班夫人似乎乐于对出身于罗什舒瓦家族的这个儿媳颐指气使不无关系，但最重要的原因是卢梭从此越来越专注于自己的作品。今天富丽堂皇的十八世纪的舍农索城堡中，他是我们在一个夏末斑驳流转的嘈杂人群中寻找其痕迹的唯一一人。

包税人死后，杜班夫人彻底退居于她的田园宅邸；庄园于是再度落入寡妇之手，这个寡妇也还叫路易丝。但这段寡居生活一点儿也不悲惨。三十年间，杜班夫人在这座美丽居所中过着老年人那种越来越慢的生活。甚至大革命也只是稍稍打乱了老者的昏沉；倾向于新思想的村中神甫是城堡的一个朋友；他听任亢奋的人群捶打盾形纹章，烧毁带王室签名的文件，但当小酒馆里的爱国者提议推倒这座曾属于暴君的宅邸时，如我们所知，他设法平息，又搬出狄安娜·德·普瓦捷的诉讼代理人们的老一套理由：舍农索是由私人转让给私人的，从来就不属于王室产业。再说了，这座城堡是一座桥，好的共和派不拆桥。杜班夫人认捐了一些革命的慈善事项；她向一个"为教育人民"而建的剧场出借了可能是《冒失的婚约》用过的布景。风暴平息之后，她情有可原地不再对改革感兴趣，带着微笑领少有的几位访客参观被她称为"日内瓦之熊"的那个人的房间，这人在此期间已跻身危险的雅各宾党和大人物之列。如今，忆起让-雅克四十年前表露出的炽热爱恋，这位九十多岁的老妇可能颇为得意。也可能，她已经将它完全忘记。

谢尔河畔的庄园在十九世纪近三分之二时间里归弗朗克伊的杜班之孙维勒纳夫伯爵所有。1845年，本名为奥诺尔·杜班的乔治·桑拜访她在舍农索的表亲，她的大儿子莫里斯陪她同去；从她的一封信中我们得知她对此处的美赞叹不已，尤其欣赏"布置得古色古香的"内部，并带着一种母亲的宽容记下莫里斯如何从城堡的窗户往河里倒夜壶并以此为乐。后来，城堡落入一位贝鲁兹夫人之手，她是格雷维总统[1]的糟糕女婿、贪污分子威尔逊的姐姐。姐弟俩在舍农索举办了一些选举聚会，把第三共和国丑闻的回声与气味也带到了那里。贝鲁兹夫人和她弟弟是苏格兰人：巴黎来的那些不法经纪人可能一边抽着雪茄，一边通过称颂玛丽·斯图尔特来恭维女主人。更有可能的是，他们对城堡历史的了解仅限于梅耶贝尔的《胡格诺派教徒》[2]第二幕，众所周知，这一幕

1　儒勒·格雷维（Jules Grévy, 1807—1891），1879年1月30日至1887年12月2日担任法国总统，因女婿贪腐案辞职。
2　贾科莫·梅耶贝尔（Giacomo Meyerbeer, 1791—1864），德国作曲家，去巴黎后创造了一种场面恢宏的法式大歌剧风格。《胡格诺派教徒》是他1836年与法国剧作家欧仁·斯克里贝（Eugène Scribe, 1791—1861）合作的作品。

发生在舍农索的花园，并以玛戈王后颂扬美丽都兰的一首歌开场。总之，金发贝鲁兹和她狡诈的弟弟正是以梅耶贝尔和斯克里贝的风格悉心装扮了他们的府邸。

老实说，纯粹生意人的钱注入舍农索不是头一回了，但从博耶-桑布朗塞到贝鲁兹-威尔逊，品位可以说是越来越差：城堡遭遇的最大厄运之一就是在后者的关注下，在圣-克萝蒂尔德教堂建筑师的指导下被重新装饰了一番。贝鲁兹夫人负债累累，倒卖荣誉勋章的收入也不足以填补亏空；随后的破产和扣押对舍农索来说也不是什么新鲜的灾祸。

在这出闹剧之前，古老的庄园还接待过一位贵客。1847 年，二十六岁的古斯塔夫·福楼拜把它作为自己和马克西姆·杜冈结伴前往布列塔尼远游的前几站之一。两位旅行者赞美城堡"别具一格的柔美"和"贵族般的静谧"。人们带他们看到了当时可供参观的部分套房，福楼拜在《经过田野和沙滩》[1]中的简短记述使我们可大致想象这种得体而不奢华的装饰是什么样子，有古

---

[1]《经过田野和沙滩》，福楼拜与马克西姆·杜冈（Maxime Du Camp, 1822—1894）合写的布列塔尼游记，杜冈撰写的部分于 1852 年发表，福楼拜撰写的部分在其去世后于 1881 年发表。

旧的帷幔和货真价实的文艺复兴时期的壁炉，那时贝鲁兹夫人尚未画蛇添足，额外添上第二帝国时期的亨利二世风格[1]。人们也没忘了厨房，福楼拜可能因徒步跋涉饥肠辘辘，且又向来擅长捕捉美味佳肴散发的诗意，他高兴地看到那么多锅和锅上冒着的热气，可惜他不如卢梭幸运，无福享用锅中美食。而自让-雅克的时代以来，历史的想象已得到发展。《情感教育》中，正是在枫丹白露，弗雷德里克脑中装着他那迷人又普通的情妇，面对狄安娜·德·普瓦捷的形象和纹章陷入一种灼热的幻想，但很可能正是在舍农索，福楼拜本人第一次有了这样的回忆。在所谓的狄安娜的卧房，人们指给他看一张带天盖的床，铺着樱桃色和白色相间的绸缎，说是这位国王情妇当年睡过的，他想象在一位瓦卢瓦国王情妇睡过的床垫上翻身该是何等特别的乐事，对他来说，这样的快感和最具体的现实所提供的快感具有同等价值。人们领他看一些古老的肖像，面对这些肖像，他想象旧时舞会和古代长剑的交锋。人们还领他到武器室看一些甲胄、一

---

1 以十六世纪亨利二世统治时期风格为灵感的一种新式文艺复兴家居和建筑风格，流行于十九世纪下半叶第二帝国时期。

个巨大的狩猎号角、一个据称是弗朗索瓦一世用过的马镫和卡特琳·德·美第奇的一些彩陶器。游客的时代开始了。

让我们换个视角：暂且搁置这些太过知名的人物，这些法国史或法国文学史幻灯机上的身影。想一想其他相继占据城堡的人，那些无名的居民，其数量远超我们了解或自以为了解的那些人：有自己的工作、自己的心机、自己的担忧的家仆们；在旧磨坊的桩脚里放血、拔毛、取内脏、切割、烤炙、烫煮，在四个世纪中准备了成千上万顿饭的厨师们；季复一季把文艺复兴时期的君主老爷们在城堡间迁徙时拖着的那些流动家什搬来又搬走的侍从们；擦亮卡特琳·德·美第奇的餐具橱、给杜班夫人的镀金木器掸灰的人们；奥勒奈骑士的司卡班和马斯卡里尔 [1] 们以及维勒纳夫伯爵穿着白围裙的女佣们。让我们走出城堡：想想把这些长花坛或花圃布置好又打乱、打乱了又重新布置的园丁，想想历朝历代默默无闻

---

[1] 司卡班和马斯卡里尔皆是莫里哀戏剧中诡计多端的仆从人物，分别出自《司卡班的诡计》和《冒失鬼》。

的农夫和猎场看守人，他们那个圈子里想必也有巧取豪夺者和挥霍浪费者，也有精干的妇人和悲伤的寡妇。想想站在脚手架上的建筑工人、查看平面图的建筑师，后者或许最有能力知其所以然地享受材料之美和结构的大胆。往远处走几步：想想曾盘旋在这些高墙周围数不清的一代代鸟儿，想想鸟巢精巧的结构，想想森林里巨兽的显赫谱系和它们简朴的洞穴或窝棚，想想它们隐秘的生活，想想它们几乎总是悲惨的死亡，且常常是被人类所杀。沿着小径多走一步：想想高大的树木，不同品种在这个地方相继出现或互相排挤，而和它们的远古时代相比，四五百年微不足道。离一切人类的挂虑再远一步，便是这河水，这比所有形式更老也更新的水，若干世纪以来，它不断洗濯历史的旧衣。参观古老的居所可以带人们抵达意想不到的风景。

荒山岛

1956 年，1961 年

皮拉内西的黑色头脑

乔万尼・巴蒂斯塔・皮拉内西（Giovanni Battista Piranesi）

"皮拉内西的黑色头脑……"，维克多·雨果在某处有言。这颗头脑的主人1720年出生于这样一个威尼斯家庭——手工艺人生活、良好的职业和教会在其中和谐共存。他的父亲是石匠；舅舅马特奥·卢凯西是工程师和建筑师——年轻的乔万尼·巴蒂斯塔从他那里获得了初始的技术知识，为自己日后作品打下了基础；他的哥哥安吉罗是查尔特勒修会的修士，教他罗马史：上述几位参与塑造了他未来艺术生涯的方方面面。特别是马特奥舅舅，冒昧地说，他就相当于皮拉内西某种早期的和相当平庸的状态：他的外甥不仅继承了他毕生固执捍卫的错误理论，即认为希腊建筑起源于伊特鲁里亚，也继承了他对建筑艺术的尊重，并将之视为上帝造物的一种形式。这位诠释甚至可谓发明了罗马悲剧美的杰出版画家始终自豪地，但或许也有些随意地，顶着威尼斯建筑师的称号：*architectus venitianus*。也正是在威尼斯，他跟随瓦莱里亚尼兄弟[1]和比比耶纳家族[2]研习绘画，后者对他意义更大，该家族是极富想象力的剧院建筑设计高手和诗人。最后，在他扎根罗马之后，他曾于1744年回威尼斯待了几个月，其间似乎短暂地出入过提埃波罗[3]的画室；总之，他受到过卓越的威尼斯风格的最后一位大师的影响。

1740年，也就是皮拉内西二十岁时，他以威尼斯大使福斯卡里尼随从画师的身份第一次穿过人民门。若人们能在那时预测他的未来，会发现没有人比他更配得上以胜利的姿态进入永恒之城。事实上，年轻的艺术家一开始跟着一个叫朱塞佩·瓦西的人学习版画，这位尽心尽责的罗马风景画制作者觉得他这个徒弟画得太好，因而永远成不了好的版画师。他不无道理，因为对瓦西和其他大批诚实的版画制造商来说，版画只是一种经济高效的机械复制手段，过多的才华不仅无用还危险。不过，部分出于一些外部原因，如难以在略显死气沉沉的十八

---

1 瓦莱里亚尼兄弟【Domenico Valeriani（？—1771）和 Giuseppe Valeriani（1708—1762）】，意大利布景师。

2 比比耶纳家族（Bibiena），17世纪至18世纪末活跃于欧洲的意大利布景师、建筑师家族。

3 提埃波罗（Giovanni Battista Tiepolo，1696—1770），意大利画家，18世纪威尼斯画派代表。

世纪的罗马以建筑师和布景师为业，部分是艺术家自身性格使然，版画成了皮拉内西唯一的表达方式：表面上，当布景画家的朦胧愿望、当建筑师的强烈志趣让了位；实际上，它们为其刻刀注入了某种风格，确立了一些主题。同时，艺术家找到了自己的题材，那就是罗马，并将在近三十八年的时间里创作近千幅描绘罗马的版画。在他青年时代数量更为有限但反而充满建筑师自由幻想的作品中，特别是在狂热的《想象的监狱》中，他将大胆地融入一些属于罗马的元素；他将把罗马的实质搬移到非理性中去。

1744 年，由于缺钱——若干艺术家和诗人因此之故被迫返家——他短暂回到威尼斯，此外就再没离开过罗马，即便离开，也只是为了探索近郊和作两次更重要的长途旅行——鉴于当时道路多有不便，这两场旅行非同小可，一次是 1764 年去翁布里亚寻找科内托和丘西的伊特鲁里亚古迹，另一次是在 1774 年前往那不勒斯王国——新近发现的庞贝和赫库兰尼姆，以及不久前重新发现的帕埃斯图姆是当时吸引参观者的新去处。皮拉内西为庞贝死寂的街道留下了几幅幻觉般的草图；又从帕埃斯图姆带回了几幅令人赞赏的画作——这再次证明了一个艺术家的眼与手比他的头脑更明智，尽管他始终认为希腊建筑只是伊特鲁里亚建筑简单的替代品，且远逊于罗马砖石技艺。由于当时的人们对真正的希腊还几乎一无所知，所以这个理论不像在今天这样站不住脚，他也因此和同时代的一些古物专家进行了长久的争论，尤其是热情满怀的温克尔曼[1]，后者深爱希腊雕塑，并提出了相关理论。这位无与伦比的修士恰当地以希腊为尊，但由于几乎不掌握那个辉煌年代里任何希腊雕塑的原件，他有时会把一些希腊化时代或希腊—罗马时代平庸的复制件当作希腊艺术的典范来称颂，并建立错误体系。这种无谓的争论想必时而令皮拉内西兴奋，时而又给了他发泄的途径；争论本身完全可以忘掉，唯一有趣的，就是看到两个令我们的古代观焕然一新的人为了一个糟糕的问题如此对峙。

我们知道皮拉内西在罗马相继居住过哪些地方：首先是威尼斯宫，当时是最尊贵的威尼斯共和国驻罗马教

---

[1] 温克尔曼（Johann Joachim Winckelmann，1717—1768），德国启蒙运动时期艺术史家、考古学家、美学家。

廷大使馆；然后是科尔索路上的店铺——他回老家时和家里人闹翻，家里不再供养他，重返罗马后，他就作为威尼斯版画商人朱塞佩·瓦格纳的代理人在这里安顿下来；最后是菲利斯路即今天的西斯蒂纳路上的工作室，皮拉内西在那里以20埃居的价格出售了第二版《想象的监狱》，也是在那里，他走完了作为艺术家的一生，顾客盈门，荣誉满身，1757年成为圣路加学院[1]成员，1767年被克雷芒十三世封为贵族。和罗马的许多风雅人士一样，骑士皮拉内西并不排斥从事有利可图的古物中间商行当；他的《器皿》《烛台》《墓石》《石棺》《三脚家具》《古代油灯与装饰》里的某些版画令好货的图像得以在内行爱好者中间流传。他周围主要是一群外国的艺术家和行家：和善的于贝尔·罗贝尔有时仿佛在给自己下任务，要用洛可可式语言转译皮拉内西的巴洛克式罗马，出版商布夏尔出版了《监狱》的最初版本和《罗马古迹》系列版画。"布扎尔（Buzzard）"，皮拉内西是这么拼的，他大概是按威尼斯的方式"ch""z"不分地念他的名字。

---

1 圣路加学院（Académie de Saint-Luc），前身为中世纪的艺术家行会，1577年经教皇格利高里十三世批准创立学院。

在英国人当中，建筑师和室内设计师罗伯特·亚当把意大利古典主义与不列颠的风俗习惯相结合，另外一位伦敦建筑师乔治·丹斯，据说从《想象的监狱》汲取灵感，修建了极度真实的新门监狱。这些年里，把他和威尼斯一直连接在一起的那根线是他与教皇所在的银行业雷佐尼科家族的友谊：教皇克雷芒十三世委托他做些零星的装饰活儿，并请他以建筑师身份主持拉特兰圣约翰教堂的工程，不过这些工程一直没完成，甚至都没开始。1764年，教皇的一个侄子，雷佐尼科主教，又委派皮拉内西部分重建并重新装饰阿文提诺山上的圣玛利亚教堂，该教堂属于马耳他骑士团，主教是骑士团的大修道长。这项不太大的委托工程带来的优雅多过庄严：皮拉内西把教堂的窄外墙和马耳他骑士广场的高墙改造为一个雕有纹章和战利品饰的整体，和他的《怪诞图集》一样，一些古代建筑元素与威尼斯式幻想结合在了一起。这是这个痴迷建筑的人有过的唯一一次以真正的大理石和砖块来表达自我的机会。

关于皮拉内西的私生活，我们只知道他和一位园丁的女儿结了婚，这是个长着黑色眼睛的美丽女孩，艺术家认为在她身上看到了最纯粹的罗马人特征。传说，那晚他在当时荒凉而庄严的古罗马广场废墟画画，遇到了这位安吉莉卡·帕斯基尼，在这块携带古代记忆的神圣土地上当场占有她之后，娶她为妻。假如传言不虚，这个暴力的幻想家一定想象自己正在享受伟大的地球本身，享受化身为这副平民少女坚实肉体的罗马女神。另外一个说法，但未必与前一个说法相左，称艺术家得知美人可为他带来150皮阿斯特的嫁妆时便催着她赶紧结婚。不管真相如何，他和这个安吉莉卡生了三个孩子，他们虽然没多大才华，但勤勤恳恳地继续父亲的事业：弗朗塞斯科[1]，天资最好的那个，和他父亲一样，除了版画也从事考古和古物中介；正是他向瑞典国王古斯塔夫三世提供了一些平庸的（且有时真伪难辨的）大理石雕像，如今陈列在斯特哥尔摩王宫的一个大厅里，构成一小组可怜的十八世纪"内行爱好者"的藏品。

多亏了法国人雅克-纪尧姆·勒格朗[2]，我们才从弗朗

---

[1] 弗朗塞斯科·皮拉内西（Francesco Piranesi，约1758—1810），1799年后在巴黎生活工作直至去世。

[2] 雅克-纪尧姆·勒格朗（Jacques-Guillaume Legrand，1753—1807），法国建筑师、建筑史学家，曾出版皮拉内西父子二人作品的相关著作。

塞斯科口中了解到我们所知的有关皮拉内西的生平、言论和个性的大部分细节，艺术家本人著述留存下来的部分也证实了他的说法。我们看到的这个人充满热情，醉心于工作，不在意自身的健康和安逸，不惧怕罗马郊区的疟疾，在哈德良别墅或阿尔巴诺和科拉古代遗址这样偏僻又不卫生的地方长期盘桓时，他只以冷米饭充饥，一个星期只点一次微弱的营火，以便在探索和工作时间里不用分一点儿心。雅克-纪尧姆·勒格朗带着十八世纪智者所特有的平实中肯指出："他绘画效果的真实和力道、恰当的投影和影子的透明度或在这方面的别具一格、色调的表现本身，皆得益于他在烈日下或月光下对自然的准确观察。"很容易想象，在中午难以忍受的阳光下或在几乎明亮的夜晚，这位窥伺难以捉摸之物的观察者在看上去静止之处寻找移动和变化之物，用目光搜索废墟，以便从中发现哪里该用浅色笔触，哪里又该画上交叉影线，恰如别人为了定位宝藏或揪出幽灵时所做过的那样。这位劳累过度的手艺人于 1778 年因肾病治疗不力在罗马去世；雷佐尼科主教出资将他葬在阿文提诺山圣玛利亚教堂——如今人们可在那里拜谒他的墓。《监狱》卷首有一幅他的肖像，向我们展示了他三十岁左右的样子：留着平头，目光炯炯，面色有些倦怠，很意大利，也很十八世纪，尽管他裸露的肩膀和胸膛宛如罗马半身像。注意，单论年代的话，他和卢梭、狄德罗以及卡萨诺瓦几乎同龄，只相差几岁，比画《狂想曲》的那个令人不安的戈雅、写《罗马哀歌》的歌德、着魔的萨德以及著名的监狱改革者贝卡利亚年长一代。十八世纪各个角度的思考和影响在皮拉内西怪异的线条世界里相互交织。

乍看上去，我们似乎可以把皮拉内西堪称过于丰富的作品进行分类，比如，可以像从前某些胆小的批评家那样，把《监狱》的十六幅版画扔到疯狂和谵妄里，而推崇《风景》和《罗马古迹》[1]里有逻辑的表达、经过细心观察并庄重转录的真实。或者，由于时尚潮流介入其间，总是矛盾地反转说辞，我们也可以把《监狱》视为这位杰出版画家施展自己不拘才华的孤例，而把《罗马

---

[1] 为了叙述方便，此处用《罗马风景》或《罗马古迹》来指代皮拉内西留下的无数古代建筑图画。除了《罗马古迹》《风景》和《罗马各种风景》外，皮拉内西描绘性作品的不完整目录还包括《共和国时代罗马古迹》《阿尔巴诺古迹》《科拉古迹》，以及他富有争议的巨著《论罗马人的壮丽与建筑》中的插画和其他几本画册。——原注

古迹》和《风景》重新斥为陈词滥调——它们虽有令人
赞叹的精湛技艺，却是为了满足一群迷恋历史俗套和名
胜古迹的顾客而炮制出来的，并因此有了稳定的销路。
诚然，我们大可以说，卷帙浩繁的《风景》和《罗马古
迹》对十八世纪的商人和风雅人士而言，就相当于现如
今的艺术摄影集，提供给希望巩固或补充自己回忆的游
客或者足不出户又渴望旅行的读者。相较他之前的版画
家，画《风景》的皮拉内西所处的位置几乎等同于今日
能灵活运用逆光、运用雾霭或黄昏效果、从不同寻常或
富有启发性的角度进行拍摄的杰出摄影师在他平庸死板
的同行当中所处的位置。然而，若我们给皮拉内西的作
品价值排出梯级——从近乎纯手工艺层次的版画集《装
饰道路的艺术》或他的那些挂钟和贡多拉[1]模型起步，然
后爬升到仍属半商业范畴的《风景》和《罗马古迹》，最
后在《监狱》中达到一种纯主观的幻想——那我们就完
全歪曲了他作品的性质。事实上，薄薄一册《监狱》里
那些据说是发烧时所画的黑暗图像也对应着一类已经

---

[1] 一种黑色平底船，是威尼斯最具代表性的传统轻舟。

固定并几乎成潮流的体裁：像帕尼尼[1]那样的画家以及比比耶纳家族那样的版画家，在皮拉内西之前或与他同时，已经搭建出想象中的歌剧院或悲剧场景的模型，搭建出这些巧妙拼叠在幻景上的真实部件做成的建筑。另一方面，他的工艺画与他那些最大胆或最有力的杰作相比，不仅体现出同样的气质，还表现出同一些顽念。《装饰道路的艺术》里饰有奇异符号和动物的壁炉配得上在玫瑰十字会[2]的炼金室里关入烈火，它与《监狱》第五幅画里的巨大狮像出自同一只手；一幅四轮华丽马车草图与《哈德良别墅大型浴场》的复杂示意图体现出同等的精致细腻。如果不是这些手工艺类作品的提醒，我们可能过分疏于把他的重要作品重新放置到它们所处的时代和潮流之中；我们可能太少考虑到他也是一个布景画家和能工巧匠。如果没有《罗马古迹》和《风景》，《监狱》如梦似幻的世界会显得太不自然或太造作；我们将无法从中辨认出在梦里无法摆脱、不断复现的真实建筑材料。

---

1 帕尼尼（Giovanni Paolo Panini, 1691—1765），意大利画家、建筑师，师从比比耶纳家族，以表现罗马古迹废墟的风景画见长，作品充满幻想色彩。
2 十七世纪初在德国成立的秘密会社，托称为十五世纪基督徒罗森克鲁兹（Rosenkreutz）所创，其名字的意思即为"玫瑰十字架"。

如果没有《监狱》近乎恶魔般的大胆，我们将迟迟不能在《风景》和《罗马古迹》表面的现实主义之下听出深沉的歌唱，那是对种种形式的生与死进行的一种既是视觉的也是形而上学的沉思。

皮拉内西描绘性的版画可分为两类，当然二者互有交叉。一方面是巴洛克建筑，当时还是新事物或几乎是新事物：笔直的实墙外立面，切分景观的方尖碑，宫殿成行的街道——勾勒出一条略微弯曲的线条，乃罗马奇观之一，呈椭圆形或不规则多边形的平坦空旷的广场，巴西利卡平行六面体状内景，带穹顶教堂圆柱状或截球状内景，绕圈的露天圆形建筑，带仿波浪弧度圆形承水盘的壮观喷泉，地面和墙壁光滑亮泽的饰面。另一方面是已有近十五个世纪历史的古迹，裂石碎瓦，坍塌的穹顶方便了光线的闯入，暗室的地道远远开向一个透光的缺口，没有摆稳的勒脚悬在那里，将落未落，引水渠和柱廊的雄壮节奏被打断，庙宇和巴西利卡大敞，仿佛被时间的破坏和人类的劫掠翻了个底朝天，以至于内部成了一种外部，四处被空间侵袭，如同房屋被水侵袭。皮拉内西的作品中，在对他来说仍属现代的事物和对他及对我们都已成古代的事物之间，在他那个时代坚固建造的新建筑和已经走到自己若干世纪路途终点的建筑之间存在一种连通器式的平衡。坍塌的《城外圣保罗大教堂》和这些石柱曾经从属的古代神庙几无二致；《圣彼得柱廊》很像被它取而代之的尼禄竞技场的柱廊。完好无损的《维纳斯神庙》或者《卡拉卡拉浴场》，以其大理石之奢华、灰泥粉饰之丰富和巨型雕塑之夸张，与贝尼尼[1]的建筑回应着同样的对华丽和威严的关切。巴洛克艺术特质给了他前巴洛克建筑即罗马帝国时代建筑的直觉；他没有像后继者那样，用冰冷的学院派风格去表现它——人们有时会把他与学院派混淆，但对学院派来说，古迹只是教材而已。在《罗马风景》中，正是由于巴洛克艺术的缘故，他才会突然打破平衡，十分有意识地调整透视、分析整体，这项分析成果在当时的重要程度不亚于后来印象派画家对光线的分析。也正是借助巴洛克艺术，才有了这些出人意料的光与影的伟大游戏，有了这些移动的光亮，它们迥异于文艺复兴画家放置在仿古宫殿和

---

1 贝尼尼（Gian Lorenzo Bernini / Le Bernin，1598—1680），意大利雕塑家与建筑师，巴洛克风格重要先驱，圣彼得教堂前广场的设计为其最重要建筑成就。

庙宇背后的永恒天国，并被十九世纪旅居意大利的柯罗[1]重新发现。最后，他还从巴洛克艺术中获取了这种超人的尺度，并将在《监狱》中把它推向极致。

当然，对废墟的偏好和对罗马的热爱并非《风景》和《罗马古迹》作者的首创。在他之前一个世纪，普桑和克劳德·热莱[2]也以外乡人的新视角发现了罗马；他们的作品从这些无穷无尽的遗址中汲取了养料。但对克劳德·热莱和普桑来说，罗马主要为个人的幻想或一般性表达充当赏心悦目的背景，它说到底是个神圣的场所，精心剔除了一切琐务，接近于神话中的神明之境，而皮拉内西在十八世纪的某一个时刻，在他约千张既像轶事又像幻景的版画里固定下来的则是城市本身，包含了它从最寻常到最奇特的各个方面和各种意涵。他并非像寻找一个视角的画家那样探索古迹；他自己也搜索废墟，以便找到可以售卖的古物，但更多是为了洞察建筑基础的奥秘，了解并论证它们的建造方法。他是"考

1 卡米耶·柯罗（Camille Corot, 1796—1875），法国画家。曾于 1825 至 1828 年、1834 年和 1843 年三度到意大利旅行写生。
2 尼古拉·普桑（Nicolas Poussin, 1594—1665），法国古典主义绘画代表人物；克劳德·热莱（Claude Gelée, 1600—1682），法国风景画大师。此二人均长期在罗马生活、创作。

古学家"这个词尚未广泛使用的时代里的考古学家。他自始至终都老老实实地遵循当时的习惯，在版画上为建筑物的每一个部分、每一块保留在原地的装饰编号，并在画的下侧边缘加上相应的注解，而从来不像现在的艺术家肯定会做的那样，担心这些详细的标注或图样削弱其作品的美学价值。"当我注意到罗马大部分古代建筑散落在田间或花园无人问津，或被用作营建新建筑的采石场时，我决心用我的版画来留存它们的记忆。因此我试着在画中尽最大可能保持准确性。"这句话里面已经有了歌德式的某些东西，表明了一种希望自己有用的谦卑愿望。要想体会这项抢救工作的重要性，我们应该记住，皮拉内西所画建筑里至少有三分之一在此后荡然无存，剩下的那些往往也被剥离了原先的饰面和灰泥涂层，自十八世纪末至今历经改造、修复，有时还修得拙劣不堪。在当今这个艺术家自以为切断与外部世界的联系就获得自由的年代，有必要说明皮拉内西那些近乎幻觉的杰作是从怎样一种对被凝视对象的明确关怀中诞生的。

许多有才华的画家也曾是建筑家；但极少有人在自

己的绘画、素描或雕刻作品里只从建筑的角度思考。另一方面，有些也想同时成为考古学家的画家，比如画《安条克与斯特拉托尼斯》的安格尔，往往最终只交出一幅令人失望的次品。相反，皮拉内西的建筑学习教会他从平衡和重量的角度、从砂浆和骨架的角度十分连贯地思考。另一方面，他对古物的研究也使他习惯于在每一块古代碎片里识别出品类的特别之处或详细规格；这些对他来说就好比画裸体的画家去解剖尸体。特别是，这个一生被局限在二维铜版的人身上有股被压抑的建造热情，似乎令他尤为善于在坍塌的建筑里找回曾在工地上令建筑拔地而起的那种冲动。我们几乎可以说，在《罗马古迹》中，材料为自己发言：在皮拉内西那里，废墟的景象并未引发对帝国的宏伟和衰落以及世事无常的夸张描绘，而是引发了对物的寿命或其缓慢的磨损、对在建筑内部继续作为石头长久存在的团块其晦暗身份的沉思。相应地，在他的作品里，罗马的庄严在破裂的穹顶中存续，而不是靠把它和死去的恺撒联系在一起而存续。建筑本身足矣；它既是悲剧也是悲剧的布景，是仍然铭刻在这些巨大砖石建筑里的人类意志、凝滞的矿物能量和一去不复返的时间三者展开对话的场所。

这一隐秘的形而上学之诗有时似乎在阿尔钦博托[1]的这位同胞作品里形成了某种初步的双重意象，它更多源自幻视者目光的强度而非源于精神的游戏。《卡诺普》和《巴亚的狄安娜神庙》中坍塌的穹顶是碎裂的头颅，是悬垂着丝丝细草的颅骨；《奥勒留记功柱》和《图拉真记功柱》这在表面看来和色情毫不沾边的作品令人不由地想起泰奥菲尔·戈蒂埃写的关于旺多姆记功柱的发狂诗句[2]；横陈于《巴贝里尼宫》脚下的几段断裂的方尖碑是被不知何方猛士撕碎的尸体。更常见的情况是，视觉隐喻并非把人类创造的形式简单地比作人体形式，而是试图把建筑延伸进自然力量的整体中，而我们最复杂的建筑也永远只是这整体的一个部分和它的一个无意识的缩影。废墟倚靠在新的宫殿上就像砍伐后留下的一截树桩倚靠在生机勃勃的大树上；一半陷入流沙的穹顶如同一丛丛灌木攀缘的土堆；建筑物带上了矿渣或海绵的某些

---

1 朱塞佩·阿尔钦博托（Guiseppe Archimbaldo, 1527—1593），文艺复兴时期意大利肖像画家。
2 指泰奥菲尔·戈蒂埃（Théophile Gautier, 1811—1872）具有色情意味的短诗《荣耀的假阳具》。

特征，它如此难以分辨，以至于我们已搞不清沙滩上捡起的这块卵石究竟由人手加工，还是经波浪造就。非凡的《哈德良墓基墙》是被若干个世纪的时间拍打的悬崖；空无一人的《斗兽场》是熄灭的火山口。这种宏大自然隐喻的感觉或许在皮拉内西从帕埃斯图姆带回的素描里最为明显，他的儿子弗朗塞斯科在他死后令人尊敬地完成了这些画作，在上面画满了粗野的农夫和忒奥克里托斯[1]式的牲畜。但暴力在其中让位给了平静；隐喻消解成了对凝视对象的简单确认。素描作者接近却并不了解的希腊从自身既个别又抽象的健美中显露出来，这种美与罗马实用又浪漫的宏伟截然不同。被毁的神庙不只是形式海洋上的一艘沉船；它本身即是自然：它的柱身等同于神木；它的实与空是一段多利亚调式旋律；它的废墟仍是一句箴言，一份训诫，一种自然规律。这位建筑悲剧诗人的作品在此般宁静的沉醉中走向完结。

离开《风景》之前，让我们拿着放大镜，用片刻观察在罗马的废墟或街道上比画着的渺小人类。提线木

---

1 忒奥克里托斯（Theocritus，约 300 b.c.—260 b.c.），希腊化时代诗人，田园诗创始人。

偶、手套木偶、武士木偶[1]：这些身着蓬裙的贵妇、穿戴法式服装和佩剑的绅士、风帽裹头的僧侣还有主教属于十八世纪意大利少不了的人物；一种哥尔多尼[2]或卡萨诺瓦[3]式的氛围、一种更威尼斯而非罗马的气息从他们当中散发出来。在这些被建筑的庞大衬托得微不足道的风俗画人物中间，皮拉内西加入了一群罗马郊区流浪汉式的赶骡人、被一帮吵吵嚷嚷的孩子缠着的特拉斯泰韦雷女人、乞丐、拄拐杖的人，以及差不多随处可见的须发蓬乱、身形敏捷的牧羊人——他们只比自己的羊群更像人那么一点儿。无论何处，艺术家都没有像他之前或之后许多画罗马的巴洛克画家或浪漫派画家那样，尝试把人的高贵和重要性与建筑的威严相协调。在这些磷火般的人群中，这里或那里出现的一个或立或卧的微小的俊美青年形象，无论他是孤独的漫步者、遐思者或者只是当地的男孩，都极少令人联想到一座古代雕塑。皮拉内西

---

1 原文为意大利语，*Fantoccini, burattini, puppi*。此处"*puppi*"正确写法可能是"*pupi*"，即意大利语"*pupo*"的复数形式，系西西里木偶戏（*Opera dei pupi*）所用木偶，故事多取材于中世纪骑士文学。

2 卡洛·哥尔多尼（Carlo Goldoni, 1707—1793），威尼斯剧作家，意大利现代喜剧创始人。

3 贾科莫·卡萨诺瓦（Giacomo Casanova, 1725—1798），威尼斯冒险家、作家，以风流著称。

皮拉内西作品之《斗兽场》

Fig. I
38 a

的首位传记作者比安科尼在十八世纪末写道:"他并不借助裸体像或仅有的那些优秀范本,也就是希腊雕塑的范本进行研究,而是乐于勾勒人们在罗马能看到的最丑陋的瘫子和最可怕的驼子。当他碰巧发现一个这样的畸人在教堂门口乞讨时,那高兴劲儿就好比在望楼上发现了一个新的阿波罗。"[1]在皮拉内西荒凉的遗址里出现的这些乞丐,有时暗示着危险。在《古迹》中的一幅画里,两个手舞足蹈的盗墓贼在争夺一具和他们同样优雅的骷髅;另一个盗贼抢走了颅骨,而离他两步远的地方,被推倒的石棺盖上雕刻着一个牛头饰,死兽头的形象便和死人头相邻。废墟确确实实地在蠕动:每多看一眼,就会发现一群新的人类昆虫在残石碎瓦或荆棘中乱翻。破衣烂衫、僧侣头巾、艳俗饰物一同闯入教堂发光的内部,别忘了还有互相撕咬、给自己捉跳蚤、直跑到神圣祭坛脚下的狗群。皮拉内西画中看热闹的人和闲逛的人过着这种欢快、躁动,时而令人不安的,如后来的梅菲斯特[2]般

---

[1] 皮拉内西 1778 年去世后,比安科尼(Giovanni Ludovico Bianconi,1717—1781)即为其撰写了一篇传记(*Elogio storico del cavaliere Giovanni Battista Piranesi celebre antiquario ed incisore di Roma*)。

[2] 歌德作品《浮士德》里的魔鬼。

的生活，从华托到马尼亚斯科 [1]，从荷加斯 [2] 到戈雅，在画家们的笔下，这样的生活彻头彻尾就是那个时代的一个特征。

一面是教皇的排场和古代的荣光，一面是当下罗马生活的悲惨和低贱，二者之间的怪诞对照在约两百年前杜·贝莱 [3] 的《怀念集》里就已经能够感受到，他也是最早在现场赞美罗马废墟之庄严的诗人之一。这种对照在伏尔泰《斯格芒太陶》[4] 尖利的开头再度爆发（"我离开了，对圣彼得的建筑满心欢喜。"）；一个世纪之后，它又将出现在贝利 [5] 的作品里。我们似乎可以很自然地认为《风景》的作者有着同样的运用嘲讽对位法的企图，但这些风俗喜剧或流浪汉小说式的渺小人物，其样貌和规格实在太常见了，不能就此推测皮拉内西一定暗藏讽刺或

---

1 阿里桑德罗·马尼亚斯科（Alessandro Magnasco, 1667—1749），意大利热那亚画派洛可可风格画家。

2 威廉·荷加斯（William Hogarth, 1697—1764），英国讽刺画家，连环漫画先驱。

3 杜·贝莱（Joachim Du Bellay, 1522—1560），法国诗人，七星诗社成员。

4 全名为《由斯格芒太陶本人撰写的其旅行纪事》，伏尔泰于 1756 年发表的哲理小说。主人公在欧亚非多地旅行，目睹人类在宗教上互不宽容、互相迫害的残酷图景。罗马是其游历的第一站，他在那里险些被两名神甫——他的情敌——逐出教会和下葬。

5 朱塞佩·焦阿基诺·贝利（Giuseppe Gioachino Belli, 1791—1863），意大利诗人，著有以罗马方言写就的《十四行诗集》。

蔑视：这群轻浮的下等人和俏媚的上等人只不过被他和当时许多版画家拿来突出穹顶之高和景象之深远。对他来说，他们最多只是与建筑庄严的广板形成对照的谐谑曲。然而，这些侏儒在《监狱》中再度出现，匪夷所思地高居在令人晕眩的楼层之上，太符合人类生命的某种微不足道感和毫无价值感，以至于不能不获得，至少是隐隐获得，一种极微小符号的价值，不能不令人想到一种半数学半讽刺的诙谐，这种诙谐萦绕着十八世纪某些最高明的头脑：《微型巨人》[1]《格列佛游记》。

第一版《监狱》，或者翻译得更准确一点的话，《想象的监狱》，没有标注出版年份，但推测是在1745年。皮拉内西自己在作品目录里标注了一个更早的日期："1742年所作版画"；那么作者当时就是二十二岁。这样的话，首版《监狱》里的十四幅画和《建筑的第一部分》[2]以及《各种建筑作品》这两部青年时期作品几乎是同时创作的，皮拉内西在后两者当中开始打造有着复杂

1《微型巨人》，伏尔泰1752年发表的哲理小说。
2 全名《建筑和透视的第一部分》。

而精巧透视的虚构建筑，对于在巴洛克传统中成长的艺术家们来说，这是几乎必不可少的华彩之作，而这当中已经有了一幅格格不入的《阴暗监狱》。这些作品紧跟朱塞佩·比比耶纳1740年在奥格斯堡出版的《建筑和透视》里的建筑幻想。它们大约是在皮拉内西1744年暂居威尼斯时完成或者说最初修改的，其间皮拉内西据称跟随提埃波罗工作，后者也是一位剧院建筑的魔术师。但这些从许多方面看都属流行体裁的画作，以其强度、怪异、暴力和一道不知所起的黑色阳光的效果，又有意识地脱离了流行体裁。若如人们所说，谵妄的《监狱》源自发烧的话，罗马四郊的疟疾则进一步激发了皮拉内西的才华，间歇性地释放出一些本会一直受控但又隐含在他作品里的元素。

"谵妄"这个词需要说明一下。假设1742年他确实得了传说中的那场疟疾，那么高烧为皮拉内西打开的并非一个神智混乱的世界，而是一个危险的内心王国，它比年轻版画家迄今生活的王国更宽广、更复杂，尽管二者总体上由几乎完全一样的材料构成。高烧尤其丰富了艺术家的知觉，使之达到机能亢进的地步，乃至几乎成为一种折磨，这样的知觉一方面可造成令人晕眩的冲动、在数学中的陶醉，另一方面可令广场恐惧症和幽闭恐惧症一起发作，产生对牢狱空间的恐慌，《监狱》显然正源于此。从这个角度看，把《想象的监狱》和技术完美但线条冰冷的《建筑的第一部分》里的画作比较再有用不过，比如那幅中规中矩的《神殿草图》，1743年所作，因此和第一版《监狱》同时或稍晚。请把透视拉长；把已经高得不成比例的带藻井穹顶再加高；把这些仍显生硬的建筑和这些矮小的歌剧龙套浸入梦幻的氛围；让这些古典坛坛瓮瓮里的烟升得更令人不安一些；把每道线条加粗、简化；这样一来，你得到的东西就和如梦似幻的《监狱》没多大区别。这一切总体上意味着皮拉内西的才华在《监狱》中首次得到施展。

这一套前所未有的十四幅版画和1744年出版的更轻松一些的四幅装饰性作品《怪诞图集》是皮拉内西仅有的陷入他自己所说的任性，或者更恰当地说，陷入他的执念和幻想中的作品。尽管驳杂，《监狱》和《怪诞图集》都记录下了古代艺术和罗马艺术给威尼斯人皮拉内西带来的初次震撼。《怪诞图集》把断裂的柱子、破碎的浅浮雕和死人的头颅组合成一个洛可可拼盘，有点让人想到十七世纪某些墓碑上精致的恐怖装饰，又有点让人想到亚历山大城雕镂艺术品中轻巧的头颅和骨骼。高高的《监狱》呈现出的图景则是对罗马和巴洛克式宏伟的反转，它映照在一颗异想天开的头脑的暗室之中。黑暗的幻想后来虽被吸收进现实的、具体的事物内部，但仍将浸润《罗马古迹》，而在这两部青年时代的作品里，它则处于自由的状态，也就是说化学角度的纯粹的状态。尤其是《监狱》，要知道这套绝妙版画的作者当时只有二十二岁。假如我们可以把一位巴洛克时代的艺术家和一位后浪漫主义时代的诗人作比的话，我们可能会大着胆子指出，年轻的皮拉内西的《监狱》就相当于兰波的《灵光集》，只不过皮拉内西并未像兰波那样从此放弃写作。或许《监狱》也是皮拉内西的《地狱一季》。

《监狱》得到了现代评论界的极力推崇，在当时则不出意料地反响平平且根本无人理解，因而销量不佳。1761年，也就是画册以其最初形式出版近十七年后，四十岁的皮拉内西为大众奉上了大幅度加工后的第二个版本《G.B.皮拉内西的想象的监狱》，这一次包含十六幅

皮拉内西作品之《想象的监狱》（之一）

版画。同时，在第一版卷首占显著位置的 *Caprice*（任性）一词在这版定本里消失了，这可能是项意味深长的删减，也可能只是为了标题页的重新排版罢了。

仔细观察，皮拉内西对《监狱》的其他修改几乎都属于以下两类：增加影线，从而可以上更多的墨，以减少大块明亮空间，暗化或增加阴影面；给位于前景或大厅角落里显出轮廓的神秘机器，处处加上轮子、滑车、吊臂、绞车和绞盘，这些细节使得机器明确无误成为酷刑工具而不是它们也可充当的建筑机械；轮子和平台上布满钉子，阴森恐怖；伸向虚空的一条长廊边缘反常地燃烧着一堆炽热的炭火，从中冒出一些黑柱，隐约暗示着酷刑的存在；在第二版第四幅画中，一个巨大、阴暗的尖刺轮[1]取代了作为透视轴的庄严立柱；悬挂在高墙上的串串锁链繁茂得就像一棵令人厌恶的葡萄树上的果实。此外，皮拉内西还在画册中加入两幅新画（第二幅和第五幅），比其他画更暴烈，对考古元素有更多无意识的借用。最后，他删去了第一版画册中的第十四幅也是最后

1　原文为"roue de sainte Catherine"，即圣卡特琳之轮，系四世纪初东正教殉道者卡特琳·德亚历山大（Catherine d'Alexandrie）被处刑时的刑具，带有尖刺的轮子。

一幅画，画中几乎明亮的背景下，两个人物走下中央楼梯的台阶，而一个蒙面小人，作为某种神秘的平衡，出现在右侧一截隐秘的楼梯上。这幅杰作散发出怪异的优雅，仿佛提前出现的一版理想的《费德里奥》[1]的结局场景，它被一幅黑暗地窖的图景取代，地窖饰有表情怪异的罗马半身像和凄惨的铭文，铭文近乎多余地强调我们所在之处正是一座监狱。

　　一个天才的艺术家可有诸多修改自己作品的理由，但最常见的理由与《监狱》无关。这并非成熟作者回过头来修饰的青涩之作：相反，若论技艺的精湛，能比肩或超过第二版的，恐怕只有第一版。我们最多可以说，在此期间皮拉内西进一步研究了伦勃朗，他欣赏后者的版画作品并受其影响，尽管他本人的作品是典型意大利式的。当然，皮拉内西也可能和他所处的整个时代一起被巴洛克艺术向前浪漫主义艺术过渡的潮流裹挟，他也主动把自己的作品往黑色小说的路子上修改。还有可能

---

1 贝多芬创作的唯一一部歌剧，1805 年首演，讲述贵族唐弗罗雷斯坦因反对暴政身陷囹圄，妻子列奥诺拉为营救丈夫，女扮男装化名为"费德里奥"潜入监狱，历经磨难终使丈夫沉冤得雪。

因为某种原因，犯罪的概念、法律制裁的概念越来越纠缠住《监狱》的作者。但我们尤其不要忘记，十八世纪的艺术家被假定要向公众提供一份人人都能一下子明白的有条理的论说，而不是一种或多或少难以理解的主观幻想的产物。就《监狱》而言，一切就好像清醒状态下的皮拉内西努力让画面变得更有说服力、更合逻辑，对他来说，它们可能已失去在灵感迸发或谵妄状态下显而易见的含义，在这些超验的牢房和这些令人眩晕的酷刑室中，他多处添加从真实的牢房和真实的酷刑中抓取的不容置辩的细节，好让画册名副其实，总之是要把当初建筑师的奇异幻觉、一个陶醉于纯粹体积和纯粹空间的建造者的梦重新放置在清醒状态下可以理解的概念和情绪层面上来，后者虽然更黑暗，但也不那么异乎寻常。

总体观之，无论是1761年这一版，还是更早的一版，首当其冲的感觉是，《监狱》很不像传统的监狱景象。无论哪个时代，监禁的噩梦主要在于**身陷斗室**，禁锢在尺寸已很像墓穴的囚室内部。你在这座坟墓里……[1]

---

1 原文为拉丁文 *"Tu in questa tomba ..."*

它也包含身体的痛苦、污物、虫豸、黑暗中乱窜的老鼠，包含萦绕在浪漫主义想象中的这一整套可怕的地牢布景。除了这些一直存在的阴森特征，我们的时代还将添加上其模范监狱冰冷的功能主义、掩盖现代酷刑和死亡的集中营棚屋那险恶的平庸无奇、贝尔森[1]淋浴房里糟糕的卫生、被大规模圈禁在二十世纪上半叶的屠宰场和未来留给我们的那些屠宰场里的人类形象。但皮拉内西过分夸大的《监狱》与这种散发恶臭的恐怖或这种肮脏的虚伪相去甚远。古代罗马监禁场所的景象并未能启发他画出这些壮观的《监狱》：共和国时期和恺撒时期囚犯们在里头等死的那座可怕的马梅尔定监狱只是两个层叠的黑洞，最底下的那个只有一人高；朱古达[2]和维钦托利[3]曾在这样的坑洞里喘不过气来——除了马克西姆下水道外别无其他出口。这也不是皮拉内西记得的圣天使堡里的中世纪监狱，尽管他可能从这座古代哈德良陵

---

1 二战时德国汉诺威附近的贝尔根-贝尔森集中营。

2 朱古达（Jugurtha, 160 b.c.—104 b.c.），努米底亚国王，于公元前 111 年至公元前 105 年与罗马交战，败北后逃亡至毛里塔尼亚，被其岳父波库斯俘虏，献给苏拉，后死于马梅尔定监狱。

3 维钦托利（Vercingétorix，约 82 b.c.—46 b.c.），高卢首领，公元前 52 年阿莱西亚战役中战败被俘，送至罗马关押，公元前 46 年恺撒庆祝胜利仪式期间被处决。

墓中吸收了某些内部建筑元素，比如螺旋形走廊或者墓穴，加以修改后重新用在《监狱》的某几幅画中；当这个威尼斯人画牢房时，威尼斯总督府监狱或许不断萦绕在他脑海，但它也属于那类令囚犯在狭小空间中窒息或挨冻的监狱。以往的绘画艺术，尤其是这个十八世纪的人大概很少看的意大利圣徒题材的古老绘画，都把监狱描绘成铁笼子或者装有厚厚铁栅的单人牢房的变体，空间狭小到勉强只够圣徒迎接天使光顾，让他作好殉道的准备，或者反过来把他救出；拉斐尔在梵蒂冈教皇私人房间的壁画中也正是以这种狭窄的形式来表现圣彼得的监禁之地。

大多数皮拉内西的评论者寻找谵妄的《监狱》之起点时，只能勉强上溯到一个叫达尼埃尔·马罗的人，他是在英格兰工作的法国素描画家和版画家，1708年出版了一小组版画，其中的那幅《阿玛迪斯的监狱》已经预示了皮拉内西画中监牢的极端风格。但这条线索很牵强，两位版画家似乎更像是各自从一项想象的或现实的布景方案出发：悲剧中一位被篡位者俘虏的国王，歌剧中一位遭巫师禁锢的骑士，最多只能用美声唱出他的困苦，来填满这些令人眩晕的宫殿，而它们与关押真正囚徒的任何监狱都不相像。例如，梅塔斯塔西奥[1]1730 年创作的《阿尔塔薛西斯》的第三幕第一场给出如下简短指示——鉴于当时错视画和透视游戏蔚然成风，这些指示或许会让那些更关心整体和阴影的美好效果而非逼真与否的布景师走过头：**阿尔巴斯被囚于堡垒内部。正面的门。右侧小门，从此处登上大殿**。皮拉内西很可能是从舞台上这样一个可活动布景出发，冲向一个被不安笼罩的区域，这种不安比剧场里的不安更神秘，有时似乎还反映了整个人类处境中的不安。

看看这些《监狱》，它们和戈雅的《黑色绘画》一样，是一个十八世纪的人留给我们的最难解作品之一。首先，这是一个梦。对此，任何深谙梦之奥秘的人在面对这些具有梦境主要特征的一页页画作时都丝毫不会迟疑：对时间的否定、空间的错位、暗示出的悬浮、为被调和或被战胜的不可能之事物陶醉、比那些从外部来分析幻想者产物的人所认为的更近似迷狂的恐惧、梦的各

---

1 皮特罗·梅塔斯塔西奥（Pietro Metastasio，1698—1782），意大利诗人，十八世纪著名歌剧剧本创作者。

个部分或各个人物之间可见联系或可见接触的缺乏，以及致命的和必然的美。再进一步说，且为了赋予波德莱尔的说法最具体的意义，这是一个石头的梦[1]。经人手巧妙加工并放置的石头几乎是《监狱》里的唯一材料；在它旁边，只有这里或那里出现的一根立柱的木头、一个起重器或一根链条的铁；与《风景》和《古迹》不同的是，石头、铁和木头在此不再是基本的物质，而仅仅成为与事物生命毫无关系的建筑的组成部分。动物和植物被从这些内部剔除，后者完全被人类的逻辑或疯狂主宰，没有一丁点儿苔藓来破坏这些秃墙的美感。元素本身消失了，或者被严格限制：泥土没有出现在任何地方，而是被坚不可摧的石板或石块覆盖；空气不流通；画着胜利纪念雕塑的第八幅画里，没有一丝风吹动旗帜的破布；一种全然的静止主宰着这些巨大的封闭空间。在第九幅画的最底端，一个女人俯身在一个界石形的水龙头前（此人此物似乎都出自《罗马风景》），这是这个石化的世界里存在水的唯一细微迹象。相反，在好几幅

---

1 出自波德莱尔《恶之花》中《美》一诗。

画里都出现了火：挑檐上，火坛被诡异地置于虚空边缘，一道烟从中升起，令人想到刽子手的火盆或巫师的香炉。确实，皮拉内西似乎很喜欢用烟轻盈而无定形的上升来反衬石头的垂直性。时间并不比空气流得更多；持续的明暗对比排除了时间的概念，建筑物可怕的坚固排除了若干个世纪的磨损。当皮拉内西不由自主地在这些整体当中引入古代废墟里的一根蚀坏的木梁或一块庄严的墙面时，他如镶嵌带回的珍贵零件一般，将之镶嵌在没有年龄的砖石建筑中间。最后，这种虚空是有声响的：每一幅《监狱》都被设计成一个巨大的狄奥尼修斯之耳[1]。如同在《古迹》里我们隐约听到废墟中风弦琴的回响，听到荆棘和野草丛中风的窸窣，警觉的耳朵在这里也感受到一种惊人的寂静，迷失在空中走廊里的奇怪的微缩人物一点点脚步声和叹息声都会响彻这些宏大的石头建筑。无处躲避噪声，亦无处躲避目光，这些中空的、被掏空的塔楼似乎经由一些楼梯和栅栏与另外一些看不见的塔楼相连，这种彻底的暴露感、彻底的不安全感或

---

1 位于意大利锡拉库库萨的一个人工开凿的巨大洞穴，形似耳朵，传说暴君狄奥尼修斯利用洞内非凡的音响效果偷听囚犯谈话。

许比其他任何东西都更令这些幻想的宫殿成为监狱。

《古迹》的伟大主角，是时间；《监狱》悲剧的主角，是空间。错位、有意倾斜的透视在皮拉内西以罗马为题材的画册里也大量出现；彼处它仍是版画家借以再现一个建筑物或一处遗址全貌的方法，人眼实际上并不能同时看到它的各个方面，但记忆和思考会在事后无意识地把它们集合到一起。几乎处处，在罗马巴西利卡的内部，皮拉内西好像把他自己，也把我们，放在他所画建筑物的入口，我们仿佛刚刚跟随他跨过门槛。实际上，他往后至少退了一百来步，在脑海中取消了立于他身后与我们身后的外墙，此举使他可以在自己的草图中纳入整个教堂内部，但前景的人像被缩减为中等距离上所见路人的大小，而最深处的人物在这个线条世界里成了一些点。这种处理方法的结果便是过分加剧了人物尺寸和由人建造的建筑物之间已经存在的比例失调。街道或广场透视的拉长或倾斜制造了同样的效果，碍眼的建筑物被移走或推远，特维莱喷泉或庞大的蒙泰-卡瓦洛喷泉傲立在比它们实际所占空地更大的空旷之中，可这种比例失调却在随后影响了未来的建筑师和城市规划师。在《监狱》

中，这种空间游戏如同天才小说家作品中对时间无拘无束的处理。

面对《监狱》的非理性世界，我们的眩晕并非源自尺度的缺失（因为皮拉内西向来极为注重测量），而是源自我们知道准确但也知道是建立在错误比例基础上的大量计算。要想让大厅深处走廊上的人物只有麦秆那么大，这座延伸向其他更难到达的挑檐的廊台非得和我们相隔几个小时步行路程不可，这一点足以证明这座昏暗的宫殿只是一个梦，它让我们焦虑得就像一条努力丈量大教堂高墙的蚯蚓。往往，画面上方一道石拱的底端遮住一截楼梯或梯子靠上的部分，暗示着比可见的梯子和楼梯更高的高度；另一截延伸至比我们所在平面更低处之楼梯的迹象提醒我们，这个深坑也远深过画面下缘；当几乎贴着同个下缘悬挂的一盏灯证实确乎存在不可见的黑暗深渊时，这种暗示就更加明确。艺术家成功地让我们相信这个无边无际的大厅也是密闭的，甚至长方形上我们永远看不到的那一面也是如此，因为它位于我们身后。在少有的情况下（第二、第四和第九幅画），一条无法通行的通道开向外部，而这个外部本身也被墙壁包围，这种错视只会在画面中央加剧封闭空间的梦魇。《监狱》令我们不适，无法识别整体布局这件事又为此种不适增加了另外一个因素：我们感到自己几乎从不处在建筑物的轴线上，而只是处在一条向径上；巴洛克艺术对对角线透视的偏好在这里最终给人一种身处不对称世界的感觉。但这个被剥夺了中心的世界也能永远地膨胀下去。我们怀疑，在这些装有铁栅气窗的大厅后面，还存在其他完全一样的大厅，已在能想象到的所有方向上推演开来或有待无限推演下去。轻巧的天桥、悬空的吊桥几乎处处都与石质走廊和楼梯相伴出现，仿佛也是为了向空间中发出所有可能的曲线和平行线。这个封闭于自身的世界在数学上无穷无尽。

出乎意料的是，这场令人不安的建筑游戏经研究证明是由十分具体的部件构成的，皮拉内西还将把它们用在其他作品里，在那些作品里，尽管它们看上去带有更真实的面貌，实则具有同等的幻想性。这些地下大厅像是阿尔巴诺湖排水渠的水库或甘多尔福堡的蓄水池；第八幅画中庄严的台阶底部的胜利纪念雕塑令人想起卡比托利欧广场坡道上的马略胜利纪念雕塑；这些被铁链连在一起的界石来自罗马宫殿的外墙或院子，它们在那里充当阻止车辆进入的寻常工具；这些以其栏杆和梯段来圈住深渊的楼梯，便是巴洛克式罗马的王公和主教们每日上上下下的楼梯——但是在噩梦中的尺度；第四幅画中透过一个饰有古代浅浮雕的拱架所瞥见的半圆建筑很像圣彼得柱廊，当然是梦里的那种相像；这个由穹顶和半圆拱形组成的复杂系统比卡拉卡拉浴场或戴克里先浴场里的还要更大胆一些；花岗岩怪面雕饰牙齿间的青铜环并非用来羁押虚弱的囚徒，而是用来系泊恺撒的战船。对罗马特有的考古细节的关注最终固执又累赘地占据了1761年增加的三幅画：洞开的深坑边缘堆积的石块、布满野兽的浅浮雕、阴森的半明半暗光线中显露的半身像，建筑师的谵妄里似乎越来越多地添加了古物专家噩梦的残余。

同样，如此可怕地布满《监狱》的奇异机器不是别的，正是沿用至今的古老建筑机械，熟悉老式设备的工程师一眼就能识别并叫出它们名字。第二版第九幅画中的托架是用来承托滑轮的直角支架，自远古时代起就被用来吊起重物；令人联想到绞刑的梯子是泥瓦匠用的梯子，在《古迹》里处处可见其倚靠在罗马的墙壁上；带有长尖刺的滚筒是一台绞车；被皮拉内西阴险地插满钉子的拷问架是锯木工人用的锯木架；那个令人不安的三角锥形梁架是一个起重器，艺术家自己在《修建塞西莉亚·梅代拉墓所用大块石灰华及其他大理石的起吊方法》中已经画过详图；那些绞刑架是脚手架。借助一个时代的酷刑工具及其技术设备之间十分现实的相似性，皮拉内西在《监狱》中暗示了刽子手的无处不在，同时，已经异常高大的墙壁脚下保持着一派未完工和临时的景象，它象征着建筑师的苦役，令人疲惫不堪。皮拉内西很早就选择以这些恐怖的机器在施刑者手中的运用来解释它们的存在，1743 年出版的《建筑的第一部分》里有幅《阴暗监狱》，艺术家后来没有把它放到《监狱》合集中，这幅画有如下说明：**带有用来折磨囚犯的触须的阴暗监狱。**事实上，他的作品里压根没有在巨大绞刑架上摇晃的尸体，就像费里西安·罗普斯 [1] 笔下吊在钟楼大钟上的《敲钟人》。即便在最黑暗的第二版《监狱》里，滑

---

1 费里西安·罗普斯（Félicien Rops，1833—1898），比利时版画家。

轮绳索和摆锤线坠也只是用来在墙壁包围的深渊中画出威严的曲线和直线。牢房深处几乎随处矗立、有时也见于《罗马古迹》的巨轮只限于充当水车轮或绞盘：没有任何人被碾碎在它们巨大的轮圈上。

事实上，尽管评论者乐意强调《监狱》中众多囚犯可能遭受的"非同寻常的酷刑"，但我们反而惊讶于酷刑场面相对低的出现频率，尤其是它们的不起眼。在不合常理地占满第九幅画面上部的巨大眼洞窗的边缘，一些极小的人物鞭打着被绑在柱子上的一个小囚犯；一个躁动不安的人从斜十字架上脱落，像杂技演员似的从惊人的高度坠下；这些模糊的轮廓在此处扮演的角色相当于《古迹》中墙顶那些被风吹打的纤细灌木。在第十三幅画的中央，两个走下台阶的人物毫无疑问是双手被缚的囚徒；在1761年增加的一幅画（第二幅）里，在一个形似古代建筑废墟被开膛破肚后形成的巨坑深处，两个侏儒拽着一个高个子犯人的脚，后者很像被推倒的雕像；石牢边缘待在高处看热闹的人，除非他们是在朝略低处一个正在雕刻石块的石匠比画，否则便是在煽动刽子手。当目光不断搜索《监狱》的角落，眼睛便不时辨认出其他囚徒和其他狱卒。但这些微小景象不比昆虫的搏斗或垂死占的地方大。只有一次（第十幅图），皮拉内西非常清晰地表现了一群受刑之人：一组四五个雕像般的巨人被缚于柱上，在一块巨型石拱顶端弯腰屈服或筋疲力尽。这好比一个基督或普罗米修斯在某些梦境中那般分身出几个一模一样的形象。他们身形庞大，和沿着叠涩拱闲荡或爬楼梯的渺小人类毫无关系，并不比卷首的囚徒更打动我们——那人很像米开朗琪罗画在西斯廷教堂天顶的二十个裸男，更像卡拉奇兄弟[1]画在天顶的年轻人，他脖子上挂着锁链，就像戴着一个织带结。

　　和《罗马古迹》中他们的同类一样，《监狱》里渺小的居民身上那种典型的十八世纪的活泼令我们惊讶。有些原地单脚旋转的偶人，是漫步者、囚徒或者狱卒，手里拿着一根棍，可能是支矛，但更像是能拉响不知何种刺耳音乐的琴弓或者走钢丝者的平衡木，它在这里替代了皮拉内西画《古迹》时喜欢塞在乡野村夫手里的赶牲

---

1 卡拉奇兄弟【Annibale Carracci（1560—1609），Agostino Carracci（1557—1602），Ludovico Carracci（1555—1619）】，意大利画家，博洛尼亚美术学院的创立者，在 16 世纪至 17 世纪初对意大利绘画产生重大影响。安尼巴莱为其中最知名者，他为罗马法尔内塞官创作的巨幅天顶壁画为其代表作，其兄阿格斯蒂诺也参与了创作。

畜用的软细棍。酷刑的气息飘浮在《监狱》的空气中，但它几乎和《风景》中遭遇不测的暗示一样模糊。《监狱》真正的恐怖不在于神秘的酷刑场景，而在于这些游走在无限空间中的人形蝼蚁的漠然，他们的不同群体之间好像几乎从不交流，甚至从未察觉到各自的存在，更察觉不到在某个黑暗的角落里有人正在折磨一个囚犯。这个令人不安的小群体，其最大特征或许是对晕眩免疫。这些轻飘飘的小飞虫在妄想的高度上怡然自在，看上去并未注意到自己临渊而行。

但为何皮拉内西赋予《想象的监狱》这些既造作又崇高的特点？或者换个问法，为何他把这些华美的建筑幻想命名为《监狱》？近四十年前一位几乎无人知晓的版画家为骑士小说所作插画的影响，或认为它是一部我们不知道名字的歌剧布景方案，这些假设都只能部分解释这一主题的选择和这一系列的十八幅杰作[1]。十八世纪最后几十年里，对监禁和酷刑挥之不去的恐惧越来越占据人们的头脑，《监狱》无疑堪称其最早也是最神秘的症候

1 之所以说十八幅，是在 1761 年版十六幅版画之外，把后来被终版第十六幅画替代的首版当中迷人的第十四幅画以及《建筑的第一部分》中的《阴暗监狱》也算在内，后者显然也属于《监狱》组画。——原注

之一。我们想到萨德，想到他的明斯基囚禁其受害者的佛罗伦萨别墅[1]，但我们已看到，这不是因为皮拉内西比我们可能以为的更显著地预示了《朱斯蒂娜》作者残忍的癖好，而是因为萨德和画《监狱》的皮拉内西都表现了这种滥用，它可以说是巴洛克力量意志不可避免的结局。我们想到贝卡利亚[2]对当时监狱之残酷的控诉，这种控诉很快将震撼人们的意识，并帮助人们向旧制度的堡垒发起猛攻。怀着诗人内心幻景和历史琐碎现实之间几乎怪诞的反差感，我们尤其想到的是，幻想的《监狱》和大革命恐怖统治时期毫无诗意的监狱只隔了短短三十年，皮拉内西的朋友和竞争者，可亲的于贝尔·罗贝尔，将有机会描绘卡米耶·德穆兰[3]在巴黎裁判所附属监狱给资产阶级预备的污秽不适环境中等待死亡，身边是一张帆布床、一个夜壶、一张写字桌和一幅他妻子露西尔的小肖像画。尽管第十幅画中有普罗米修斯式群像，尽管

---

1 出自《茹斯丁或美德的不幸》，萨德于1791年创作的小说，明斯基是该小说中的人物。

2 切萨雷·贝卡利亚（Cesare Beccaria, 1738—1794），意大利法学家，呼吁以更人道的方式对待囚犯，改善监狱环境，并在人类历史上首次系统地提出废除死刑的理念。

3 于贝尔·罗贝尔（Hubert Robert, 1733—1808），画家、雕刻家。卡米耶·德穆兰（Camille Desmoulins, 1760—1794），记者、政治家，在法国大革命期间扮演重要角色，1794年与丹东一起上了断头台。罗贝尔为他创作版画《狱中的卡米耶·德穆兰》。

一些渺小的人物有时似乎在阴影中略略做出怜悯或惊恐的姿态，但我们丝毫不能确定皮拉内西本人曾被革命前发作的恐惧和反抗所触动，而《监狱》不管怎么说是其预兆之一。在第二版最后一幅画中，晦暗不全的铭文：无耻……为了恐吓日渐增长的胆大妄为……不虔敬与糟糕的行为[1]，似乎将作者置于公共制裁、罗马秩序一边，并使《监狱》里的囚犯成为作恶者而非殉难者。

暂且搁置从萨德主义先声的角度出发或从革命预见的角度出发的解释，我们或许应该到一个格外占据意大利人的想象且在各个时代催生出最多杰作的概念中探究《监狱》的秘密，那就是审判、地狱、神怒之日（*Dies Irae*）的概念。尽管《监狱》的背景中完全不存在任何宗教元素，但这些黑暗的深渊和这些阴森的粗糙题刻仍然是意大利巴洛克艺术为但丁的恐怖漏斗和"弃绝一切希望"[2]给出的唯一且恢宏的对等物。艾利·福尔在他的《艺术史》中曾顺带提到，《监狱》的作者仍然处在米开

---

[1] 原文为拉丁文 "*Infamos ... Ad terrorem increscen ... Audacias ... Impietati et malis artibus*"。

[2] 但丁在《神曲》中把地狱描绘为九层漏斗状，"弃绝一切希望"是地狱大门上的铭文。

朗琪罗《最后的审判》这一重要传统之中，此言不虚，单从下垂的视角和空间布局来看如此，从内部景象看更是如此。米开朗琪罗作品浸透着但丁的思想，似乎充当了皮拉内西完全世俗的《监狱》和古老神圣的内在正义观念之间的中介。的确，《监狱》中没有任何上帝来给深渊各层的犯人指派位置，但省略上帝本身只不过让人类过大的野心和永恒的失败之景更加凄惨。这些被去除了时间和有生命的自然之诸般形式的监禁之地，这些如此迅速地成为酷刑室但其居住者似乎危险又迟钝地乐在其中的封闭房间，这些无底却又无出口的深渊不是随便什么监狱：它们是我们的地狱。

"丹麦是一所牢狱"，哈姆雷特说。"那么世界也是一所牢狱"，庸人罗森格兰兹回道，他总算胜过黑衣王子一次。应该假设皮拉内西也抱有同一类观念，一种对囚徒世界的清晰想象吗？两个世纪以来的人类遭遇令我们忧心忡忡，我们太熟悉这个有限却又无限的世界了，在它里面有极渺小的、摆脱不掉的幽灵涌动：我们认清了人的头脑。我们无法不想到我们的理论、我们的系统、我们卓越又空幻的精神构造物，在它们隐蔽的角落里，总是有一个受刑之人蜷缩躲藏。这些长期相对被忽视的《监狱》图景如此这般地吸引了现代公众的关注，可能不仅是如阿道司·赫胥黎所言，因为这部建筑对位法杰作预兆了某些抽象艺术的概念，而主要是因为这个造作却又真实到令人悲伤、恐惧幽闭却又妄自尊大的世界未尝不令我们想到现代人每天都更进一步将自己封闭其中的世界，我们开始认识到它的致命危险。无论《监狱》对其作者来说具有何种近乎形而上学的内涵（或者相反，压根不存在），皮拉内西所述之言中，有一句或许是带着玩笑口吻说出的话，表明他并非不知道自身才华里包含的邪恶之处："我需要宏大的构思，并且我想，如果有人命令我去规划一个新世界的话，我会疯了似的去做。"生命中唯此一次，无论有意识与否，艺术家担下了这项近乎阿基米德式的冒险计划，那便是为一个纯粹由人的力量和人的意志建造的世界勾勒一系列图样：《监狱》便由此而来。

和大多数艺术家一样，皮拉内西的荣光时断时续且零散，也就是说相继涉及他的不同作品。《风景》和《罗马古迹》迅即出名，尤其在意大利之外，而在意大利国内起初则反响平平。可以说它们永远定格下了罗马在其历史某一时刻的某种面貌。甚至不止于此；由于在数量上尤其在美感上我们不掌握可与皮拉内西作品比肩的他之前各时代罗马的资料，特别是我们后来将只能通过冰冷的、推测性的考古复建来了解古代罗马的物理面貌，皮拉内西留下的他那个时代的罗马废墟图景渐渐以追溯性的方式延展到人类想象之中；当我们说出罗马某个建筑物的名字时，我们猛地发现我们几乎不由自主首先想到的，是皮拉内西画的那些罗马废墟，而不是建筑物最初的状态或更古老的状态。

从十八世纪最后几十年起，大概没有哪个地方学建筑的人未曾直接或间接地受到过皮拉内西画册的影响，并且我们可以断言，从哥本哈根到里斯本，从圣彼得堡到伦敦，甚至是年轻的麻省，假如各位作者没有翻阅过《罗马风景》，那个时代及之后五十年所绘制的城市建筑和景观就不会是它们所是的样子。皮拉内西肯定参与催生了某种执念，这种执念最终把歌德引向意大利——他在那里找到了第二春，也把济慈引向意大利——他在那里死去。拜伦的罗马是皮拉内西式的，夏多布里昂的罗马和更被人遗忘的斯达尔夫人的罗马也是皮拉内西式的，司汤达的"坟墓之城"亦是如此。至少在 1870 年以前，在新意大利王国定都罗马后兴起的不动产投机浪潮之前，城市一直保留皮拉内西画中的风貌，如今在很大程度上，也仍然是对这个半古风半巴洛克罗马的记忆无法抗拒地吸引我们来到这座变化越来越大的城市。

十八世纪末以前，仅有少量艺术家和诗人欣赏废墟，皮拉内西把这种欣赏拓展到了大众当中，他的影响也产生了悖论的效果，改变了废墟本身。保存和修复、有时过度修复古代艺术品的兴趣远早于保存和修复艺术品所产生的残砖碎瓦的兴趣。皮拉内西的画册是考古的诗意最早迹象之一，在这种考古的诗意发展之前，废墟几乎无一例外都被视为矿藏，人们从中采出杰作，然后运到教皇或君主们的藏品库里；或者，像皮拉内西本人抱怨过的那样，被视为大理石开采场，人们开发它，以便为教皇们修建新的建筑——后者惦记着把古代异教的宏伟转变为基督教荣光（以及他们自己的荣光）。皮拉内西刻画的正是这片被剖开的、凄惨的废墟，而他作品的传播本身也成为诸多因素之一，逐渐改变了公众的态度，并最终改变了当局的态度，把我们带到如今被贴上标牌、擦净灰尘、重新粉刷过的废墟——它成了国家关心的对象，成了有组织的旅游业所掌握的全民财富。

《风景》和《罗马古迹》引发的热潮本质上不是建立在极少有人有资格评判的美学成就或技法成就上，而是建立在其主题上：它们满足了爱好者的趣味——对后者来说，罗马历史上的重要人物和重要地点是学校知识的一部分。越往后代，这些知识就越所剩无几了。此外，严格意义上的考古学兴趣主要指向此前一直无法到达、如今已被纳入欧洲遗产的希腊建筑，然后指向新近被探索或破解的埃及和中东。罗马不再像十八世纪末以前那样是古代世界唯一的王者。最后，十九世纪版画艺术遭遇通货膨胀，这些方方面面都令人赞叹的版画也受到拖累，混入一大堆知名场所或建筑的庸俗图像中——这些图像的复制样本留着宽边，裱在桃花心木或黄檀木画框里，装饰着外省的餐厅。渐渐地，皮拉内西的《罗马古迹》和《风景》同其余这些画一道被丢到走廊阴暗的角落甚至阁楼。今天，我们在那里重新发现它们，满怀着面对由时兴到被遗忘复又被钩沉出的作品时常常体会到的那种全新的、首次被激发的赞叹。

皮拉内西的装饰画册跨越路易十五、路易十六和督政府时期，预示了帝政风格，很快在英格兰找到了某种共鸣——他自 1757 年起便是伦敦古物专家学会成员；这些画作确实对欧洲各处巴洛克艺术向新古典主义艺术的过渡起到了推动作用。但总体上，要让这种对古代近乎疯狂的执迷在装饰家和高级细木工人的想象中树立，还得等到种种事件过后，执政官治下的罗马和恺撒们治下的罗马以及法老时代长达四十个世纪的埃及历史再度流行。很有意思的是，埃及化风格的最初萌芽，包括大量斯芬克斯、奥西里斯和木乃伊的出现，并非如我们可能以为的那样，始于约马尔在拿破仑时期动笔、路易十八时期完成的《埃及记述》[1]中的尼罗河谷雕像素描，而是始于皮拉内西 1769 年出版的画册《装饰道路的艺术》，后者又是受 1740 年至 1748 年间在哈德良别墅发现、如今保存在梵蒂冈的那些不起眼的伪埃及雕像启发。

---

1 埃德莫·弗朗索瓦·约马尔（Edme François Jomard，1777—1862），工程师、地理学家、考古学家，1798 年参加拿破仑派往埃及的学术远征队，1803 年回国后参与编写《埃及记述》，该书包含十卷文字和十三卷图版，于 1809 年至 1828 年间出版。

《想象的监狱》的命运不同于皮拉内西的其余作品。如我们所知，这些画在当时反响不佳，只得到少数爱好者的青睐。但从 1763 年起，《监狱》成为路易十五图书馆的藏书——入选评语赞赏其优美的光线效果。从一位阴郁巫师的魔棒下诞生的这些建筑在十九世纪几乎不为大众所知，但想必令几位诗人着了魔：泰奥菲尔·戈蒂埃或许希望看到《哈姆雷特》在取材自《监狱》的布景中上演，在这一点上，他既大大落后又大大超前于他那个时代的戏剧布景理念。但受皮拉内西影响最深的似乎是维克多·雨果，他在作品中频频影射这位杰出的意大利版画家。这个一生中只以幼童的眼睛瞥见过罗马的人无疑是通过《古迹》和《风景》来想象恺撒们的城市的；《凯旋门颂》提到过去城市的废墟和未来巴黎的瓦砾，假如作者未曾经常翻看这些展现罗马之衰败的伟大图像，这首诗很可能不会是它现在的样子。《监狱》萦绕着诗人雨果（或许还有画家雨果）。这些"皮拉内西梦想的恐怖巴别塔"很可能充当了他某些诗歌的背景；他在其中发现了自己对超人的、神秘的事物的爱好。幻想者与幻想者相遇。

不过，皮拉内西的《监狱》似乎对英格兰诗人和艺术家的某些想象产生了最为有力的影响。霍勒斯·沃波尔在其中看到"一些混乱、缺乏条理的场景，死神发出嘲笑"，这个评价本身有些夸张而不够精准，但这些黑暗的画面似乎在他的小说《奥特朗多城堡》中再度出现，该小说出版于1764年，也就是最终版《监狱》问世三年后，其故事在一座想象中的意大利城堡展开。充满诡思奇想的威廉·贝克福德也是皮拉内西的钦佩者之一，1784年出版的《瓦泰克》中巨大的地下大厅或许也受到阴暗的《监狱》的影响。沃波尔和贝克福德这两位黑色小说大师也是狂热的建筑者，奇怪的是，前者的洛可可—哥特式、后者的哥特—摩尔式变幻莫测的结构，尽管丝毫未沿袭皮拉内西的鲜明巴洛克风格，却都流露出同一种对主观建筑的执迷。但和皮拉内西有关的最美的英语文本并非出自这两位富有的爱好者；它来自德·昆西的《瘾君子自白》[1]，或更确切地说，来自德·昆西记录下的柯勒律治的模糊记忆。让我们重读这段文字：

---

1 德·昆西（Thomas De Quincey，1785—1859），英国散文家、文学批评家。《瘾君子自白》为其自传性散文，下文提到的《来自深处的叹息》为其小说作品。

一天，我在看皮拉内西的《罗马古迹》，柯勒律治在我身边，他向我描述了这位艺术家的一套叫《梦》的版画，版画描绘的是他高烧亢奋时的幻想。这些版画中的几幅（我仅仅根据柯勒律治跟我讲的内容来描述它们）展现了巨大的哥特式门厅；里面有一些令人叹为观止的设备和机器、轮子、缆绳、投石器等，体现了一种正在运转的巨大力量或一种被压制的巨大反抗。我们看到一截沿墙抬升的楼梯，皮拉内西摸索着台阶爬上楼梯。略往高处，楼梯突然中断，未加任何护栏，除了坠入深渊，再没有其他出口。不管倒霉的皮拉内西会遭遇什么，我们都推测他的疲惫将在那里以某种方式终结。但请抬起眼睛，你会看到更高处的第二截楼梯，皮拉内西又站在上面，这一次紧贴着深渊的最边缘。再一次抬起眼睛，你会发现一系列更令人晕眩的台阶，亢奋的皮拉内西在上面继续他野心勃勃的攀登；如此继续，直到这些无穷无尽的楼梯和绝望的皮拉内西一同消失在上方的昏暗当中。我梦里的建筑正是靠同样的无限发展的能力无止境地生长、增殖……

　　这页迷人的文字一下子打动我们的，其一是它在精神上对皮拉内西作品的完全忠实，其二是它在字面上惊人的不忠实。首先标题是错的，因为《监狱》从来都不叫《梦》，两位诗人仿佛听任《监狱》这个名称从这些奇异宫殿的三角楣上掉落，这一点相当有趣。接着，哥特门厅的意象被这两位浪漫主义巨擘无意识地引入此一典型罗马式建筑世界之中。但更重要的是，我们在组成整套《监狱》的十八幅版画中根本找不到那截妄想出的楼梯——它依靠不存在的台阶四处不断上升，而可能是皮拉内西的同一个人物每次都重新出现在更高一点的地方，出现在与之前的梯级隔着深渊的新的梯级之上。这种再现是某类顽固梦境的典型特征，可能是柯勒律治转述给德·昆西的，也可能是从未亲眼看过《监狱》组图的德·昆西自己把它插入到柯勒律治对他所作的一番描述里。两人很可能都被这本奇怪的集子骗了。确实，《监狱》很像那类半催眠的作品，仿佛我们眨一眨眼，人物就已移动、消失或突然出现，场所本身也神秘地发生了改变。《G.B. 皮拉内西想象的监狱》就这样在《克丽丝德蓓》[1]的作者或《来自深处的叹息》的作者脑海中生发出一截象征性的楼梯和一个象征性的皮拉内西形象，比真实还真实，标志着他们自己的攀升或他们自己的眩晕。就这样，人类的梦相互孕育。

皮拉内西雕刻版的故事需要单独叙述。大革命时期，它们被弗朗塞斯科·皮拉内西带至巴黎，到了出版商费尔曼·迪多手里，不久被后者转卖给罗马的圣路加学院并在那里保存至今。皮拉内西估测每块铜版总共能印三千份，这个数字远高于当时的大部分版画家——他们的雕刻版有时试印一百来张就坏了。铜版的这种惊人耐久性使皮拉内西的作品得以大量传播，它得益于版画家令人赞叹的简单雕刻手法。他尽可能地使用平行线，很少使用交叉影线，后者在雕刻版上会形成一个小岛状腐蚀区，上墨时墨汁会不恰当地在那里积聚。尽管技术上臻于完美，皮拉内西的原版在大量使用之后，终究还是

---

1 柯勒律治未完成的哥特式叙事诗，1816 年出版。

磨损了，如今已不能再用。即便在生前，他也经常把一些快要磨平的影线重新挖深。这导致他最晚印出来的画颜色也最深。当我们探讨第二版《监狱》变暗背后的心理动机时，不应该忘记这个细节，尽管和皮拉内西其他复制得更为频繁的作品相比，对《监狱》作这样的修改并非那么必要。无论如何，用这几点技术细节来结束这次探讨是有益的，它们再次证明，是何种对完美工艺的谦卑追求参与缔造了巨匠这些往往令人不安的杰作。

荒山岛

1959 年至 1961 年

塞尔玛·拉格洛夫，史诗讲述者

塞尔玛·拉格洛夫 (Selma Lagerlöf)

天才的小说家很少；天才的女小说家当然更少。伟大的女诗人，不多，但也足够拢成一大把花束，但伟大的小说需要对生活的自由观察，而社会习俗迄今几乎不允许女人这样做；即便万事俱备，它还需要丰足的创造力——女人似乎鲜有，起码鲜少能显示出这样的创造力，到目前为止，它只在生育方面得到自由发挥。唯一令人赞叹的例外：紫式部，毫无疑问的世界最伟大小说家之一，在十一世纪的日本绽放。其他伟大的女小说家都出现在十九世纪或二十世纪，中间虽然也能举出两三个名字，但一经细想，也就自动陨落 [1]。这份名单最多包含十来个名字，我们每个人可按自己的喜好确定，她们中的一些，如乔治·桑，更多是因为其身为女人的个性而非写作才华入选。我们相当惊讶地发现，盎格鲁-撒克逊女

---

[1] 玛丽·德·法朗士是一位绝妙的讲述者，拉法耶特夫人把拉辛的某种审慎和强度移植到中篇小说这一类别中。但她们二人都不是严格意义上的小说家。——原注

小说家和紧随其后的斯堪的纳维亚女小说家占了绝大部分。在这些具有杰出才能或天分的女性当中，我认为任何一位都无法超过塞尔玛·拉格洛夫。总的来说，唯有她始终处于史诗和神话的高度。

她的一生表面看来平淡无奇：幸福的童年在古老的莫尔巴卡庄园度过——她于1858年11月20日出生在那里的一个地主、公务员和牧师家庭。三岁左右发作的先天性髋关节结核病，一种"好"病，让小姑娘成了闭门不出的孩子，沉浸在书籍当中，专心听老人们在她周围讲述故事。少年与青年时期充满忧郁：第一次参加舞会，没有人邀请这个跛足的姑娘跳舞；空想多于实干的父亲在生命的尽头沉迷烧酒；珍爱的庄园毫无疑问将很快失去；塞尔玛经过激烈斗争，获准参加师范学校考试，以期成为公立教师，维持生计，尽管收入微薄——这个计划惹得她父母直摇头，在那个年代女性从事自由职业还是件新鲜事。她在马尔默附近的兰斯克鲁纳教书，度过了几年黯淡的生活；莫尔巴卡被拍卖，就跟她后来写的小说里英格玛森家族的农场和玛瑞安·辛克莱尔父亲的农场一样；经过漫长努力之后，她找到了自己独特的笔调和风格，在三十三岁那年出版了《尤斯塔·贝林的萨迦》。她几乎立刻成名，并很快荣誉满身，从此能够专事写作；1909年塞尔玛获得诺贝尔奖，由此得以赎回莫尔巴卡。

除此以外，这个半残疾的人还勇敢地进行过几次长途旅行；她和哥德堡犹太人社群的一位年轻寡妇缔结了长久而炽热的友谊，对方是个十足的美人，病恹恹的，为生活所伤，也写书，但没什么才华。如塞尔玛隐约所说，她是她的"旅伴"，当苏菲早她二十多年去世时，她伤感地承认："我确定她对我的深情；她经常让我痛苦，我也经常让她痛苦。"另一方面，她对家庭、对母亲尤其是对洛维莎姑妈抱有温柔的忠诚，她在《莫尔巴卡》中曾十分愉快地提到她。她审慎地参与了当时在瑞典仍处于起步阶段的女权运动（年轻的塞尔玛和她国家的第一位女医生及第一位女文学博士是同代人）。走出困境的莫尔巴卡让这份农业地产的主人又有了很多事要操心；她早在1914年之前就参加了和平主义运动；她赠送大量财物给身边的农民群体和贫穷作家；二战期间，她不仅在资金方面慷慨解囊，还亲自写文章、作报告、公开宣讲，先是支持流离失所或忍饥挨饿的人，然后支持饱受封锁或通胀之苦的德国或俄国人民，最后是"冬季战争"期间的芬兰。她无法靠一己之力帮助她所爱的这个国家，这似乎给了衰老疲惫的塞尔玛最后一击。1940年3月16日，她在中风瘫痪后于莫尔巴卡去世。

所谓人生，说到底是人的所作所为：埃林·瓦格纳为塞尔玛·拉格洛夫写的传记内容极为丰富[1]，我在里面找到的这些细节告诉了我们一切又什么也没告诉。另外一些细节让我们多了点了解：我们得知，这位才华似乎全部来自民间传统的女性阅读了大量书籍，而且是好几种语言的，她十分重视自己作为瑞典学院和诺贝尔奖评委会成员的职责。卡莱尔[2]影响了她的青年时期：借由一种特殊的潜移默化，《尤斯塔·贝林的萨迦》的笔调和风格似乎在很大程度上得益于这位冷峻的苏格兰预言家。后来，她读斯威登堡[3]，并在其中找到了她自己预见力的证明，这种预见力

1《塞尔玛·拉格洛夫》(*Selma Lagerlöf*)，巴黎，斯托克出版社(Stock)，1950年。——原注

2 托马斯·卡莱尔(Thomas Carlyle，1795—1881)，苏格兰历史学家和散文作家。

3 伊曼纽·斯威登堡(Emanuel Swedenborg，1688—1772)，瑞典科学家、神秘主义者、哲学家和神学家。

令她可与其他世界轻松沟通[1]。瑜伽练习帮她改善了身体状况，想必也令她在面对全球各种事件的冲击时更能保持惊人的平和——这些事件将打乱她这一代人的晚年。她好像并未在瑜伽这条路上走太远，但只要我们照这种方法认真去做了，一旦开始就必定永远会被它丰富、被它改变。不过，伟大的韦姆兰讲述者的这种异国趣味还是令我们意外：我们想到那些微小而神秘的人物坐像，呈经典沉思姿态，双腿双手交叉，装点着一些维京青铜器，它们是极北之地和东方之间难以觉察的接触点，而这个东方离我们比想象的更近。瑞典当代女雕塑家泰拉·隆格伦在她为瑞典著名女性创作的一块浅浮雕中，把塞尔玛·拉格洛夫放在中间的菩提树下，周围簇拥着包括瑞典的圣布里吉特和圣克里斯蒂娜、弗雷德里卡·布雷默以及爱伦·凯在内的一个杰出群体。塞尔玛的智慧、她的人道主义、她在可见与不可见世界中的从容自在配得上这个荣誉位置。

---

1 塞尔玛·拉格洛夫记录过种种较可信的超常心理体验，我只提一下其中的思绪传导，因为它很美：深夜，作家在她生病的母亲床边读完一本小说，她太累、太恍惚，没能跟母亲讲这本书；这部作品以曾经的埃克比骑士、小提琴手利耶克诺纳热情洋溢的即兴演奏结尾。到了早上，老夫人说她睡觉时听到了一支美妙的小提琴曲。——原注

人们曾十分含糊不清地说她写的是长河小说：她的作品实则是来自神话源头的一种长河史诗。它发源于《尤斯塔·贝林的萨迦》中迅猛供给埃克比炼铁厂的激流和瀑布，携带着融雪的沸腾、迷信的泡沫、旧日的枯叶碎屑，混杂着青春的狂喜。第一部作品或许是大作家最发自本能的一部，是恢弘的生命礼赞，也是天真的反抗之歌。接着，河流穿过更险峻的山隘：在《达拉纳的耶路撒冷》里，它映照出暗色的青山、被风暴席卷的森林、自远古时代起就因人类之劳苦而变得神圣的田野，英格玛·英格玛森和老马茨拒绝离开，哪怕要去的是圣地。河流把树桩拖入涨水之中，击中年老的大英格玛的心脏，彼时他正奋力挽救一小群被水卷走的孩子。在《加利利的耶路撒冷》中，河流转入干旱的沙漠地下。在《尼尔斯骑鹅旅行记》中，它浇灌的是整个瑞典，从拉普兰直到厄勒海峡，注视着野鹅排成三角形飞翔，顽皮的尼尔斯伴着它们，在见过万水千山，目睹了人们的劳作和痛苦，体验了动物们被追捕的生活之后，他获得了必要的善良和智慧，在贫苦的农场里帮助自己年迈的双亲。拓宽成港湾并与海水混合后，河流环绕着岛屿和小洲组成的这片广袤群岛，它们时而明媚，时而阴沉，是塞尔玛·拉格洛夫写的故事和短篇小说，《无形的锁链》《巨怪的世界》《大沼泽的女孩》等等。在《阿尔纳先生的钱》这则展现十六世纪瑞典严酷形势的故事中，河流用自己的冰浪紧紧包围杀害老牧师的凶手们所藏匿的岛屿。在《法外之徒》和《夏洛特·洛文斯科尔德》这两部晚年写就的笨重、过分雕琢、值得商榷的作品里，它用人类的恶意和荒唐自私所产生的废渣弄脏自己；它把日德兰海战死者的尸体卷入自己的漩涡中。最后，它用自己平静的细浪轻拍着风景，一个老妇人在其中怀着柔情重温自己的童年。

人物也具有史诗的气度。同时是酒鬼、赌徒、放荡儿的还俗牧师尤斯塔像火焰一样燃烧，向他周围散发生之欢乐与疯狂。但他也是把贫穷小女孩交给他保管的几袋麦子拿去换烧酒的流浪汉，是任由人们把他的女保护人赶出埃克比的迷信的忘恩负义之徒，因为他视她为女巫，尽管后来又让她归位并在她临终前照料她；绝望的浪漫主义者梦想在芬兰的森林里安详死去，他是所有美丽女人的引诱者却不是任何一个的情人，直到那天他将娶一个需要他帮助的被抛弃的女人，并终将有个浮士德式的结局——做个有用的人。在他旁边，是埃克比的少校夫人，叼着烟斗，发出咒骂，时而披挂绸缎珍珠，迎接圣诞夜的来宾，时而帮助她的矿车渡过危险的湖面，她是十九世纪小说中最强有力的女性形象之一。难忘的场景不胜枚举：她向寻死的年轻迷途者坦陈自己的生活和流浪汉一样艰苦，一样困难，假如她听从自己内心的声音，她和他有同样多的理由选择自杀；她在餐桌上接待她的母亲，后者过来谴责她行为不端，两个女人一边平静地吃饭，一边互骂，愣在那里的同席宾客既不敢说话也不敢动饭菜；最后，当她自己也穷途末路时，她步行来到快百岁高龄的母亲的庄园，看见母亲在牛奶加工场忙着指挥女仆们干活；年迈的女主人一言不发，把撇奶脂的长柄勺递给自己的浪荡女儿，就这样让出了自己在家中的位置。

两部《耶路撒冷》里，叙事节奏与农民缓慢的脚步相适应。这些人物谨慎地移动，小心翼翼不打乱任何一点既有习俗以及自然界的神灵和人之间的神秘协定，直到一场狂热危机把他们当中的一些人扔到前往圣地的路上。作品的开头几页很有名，英格玛·英格玛森走在自己的犁后，想象自己向聚集在天国一个农场里的父亲和先祖们征求意见：因杀婴被判处三年监禁的未婚妻出狱后，他是否应该亲自去找她？英格玛真切地感到，在婚礼前举行洗礼对布丽塔来说太痛苦了，但老人们并非不知乡村各地向来有婚礼前结合的习俗。"'让你跟这么一个坏女人打交道，实在是难为你了！'父亲说道。——'不，父亲，布丽塔不是坏女人；她只是太骄傲了。'——'一回事。'"事实上，春季里老人的葬礼花费不菲，他已经没钱重新粉刷农场、举行婚宴了，怎么结婚呢？但英格玛看见一个油漆匠带着涂料罐和刷子路过，认为收到了先人们答应给他的建议：在一段每过一站都会给他的自尊带来痛苦考验的缓慢旅程中，他将去寻找未婚妻，而她会面露不快，害怕村里人对她铺天盖地的蔑视。这一天是星期天：英格玛勇敢地和她一起走进教堂，因为她忽然很想去做礼拜；她坐到靠近门槛的长凳上，其他妇女纷纷离开。但很快，蔑视变为尊敬；这个男人坚持到底，经受住了考验，农民们看出他是英格玛家先辈的合格继任者[1]。

当人们思忖塞尔玛·拉格洛夫笔下男男女女的力量出自哪里时，首先想到的是新教禁欲主义强有力的克制，作家本人也是在这种氛围中长大的。这个回答不无道理，但过于简单了。这些如此接近自然世界的人物，其首要动力来自对自然规律的严格遵守；他们良好的决心像树木一样生长或像泉水一样流动。还应该考虑到一项漫长的人类遗产，它不仅囊括了宗教改革前大众温柔的虔诚（瑞典路德宗从未彻底抛弃中世纪基督徒的仪式和传说），还包括丰富而晦暗不明的"异教时代"的遗产。在新教僵化的氛围下，他们的美德（vertu）——按该词古义来理解——与其说源于奉行某种训令或信仰某种教条，不如说源于人和种族的深层力量。英格玛并非以隐喻的方式或在一场白日梦中得到先辈的建议。我们一方面太过习惯于藐视高尚的情感，太多人认为它们不过是廉价的劣品，另一方面我们在伟大中只见到戏剧式的浮夸，以

---

1 塞尔玛·拉格洛夫告诉自己的传记作者汉娜·阿斯特鲁普·拉尔森（Hanna Astrup Larsen, *Selma Lagerlöf*, New York, 1936），她有时把自己放到书里，但最经常代入的是男性人物，"特别是英格玛·英格玛森这个粗壮又执拗的劳动者"。不过可以猜想她是带着微笑说这话的。——原注

至于一上来难以接受这种英勇，而它内在于生命中，就好比橡树的种子内在于橡树中。

"力推"塞尔玛·拉格洛夫的丹麦批评家格奥尔格·勃兰兑斯一下子就注意到《尤斯塔·贝林的萨迦》中爱情场景的"冰冷的纯洁"。他也许弄错了：这种冷在燃烧。他的观点至少提醒我们，十九世纪八九十年代的自然主义和现如今的泛色情论对一部作品的激情和感官底色可能会有同等程度的误解。的确，《尤斯塔·贝林的萨迦》中的人物不做爱，起码不在我们眼皮子底下做爱，少校夫人的通奸行为也发生在第一章之前。但，和在一切伟大的严肃艺术中一样，肉体之爱是以象征的方式而非生理细节来表现的。较之尤斯塔给年轻的杜纳伯爵夫人的吻，野性的歌唱、雪橇的疾驰、夜晚的寒冷与火焰更令人想到爱欲的高潮。《无形的锁链》讲述一个乡下人如何除掉森林中躺着的巨怪，在这则故事里，大量蝴蝶围着花朵吃蜜预兆了年轻男人面对裸身的美丽姑娘时的心潮澎湃：我们想到波德莱尔的"年轻的女巨人"[1]，但

---

1 波德莱尔著有《女巨人》一诗，收于诗集《恶之花》。

较后者更多了一种原始的纯真。塞尔玛继承了伟大的史诗传统，在这一传统中，无论当时的社会存在怎样露骨的现实，性关系皆用暗示或纯洁的笔触描写。美丽的海伦被荷马写成帕里斯可敬的妻子；宙斯和赫拉无边的床第之欢通过地上为他们当床的花朵的绽放来表示。在塞尔玛·拉格洛夫的作品中，婚姻，连同它的喜悦和痛苦，处于中心位置；感官仪式秘而不宣，但在布丽塔、巴布罗或安娜·斯瓦尔德的宽大裙子和农妇的紧身胸衣下，在夏洛特·洛文斯科尔德外省贵妇的奢华装扮下，我们毫不怀疑肉体的存在。

两部《耶路撒冷》中，作者再度使用象征手法描绘加布里埃尔和格特鲁德的蓬勃爱情：它是地下纯净的泉水，格特鲁德为喝不到它痛苦万分，加布里埃尔冒着生命危险去寻找它。另外一些时候，订婚的长久喜悦寓意在未婚夫愉快建造着的房屋框架上，寓意在未婚妻编织的床单、毛巾和桌布上。一切传统社会所唾弃的通奸行为在上校夫人那里因贵族的潇洒不羁而变得高贵，在农妇爱芭那里因令人心碎的勇气而变得高贵，在她丈夫拒绝给予孩子长眠家族墓地的权利后，她起初被丑闻的念头吓住，但最终决定在众目睽睽之下，给孤立于公墓一角的她孩子的木头十字架插上鲜花[1]。总之那个年代，被引诱的女孩在乡土社会里不至于堕落到在资产阶级社会里可能达到的那种地步。我们看到，布丽塔尽管杀死了自己的孩子，但又振作起来；大沼泽的女孩宁愿放弃追究其引诱者的法律责任也不想看他假惺惺地发誓，她重新赢得大家的尊重，并拥有了属于农民的美满婚姻。

异教—基督教的对立在我们的文化里处于肤浅的水平，"异教"一词往往被指代为古时的性自由——这种自由在很大程度上是臆想出来的，"基督教"这个词则太经常联系着一种纯属陈规惯例的宗教性，它与社会的习俗礼仪紧密结合，但基督教特有的高尚美德——仁爱、谦逊、贫穷和对天主之爱——也因此而不见踪影。在仍然十分接近其异教时代的北方斯堪的纳维亚地区，异教—基督教的反差则以另外一种方式体现。异教元素被理解为**本原性的**——取该词的字面意思——是恐怖或善意的存在，无法被还原成人类的秩序，它们从四周包围着我

---

1 见《无形的锁链》中《墓志铭》一篇。——原注

们，只要我们的精神尚未失去在可见之中看到不可见的能力，就能与它们组成一体。正是这样，玛雅·丽莎遇见了美丽的白色神马奈克——远古的水神，它以人类恋人的眼睛看着她 [1]。冬特 [2] 悉心看护庄园，并除掉那些坏主人；它和老仆一样，是家的良心 [3]。森林精灵在烧炭人斯塔克的柴堆着火时提醒他，但狂热分子刚一砍掉他家门口"小人族"藏身的玫瑰，它们便永远消失了 [4]。满载女水神所赠礼物的渔夫，当他的牧师为了给他驱魔，叫他喝下圣餐杯里魔法禁令阻止他触碰的几滴湖水时，他将溺水而亡 [5]。在题为"被放逐的人"这则有力的短篇小说中，两个罪犯走投无路，到森林中求生，其中一人是信基督教的富裕农民，因杀死一个修士而成了法外之人，另一人是异教徒，沉船遇难者的儿子，从未经历过受保护的生活，也不知一个村庄相对确定的习俗为何物。农民被这个未完全开化的少年尊为神祇，他一点一点向后

---

1 见《莫尔巴卡》。——原注
2 冬特（Tomte），北欧民间神话人物，和圣诞节有关，形象通常为戴尖帽子、留有白色长胡子的小矮人。
3 见《巨怪的世界》中《托勒比的冬特》一篇。——原注
4 见《达拉纳的耶路撒冷》和《加利利的耶路撒冷》。——原注
5 见《巨怪的世界》中《湖湾的水》一篇。——原注

者传授宗教的训诫——他依然信仰这一宗教，尽管自己已触犯了它的戒律。道德的进步最终矛盾地导向背叛：少年揭发并杀死了他的朋友，以为迫使朋友接受惩罚是在拯救他的灵魂。基督教信仰和英勇的原始生活方式摧毁了对方[1]。

从塞尔玛青年时代作品的某些片段来看，她那些年里似乎在基督教中看到一种太崇高又太狭隘以至于无法包容整个现实的信仰，在十字架中看到一种未必能拯救所有人的救赎的象征。晚年的她仍然说她不相信赎罪；但另一方面，在她当时读的一本书的空白边缘，又有着向耶稣的祈求。她个人思想的种种状态不那么重要，重要的是她某些精彩故事里浓厚的基督教基调，这些故事饱含虔诚的中世纪所具有的那种渗透到生活方方面面的热忱。排斥异己的牧师把村里教堂那些涂得五颜六色的圣人像扔进水里，小女孩对这种愚钝的清教主义感到愤怒，面对砍掉仙女玫瑰的虔敬派教徒，她亦是同样的反应：她准备好了，她要直接去所有源泉畅饮。奥

---

1 见《无形的锁链》。——原注

拉夫·特里格瓦森国王因拒绝一位野蛮维京女王的勾引而被后者杀死，他的故事包含了文学中最纯粹的圣母玛利亚形象之一：奥拉夫在一个预兆性的梦中，看见自己在一场海战中落败，浑身流血躺在海底；温柔的上帝之母在青蓝色的水中前进，水在她周围形成大教堂的立柱和拱券，她把他扶起，令他倚在自己身上，和他一道慢慢行走，从碧海进入蓝天。奥拉夫·哈拉德森国王的故事更扣人心弦，他被一位君主愚弄，后者没有把自己合法的女儿而是把一个奴隶的私生女送给他做妻子。奥拉夫简直想杀人，但他还是赦免了这场骗局的女帮凶；他自感足够强大，能够把这个女人提升至与他般配，而不是让自己因她而变得堕落、卑鄙。"你的脸重放光彩，奥拉夫国王！"但我们要当心：与其说奥拉夫被基督徒的谦卑驱动，不如说他是被生命深处升起的一种隐秘的笃信驱动。在极高的层面上，这种区别不复存在：但奥拉夫·哈拉德森，和英格玛·英格玛森或安娜·斯瓦尔德一样，的的确确是从自己心底获得了力量 [1]。

---

1 见《无形的锁链》中《阿斯特里德》一篇。——原注

在一些简单乃至天真到可能误导我们的故事里，一个不和谐的音符划过，它不同于约同一时期的阿纳托尔·法朗士作品中的讽刺音符，而是充满洞见的苦涩音符，冲淡了人们误以为的基督教纯朴民俗成分。应圣彼得的恳求，耶稣派天使到地狱深处寻找使徒的母亲并把她带往天国。几个下了地狱的罪人抓住天使的翅膀和衣褶，但不为所动的老妇设法让他们松了手。当这些苦命人中的最后一个再次掉入深渊时，天使仿佛是累了，任凭老妇也坠落下去，然后振翅一飞离开了无底洞。我们身上背负着自己的地狱：上帝自己无力把我们改变得足够多，多到可以进入天堂[1]。

在许多故事中，异教与基督教合流。老阿格内塔[2]住在冰川边缘的小屋里，离道路太远，甚至没法施舍给过客一杯水，她为自己无用的生命感到痛苦。一位修士建议她帮助游荡在山中的亡灵，从此，每个夜晚，她都燃起柴火，点上蜡烛，为那些在古代斯堪的纳维亚地狱中忍受严寒折磨的罪人举办一场热与光的欢庆；她再也不

---

1 见《无形的锁链》中《我主与圣彼得》一篇。——原注
2 见《无形的锁链》中的同名故事。——原注

会无用，再也不会孤单。芬兰黑暗中的老贝达[1]请邻里的妇人们品尝点心，为太阳庆祝——这一天，太阳战胜了炊事历上标注的日食，重新绽放光芒。在她那个高崖突悬的寒冷小村庄里，太阳是她最好的朋友；她像"埃达"[2]的一位女性先祖会做的那样尊崇太阳。但一提到赐予人们太阳的天主，异教的谢恩仪式又变成了造物主的感恩歌。

这种本能的融合在《圣诞玫瑰传奇》[3]这则美妙的故事中达到顶峰，我们很可能不会想去读它，因为画报上太多愚蠢的作品已经让我们厌恶圣诞故事。这则故事发生在哥因吉森林，午夜即将到来之时，平原上开始敲响圣诞的钟声，森林被一股光与热的浪潮淹没，积雪为之消融。几近极夜的夜晚虽再度获胜，但第二股更猛烈的浪潮令草重新变绿，叶子重新生长；第三股浪潮带回了候鸟，它们筑巢、孵蛋、教幼鸟飞翔，大地上的走兽则

---

1 见《无形的锁链》中的同名故事。——原注
2 《埃达》，中古时期流传下来的冰岛神话与英雄史诗。其分为两种：一是"诗体埃达"或称"旧埃达"，二是斯诺里·斯图拉松（Snorri Sturluson，1178—1241）于13世纪创作的"散文埃达"，即"诗体埃达"的诠释性著作。"埃达"一词在古代斯堪的纳维亚语中的原义是"太姥姥"或"古老传统"，后转化为"神的启示"或"运用智慧"。
3 见《大沼泽的女孩》。——原注

产崽，哺育幼兽，毫无畏惧地混入人群当中。又一缕光线跃动，天使将加入鸟儿的歌唱。但当一个多疑的修士视这一幻景为魔鬼所为，击打落在他肩上的一只鸽子时，这场连森林中藏匿的匪徒也有权目睹的奇迹随即消失。圣诞夜的壮丽将再也不会回到哥因吉。除了令人心满意足的《圣经》伊甸园景象，我们在此还接近了印度的神圣世界：时间在爆炸，植物、走兽、季节在仿佛由一次永恒的呼吸所丈量的瞬间盛放又黯淡下去。

　　动物，如我们所见，也参与了伊甸园的重现。这很正常：哪怕凶残或狡诈，野兽也先于原罪存在；它的身上保留着我们已经献祭出的原始的纯真。在塞尔玛·拉格洛夫的作品中，往往是一桩对动物犯下的罪行开启了人的一系列厄运。圣诞时节，老英格玛突遭暴风雨，躲进一头熊的洞穴，毫发无损；接着他打破了休战规定，出发去猎杀这头猛兽，猛兽一下子把他摔死，家人把这个了不起的农民草草下葬，因为他触犯了约定[1]。在《达拉纳的耶路撒冷》中，奸诈的马贩子卖给巴布罗的祖先

---

1 见《渔夫的指环》中《休战》一篇。——原注

一匹瞎马，他把这匹马的肾脏打破了：于是他的男性后代生下来就失明或痴呆，直到有一天英格玛·英格玛森以一项英勇的善举弥补了这个错误。另外一些故事里，动物的纯真缓和了人面对世事变幻时的绝望。隐士哈托[1]，举着双臂，像印度苦行僧那样一动不动，祈求上帝取消这个被恶统治的世界。但他粗糙的双臂像树枝，一些鹡鸰在他手心里筑巢。这位圣徒仿佛不由自主地对鸟儿灵巧的工作以及它们用苔藓和细枝完成的脆弱杰作产生了兴趣。当小鸟破壳而出，他保护它们免受苍鹰的袭击，尽管他知道一切生命都必然走向死亡。最后，他不再祈求世界被摧毁，他不忍看这些无辜的生命毁灭。一个鸟巢战胜了人的不公："人，固然不如鸟，但或许上帝看世界就像他看这个鸟巢。"

在《尼尔斯骑鹅旅行记》这部成长小说中，动物们教给小男孩何为谨慎、坚韧、勇气。他练习怜悯，把幼崽还给了笼中的松鼠；他多少懂得那只老狗的顺从，而老狗只等着主人给它一枪，他也多少懂得那头老奶牛的

---

1 见《无形的锁链》中的同名故事。——原注

顺从，农妇曾在挤奶时倚靠在它身侧，向它诉苦，而自老农妇死后它待人宰割。拉封丹寓言里的动物是一些巧妙扮成饲养场或林中禽兽的"人"；而在塞尔玛的故事里，同情心和共同的不安全感推倒了物种之间的壁垒。当年老的头雁，凯伯内卡伊瑟山的阿卡，问男孩，他难道不认为大雁有资格拥有几片荒原以躲避猎人吗，这时它要教训的正是我们当中的一些人。

《丛林之书》[1]和《尼尔斯骑鹅旅行记》都把人类孩童重新投入原始生活，这两部杰作几乎同时诞生于一个最野蛮地破坏自然、将自然非圣化并因此将人类非圣化的年代伊始。塞尔玛·拉格洛夫承认自己受到过吉卜林的影响，但这两本书气质迥异，它们之间的相似性就跟印度丛林和拉普兰荒原的相似性一样小。少年莫格利像是掌握"暗语"的年轻的神，在动物的帮助下摧毁了他想报复的村庄，只因春季节日多情的召唤才重返人类世界（又会待多久呢？）。尼尔斯则只能回到他的小农场。我们又看到那种朴素的实用道德，它令达拉纳人在"杀人的

1《丛林之书》是英国作家、诗人、1907年诺贝尔文学奖获得者约瑟夫·鲁德亚德·吉卜林（Josephe Rudyard Kipling，1865—1936）发表于1896年的小说，下文中提到的少年莫格利是小说里的主要人物。

耶路撒冷"中得以存活下来。《丛林之书》和《尼尔斯骑鹅旅行记》有着相同的遭遇，都被当成儿童文学，但它们的智慧和诗意实则面向所有人。塞尔玛·拉格洛夫确实有意识地为瑞典小学生创作。但除了他们，她也在向我们言说。

塞尔玛·拉格洛夫的全部作品由神之善或宇宙之善的概念主导，恶在其中似乎被理解为一次意外或一桩人类的罪行。许多超自然爱好者寻求那种几乎发自内心深处的恐惧，而塞尔玛·拉格洛夫最黑暗的奇幻故事也很少让我们感到这一点。《尤斯塔·贝林的萨迦》中的魔鬼只是个乔装打扮者，也不太恶毒。塞尔玛总是拒绝说明在《达拉纳的耶路撒冷》中令农民纷纷改宗的暴风雨究竟是一场精神的风暴，是恶魔经过此地（体现为北欧神话中的古代狂猎[1]），还是仅仅是一场风暴。但只要把《耶路撒冷》和另外一部更暧昧难解的杰作，巴雷斯的《灵异的丘陵》[2]，进行比较，我们就会发现，见到异象的

---

1 "狂猎"在欧洲民间神话中指一群幽灵般或者超自然的猎人进行的野蛮狩猎。
2 莫里斯·巴雷斯（Maurice Barrès，1862—1923），法国作家、政治家，《灵异的丘陵》是他 1913 年发表的一部具有神秘色彩的小说。

达拉纳人自始至终保持着一种英勇的正直；相反，巴雷斯笔下那些有宗教幻象的人则陷入一个恶魔之境，总之那里挤满了亡灵。这当然是因为巴雷斯在文化背景和个人选择上皆是天主教徒，面对他眼中一切代表混乱之诱惑的东西，他都带着一种混杂着怀旧的恐惧退缩；而达拉纳人再怎么遭受反对或刁难，也仍然处于新教的异见传统之中[1]。

在塞尔玛充满善意的作品中，恶也以暴力、荒淫或虚伪这些惯有的形式游荡：我们碰到的不仅是加了越橘糖浆的田园牧歌。早在《假基督的奇迹》中就发生过这样的故事，一个英格兰老妇在西西里村民的古代剧场废墟中为他们举办了一场欢庆活动：在唱了一组她家乡的抒情歌曲并获得礼貌的掌声之后，这个轻率的人斗胆唱了《诺尔玛》[2]中的一个选段；人们哄堂大笑，嘘声一片，

---

[1] 几则故事以及《假基督的奇迹》证明塞尔玛·拉格洛夫同情当时的意大利天主教；但同情中也不乏愉快的、高高在上的讥讽和一些谬误。更有意思的或许是她对伊斯兰教的尊敬。正是一个流浪汉，穆罕默德的后代，给在耶路撒冷遭迫害的达拉纳人施以援手。精神失常的格特鲁德以为一个坐在清真寺门口、目光动人的伊斯兰教苦行僧是基督化身；后来，她得知他是一个号叫的苦行僧，并吃惊地目睹了他那个教派的口头仪式；但在彻底康复、离开耶路撒冷之前，她去吻他的手。"他不是耶稣，但他仍然是个圣人。"——原注

[2] 贝里尼（Vincenzo Bellini，1801—1835）谱曲的一部英雄歌剧，以表现女主角为主。

开心的人群强迫这个不幸的人唱第二遍、第三遍，她就像被扔给马戏团群兽的滑稽牺牲品。在《阿尔纳先生的钱》中，灭门血案有杜鲁门·卡波特[1]式的暴力。在《法外之徒》中，一些半水手半匪徒的人渣拼命让一个比他们自己更遭人贬低的可怜人吃蛇肉，这个场景简直让人无法忍受。写《尤斯塔·贝林的萨迦》的塞尔玛·拉格洛夫带着同情展现了潘趣酒的光芒照亮骑士们的脸庞；《无形的锁链》里《被废黜的国王》一篇中，被生活折磨的醉汉尚是个高贵的潦倒之徒，是救世背景下的伦勃朗。到了《气球》[2]中，酒鬼就只是个优柔寡断的人，令人生厌，就像弱者可能令人生厌一样；假如少了父子之间微妙的关系，我们会以为在读一份禁酒宣传单，这些儿子是温柔的幻想家，若不是英年早逝，或许结局也和他们父亲一样。《洛文斯科尔德的指环》开头，作家也以形式简单却精妙的笔法组织了一对农民夫妇的交谈，他们激动地打算进行一场渎圣的偷盗，嘴里却从未说出任何有

---

1 杜鲁门·卡波特（Truman Capote，1924—1984），美国作家，其代表作长篇纪实文学《冷血》根据其对 1959 年堪萨斯城凶杀案长达六年的实地调查材料创作而成。
2 见《大沼泽的女孩》。——原注

损名誉的话。

虚伪，守旧社会的恶习，处处被勇敢地派定给所有圈层。1927年出版的《夏洛特·洛文斯科尔德》着力刻画了牧师卡尔·阿瑟·埃肯斯代特令人讨厌的品性，这个怪物对自己撒谎，在周围播撒厄运，却一直宣称自己得到了上帝的赞同和指引。他和恶毒的泰亚，管风琴师的妻子、成功把他勾引到手的女诱骗者，共同组成了瑞典女小说家作品中唯一一对令人恶心的男女；他们从一个集市游荡到另一个集市的萎靡身影仿佛来自博斯[1]画中一角。令人惊讶的是，塞尔玛·拉格洛夫居然让她晚年写的两个女子，贵族夏洛特和乡下人安娜·斯瓦尔德，对这个混蛋教士宽宏大度。我们应该相信这两个女人的其中一个对她曾经爱过的男人仍残存一丝柔情、另外一个对社会地位高于她的丈夫仍抱有一丝尊敬吗？还是说我们身处一些塞尔玛·拉格洛夫并未点明的幽暗感官地带？我们想到《阿尔纳先生的钱》中迷人的小艾尔莎丽尔，她在不知情的情况下爱上杀光她全家的凶手，弄清

---

[1] 博斯（Jérôme Bosch，约1450—约1516），尼德兰画家，作品受当时的异端和神秘主义启发，多表现人的罪恶和道德沦丧。他的风格影响了后来的老彼得·勃鲁盖尔（Pieter Brueghel l'Ancien，约1525—1569）和二十世纪的超现实主义。

事情原委后，她仍然爱他，而他当时可能连她也不放过。"我爱上了一只狼"，她对自己说。但她继续爱他。

　　尽管由于时代和地点的关系，些许道德说教几乎不可避免，但塞尔玛很少去评判她的人物；他们的行为足矣。伟大的小说家甚少评判；她对生命的多样性和特殊性太过敏感，定会将其看作挂毯的纱线，而我们是无法把整张挂毯尽收眼底的。和我们这儿的农民一样，这些瑞典人隐约觉得，要想创造一个世界，什么都需要一点儿。《哈兰故事一则》[1]是塞尔玛那些最让读者感受到人与人之间无法解释的吸引的作品之一，在这则故事中，年轻的农夫抛下自己贫瘠的庄园以追随他母亲的雇工和丈夫，吉卜赛流浪者扬，他既不因为被后者弄得倾家荡产而恼怒，也不因为被卷入麻烦事进了监狱而气愤："他属于另外一个物种且必须按照他那个物种的法则行事。"作者不仅不在两个男人之间作取舍，她也不在两种生活方式之间作取舍：一边是定居农民的生活，只知繁重的日常劳作而不知其他，另一边是肆意挥霍的流浪汉的生活，

---

1 见《巨怪的世界》。——原注

有时候不忠且奸诈，但不时又把生命带入欢乐的舞蹈。

塞尔玛·拉格洛夫在其出类拔萃的领域可比肩最伟大的小说家，对此我已介绍了许多。但她并非总是出类拔萃。即便在写得顺手的那些年里，有些作品也给人峰间低谷之感。这其中，《利耶克罗纳家》或《一座古老庄园的传奇》不乏短篇小说或古老歌谣的魅力，但若没有同一个作者其他杰作光芒的照耀，它们就会显得平淡苍白。在《尤斯塔·贝林的萨迦》不久之后发表的《假基督的奇迹》毁誉参半，且如今尤以批评意见为主。匆忙吸收的意大利民俗在作品里只有表面上的别致，祭坛上的小耶稣被伪造的假基督也就是社会主义（四十年后或许会说是共产主义）取代，这个故事肯定是刻意预设的，它过于简单片面，几乎令人恼火。作者在游客眼中的西西里岛之下看到农民的贫苦，值得称道，而且她早在1894年就敢于指出唯进步独尊是一种无神论偶像崇拜，这一点很了不起，但或许不该这么说。1912年，她应一家抗击结核协会的请求创作了短篇小说《死神的赶车人》，探讨来世问题，尽管作者对此有深刻体验，但小说并未告诉我们多少和这些边界地带有关的东西，而别的作品对此已有过更好的阐述 [1]。1914 年写的《葡萄牙皇帝》得到了读者的欣赏；但我们不免觉得，这则讲述一个温和的自大狂想象自己把在隆德做妓女的女儿升格为皇后的故事被得意地过分拉长。

"我的灵魂变得贫瘠而黯淡；它又陷入蛮荒状态"，塞尔玛·拉格洛夫 1915 年写道。两三年后，在她生前未发表的一首诗中，她描述自己坐在工作台前，被作家的工作弄得筋疲力尽，这项工作对她来说仿佛"绝望地收集细枝、秸秆和无用的碎树皮"，然后她忽然感到自己的灵魂，"这个叛逃者"又回来了，而灵魂在这里似乎意味着才华。"我曾独自飘荡在战场上方，悲伤地向灵魂应答，我曾与壕沟里忍受折磨的人民一起转入进攻；我曾陪逃难者走上通往悲惨和流亡的道路；我曾与被鱼雷击中的船只一起沉没，并在致命的海底，搜寻被捕的猎物……我曾承受饥民的命运；我曾在炮弹如雨般偷偷落下的城市中值岗……我曾在一些被废黜的君主和一些夺取权力

---

1 塞尔玛·拉格洛夫和通灵论也保持距离。在苏菲·埃尔肯死后，一个自称带来后者口信的通灵者被她撵走了。——原注

的受迫害者家中生活。"这些与世界的苦痛相连接的经验本该启发年老的塞尔玛写出其他伟大的作品。但疲倦来袭，对文学是否还能起些作用的怀疑亦然；时间已不够让这些新的经验成熟，而它们本该待到成熟时才可被表达。她知道，战争形势下完成的《法外之徒》不是一部成功的作品。余生二十年里，《洛文斯科尔德的指环》缓慢酝酿，书中令人心碎的场景与上世纪外省生活的细腻描绘交织，但它也充斥着拖沓、啰嗦，且时不时出现黑色小说式的夸张段落。作者明显不再能驾驭自己的作品。她努力构思出一个结尾，让卡尔·阿瑟·埃肯斯代特死在一种神圣的气息中：她没有成功[1]。真正的小说家都知道，作者不可能为所欲为地安排人物。

"我一直对生命的意义感到困惑"，塞尔玛在1926年冒失地对一位记者说道。这句老实话激起了她的读者的愤怒；哲学上的疑惑可不是读者期望从偶像那里得到的东西。正如作家声名显赫时总会发生的那样，热情的拥趸形成了对她的一种粗略印象，这种印象部分来自她

---

[1] 该书发行版最后几页里，人物在非洲向黑人传教两三年后仿佛获得重生，读者实在叫人恼火。塞尔玛·拉格洛夫应该很清楚，人不可能这么容易就摆脱虚伪。——原注

的杰作——人们或放心地欣赏这些作品或只是为了寻找精彩的故事而去阅读它们，部分也来自对她个人和著作不可避免的有组织宣扬。两年前，比以往杰作更好懂的《莫尔巴卡》为读者展现了一幅温情而活泼的作家往昔家庭生活图景，孝心剔除了里面不可避免的种种不堪和冲突。童年的塞尔玛被描绘得十分可爱，但遵循的是成年人谈论童年时的俗套。老妇人亲切地回忆早年生活无可厚非，读者也很难抵挡令人眼角半笑半泪的《莫尔巴卡》的优雅。但伟大的史诗讲述者已不见踪影。

对老去的作家而言，一切都是危险（年轻作家冒的风险也不少，但那是不一样的风险）。无名和孤独是危险的；名望亦然。陷在自己的内心世界不回头是危险的；分心去处理另一个范畴的工作和事务也是危险的。荣誉满身的塞尔玛或许还不如兰斯克鲁纳的女教师自由。她的盛名体现为官方招待会、听取或发表的演说、到莫尔巴卡远足的一班班童子军、年轻女学生在她宴会当天表演的大合唱、像苍蝇一样被名人吸引的记者和各种爱看热闹的人前来对她的拜访。七十多岁时，她说自己想"进入安静的衰老之乡"。她永远没能进入。她的读者阻止她这么做，并且她也需要钱，不是为了她自己，而是为了她投身的行动和事业，同时，她大概也和所有优秀作家一样怀着继续写作的谦卑愿望。但她怀疑自己。"我本希望尽可能久地相信这一切（她最近的作品）有些许价值。但事实并非如此；我现在确信这一点。"1937年，她坦白道。她有时会弄错。1933年她创作了《土地上的书写》并放弃版税，以支持受迫害的德国知识分子，这部作品包含了对耶路撒冷圣殿内石刑场近乎幻象的描写，颇可与曾经的塞尔玛媲美。虽然结尾的道德说教过于突出，她笔下促使通奸女人皈依宗教的基督仍可与另一位基督相提并论，即D.H.劳伦斯的《逃跑的公鸡》里那个反常地耽于感官欲望的基督，劳伦斯比塞尔玛·拉格洛夫小二十多岁，又比她早去世大约十五年。前后不同时代的诗人说着相反的东西——说的又是同一样东西。

莫尔巴卡除了接待索要签名的学生、邮政员工代表团之外，偶尔也向其他访客敞开大门。1938年，一名年轻女子，激动得——她自己这么说——像个恋人般，来向这位七十八岁的老妇致敬：来者是葛丽泰·嘉宝。四十六年前，本名苏菲·所罗门的苏菲·埃尔肯也这样出现过，但戴着当年时兴的厚面纱，塞尔玛穿过房间，硬是掀起面纱好欣赏她的美。这当中相隔的岁月里，整个生命已然流逝。

但没关系。已因距离而略显朦胧的伟大作品还在那儿，如同油画中远处的风景：骑士们的埃克比的森林瀑布，《达拉纳的耶路撒冷》的峻岭青丘，尼尔斯从乌云顶端看到的田野荒原，特别是那些迷人的故事，如未受污染的湖泊一样纯净。在其中一篇故事里，老布伦克鲁兹上校隐居于一座农场，用时而鲜艳时而黯淡的毛线编织一块巨大的挂毯，以此了却残生，他在图案里悄悄放入他认为自己了解的关于生活的一切。在一个明亮的夏日夜晚，他听到某个隐形人穿过织线但没把它弄乱，他靠近他的床边，踏响鞋跟，含着眼泪："死神来了，我的上校。"死神也让莫尔巴卡的纺织女工停下了她的工作。

荒山岛，1975 年

康斯坦丁·卡瓦菲斯评介

康斯坦丁·P. 卡瓦菲斯（Constantin P. Cavafy）

卡瓦菲斯是现代希腊最著名的诗人之一；也是最伟大的诗人之一，总之是最精妙的，或许也是最新颖的，却又最受往昔取之不尽的养分滋养[1]。他 1863 年出生于埃及的亚历山大，父母是来自君士坦丁堡的希腊人。他在亚历山大长期供职于水利部，先是普通职员，后来当上办公室主管，也做过亚历山大证券交易所的经纪人。1933 年，他在这座城市去世。他很早就知道自己要当诗人，但他五十岁之前写的诗仅保留下了一小部分，其中只有几首堪称杰作；即便是这些陈年旧作也带有后来修改的痕迹。卡瓦菲斯生前只有极少诗作零散刊登在杂志上；他逐渐获得的荣光，是靠吝啬地分发给朋友或门生

---

1 尤瑟纳尔是最早把卡瓦菲斯的诗翻译成法语的人之一。她在本文中引用的卡瓦菲斯诗作出自她与康斯坦丁·迪马拉斯合作以散文体翻译的《诗集》(Constantin Cavafy, *Poèmes*, trad. du grec par Marguerite Yourcenar et Constantin Dimaras, Paris, Gallimard, 1958, 1978)。本文中卡瓦菲斯诗作的中文译文按照尤瑟纳尔法译本译出，并参考了由黄灿然根据英译本翻译的《当你起航前往伊萨卡：卡瓦菲斯诗集》(上海人民出版社，2021)。单独成段的诗句后标题为译者根据尤瑟纳尔译本添加。

的活页积累起来的；这些初读时以其淡漠、几乎非个人性而令人惊讶的诗作因而在某种意义上一直保持神秘，受益于诗人毕生的经验，各个部分都有丰富和修改的可能。直到最后，他才近乎公开地表达自己最个人化的顽念，表达一贯（但以更模糊、更隐晦的方式）启发、哺育他作品的情感和记忆。

康斯坦丁·卡瓦菲斯的生平从外部寥寥数行即可概括；他的诗更能告诉我们他过着怎样一种生活——表面上无非是办公室和咖啡馆、街巷和不正经小酒馆的老一套，在空间层面局限于同一座城市里走了上千遍的老路，但在时间层面却格外地自由[1]。我们还可以再进一步，试着用明文重新翻译诗人用诗艺转写成密码的信息，从这一首或那一首诗里提取一份不说确凿、起码可信的个人记忆。于是，《蒂亚纳的阿波罗尼奥斯在罗得岛》可以说呼应着卡瓦菲斯面对其同代人帕拉马斯[2]高产且往往夸张的作品时的恼怒，那两三个令人钦佩的斯巴达或拜占庭

---

1 尽管因家族生意之故，卡瓦菲斯九岁至十六岁在英国长大，他的诗却不带有这一时期的任何痕迹，十九岁至二十二岁在君士坦丁堡度过的三年亦然。他只想做个亚历山大人。——原注

2 科斯蒂斯·帕拉马斯（Kostis Palamas，1859—1943），希腊诗人。

母亲的身影（《在斯巴达》《去吧，斯巴达人的国王》《安娜·达拉西尼》）是这份和女性毫不相干的作品中孤立的女性形象 [1]，其灵感似乎来源于诗人对自己母亲的理想化记忆，他母亲早早守寡，抚养了七个孩子。《危险的思想》明显带有自传性，保留了年轻的卡瓦菲斯和许多人一样在感官快乐和禁欲之间短暂犹豫的痕迹。《总督管辖区》传达了一个为获得物质上的成功而被迫放弃自己写作宏图者的苦涩：身为公务员和投机客的卡瓦菲斯想必有过类似的伤感。《蒂亚纳的雕塑师》和《商店》惹人遐想，诗里提到，除了展示或献给公众的作品之外，还存在有意只为自己创作的更隐秘的作品。有心的话，借助卡瓦菲斯以自己名义发言的少量情色诗（《灰色》《很远》《下午的阳光》《在一艘船的甲板上》《邻桌》）和数量多得多的用非特指的"他"来指代爱人的情色诗，我们可为

---

1 让我们补全这份清单：德墨忒耳和墨塔尼拉（《打断》）、忒提斯（《无信义》）、年轻病人的老仆（《克里托斯的病》）、水手的母亲（《祈祷》）、亚里斯托布卢斯的母亲（《亚里斯托布卢斯》），这几位仍是母亲的化身。还有三四处对拜占庭女性所扮演政治角色的影射：伊琳娜·杜卡斯、安娜·科穆宁、伊琳娜·阿散、安娜·德·萨伏伊【《一名流亡贵族》（译按：完整标题为《一名拜占庭流亡贵族在作诗》），《安娜·科穆宁》《彩绘玻璃》《约翰·坎塔库泽努斯得胜》】；出现过几个犹太公主的名字【《亚历山大·詹尼亚斯》（译按：完整标题为《亚历山大·詹尼亚斯与亚历山德拉》）】；克娄巴特拉作为恺撒里翁的母亲被提到过一次（《亚历山大的国王们》）。女性人物前所未有地少之又少。一切爱情的挂虑抛开不谈，卡瓦菲斯的作品还是很像近东那些只有男人光顾的咖啡馆。——原注

他列出一份追逐和相遇、享乐和别离的常见一览表。最后，他坚持标注年龄，几乎成癖（《两个二十三四岁的青年》《一个二十三岁青年的肖像》《献给阿蒙尼斯，他死于二十九岁》《西蒙，莱亚尔克之子，昔兰尼学生，二十二岁》），再加上对面孔和身体少有的几处惜墨如金的描写，足以勾勒出卡瓦菲斯眼中爱人的理想类型和年龄。但用诗来填充传记细节与诗的目的本身背道而驰：最敏锐的诗人往往犹豫是否要逆向重走这条路，它曾把他从较模糊的情绪、较短暂的事件引向诗的精确和它安静的绵延。更何况，评注者有可能误入歧途。卡瓦菲斯再三表示，他的作品源于他的生活；后者从此整个儿地藏在前者之中。

门生和仰慕者的叙述最多只能添一条线，加一点彩；最热情洋溢者也所见甚少，所述甚拙，不是因为缺乏专注或缺乏口才，而是出于一些或许和生命以及诗歌本身的秘密有关的原因。我询问在诗人1930年前后最后一次暂居雅典期间经常去拜访他的希腊朋友，那时他在病中，生命垂危，已经成名；据说他住在奥莫尼亚广场一家条件堪忧的旅馆里，那儿是个新街区，

220

是吵闹的商业中心；我们以为会很孤单的这个人似乎
被一些忠实的朋友包围；他乐于接受赞美，对最极端
的批评亦不以为意；他欣然且严格地修改年轻仰慕者
的手稿。他喜爱夹用英文的做法令他们惊讶；他们觉
得他的希腊语略带牛津口音[1]。和常见的情况一样，这些
年轻人失望地发现，伟人的文学品位落后于他们；他们
是那么地赞赏其作品的独特、创新和大胆，而它们却在
难以理解的潜移默化中，由被他们认为过时的作品所滋
养；卡瓦菲斯中意阿纳托尔·法朗士，不大喜欢纪德；
他欣赏布朗宁甚于 T. S. 艾略特；他引用缪塞，令他们大
跌眼镜。我打听了一下他的外表：人们言之凿凿，说他
看上去就是个普通人，一个黎凡特地区的经纪人。一幅
他四十岁左右的肖像展现出一张眼神沉滞的面孔，嘴巴
肉感而睿智；矜持、若有所思、几近哀愁的表情可能更
多反映了他所属的阶层和种族，而不是他这个人本身。
我们不妨看看写了《印度之行》的出色小说家福斯特是

---

1 据说他夹用英文词的爱好也体现在名字开头用 C.P. 而不是按希腊惯例只用
Constantin。他的姓氏传统上写作 Kavafis，音译成法语有多种译法；诗人的继承人
更倾向于用 Cavafy，而去掉结尾的 s，它在现代希腊语中不发音。——原注

怎么说的，他几年前在亚历山大和卡瓦菲斯过从甚密：

> 如今的亚历山大建立在和洋葱、鸡蛋竞争的棉花之上，几乎不能被视为一个精神的大都会。然而，走街串巷时，居民们时而会有一种美妙的感觉。他们听到自己的名字被一个坚定但又沉思着的声音叫出，这个声音仿佛不是为了等待回应，而是为了向个体性原则致敬。他们转过头来，瞥见一个头戴草帽的希腊绅士站在那里，一动不动，姿势相较于宇宙其余部分略微倾斜……他也许会同意开始说一个句子，一个无比宽广、复杂却又均衡的句子，充满了永远不会弄乱的插入语和确有言下之意的暗示，一个有逻辑地来到其预见的结尾的句子，而它的结尾总是比你期望得更出色、更意想不到。有时，那句子结束在街头；有时，它成为繁忙交通的受害者，惨烈地死去；还有的时候，它一直延续到家里。它谈到 1096 年阿历克塞·科穆宁皇帝奸诈的行为，或橄榄的价格和销路，或共同朋友的命运，或乔治·艾略特，或小亚细亚偏远地带的方言。无论用希腊语、英

语还是法语，它说出来都是一样的完美。并且，尽管它饱含学识和人性深度，尽管它的判断具有明智的仁善，你仍然明显感到这个句子的姿势相较于宇宙其他部分也略微倾斜：这是诗人的句子……

让我们把福斯特这幅很不中肯的速写和朱塞培·翁加雷蒂[1]朴实的几行话相对照，后者提及在亚历山大城拉姆莱大街的一家牛奶厂里，最早发掘卡瓦菲斯作品的杂志之一《语法》的年轻编辑们所围坐的桌旁，一个好用格言警句、拘谨但又和蔼可亲的卡瓦菲斯，不时说出几句令人难忘的话。还有一名年轻女子曾对我讲述，她很小的时候在亚历山大认识了垂暮的诗人。诗人有时会来拜访她的父母，小女孩躲起来偷偷观察这位礼貌又温和的老先生，他整个人既激起她的强烈好奇，又让她有些害怕，因他看上去"谁也不像"，面色苍白，脖子上缠着绷带（卡瓦菲斯几个月后死于喉癌），着深色服装，当他以为自己独自一人时，习惯于若有所思地喃喃自语。年

---

1 朱塞培·翁加雷蒂（Giuseppe Ungaretti, 1888—1970），意大利诗人，出生、成长于埃及亚历山大。

轻女子对我说，他的喃喃声很模糊，因为病人已几乎失声，但这反而更让人联想到巫师的念念有词。够了：留这些零散的见证自己去互相补充吧，让我们倾听诗本身，那清晰的、坚决的、难忘的低语。

首先令人印象深刻的，是一切东方乃至黎凡特地区的风景几乎全然不见。这个埃及的希腊人没给阿拉伯或伊斯兰世界留出一丁点位置，任何对近东、对近东的种族并存、对各种族的分隔而非融合稍有了解的人对此都不会感到惊讶[1]。卡瓦菲斯的东方主义，这种一直悬在所有希腊思想中的东方主义位于别处。自然，即狭义上的风景悄无声息，这主要和他的个人感受有关。唯一一首明确向自然巨物投去一瞥的诗告诉我们，这颗充满爱意地封闭在人性中的心灵有何秘密：

> 让我在这里停步！……也让我看一会儿大自
> 然……早晨大海和无云天空的美丽蓝色……黄色的

---

[1] 不过，他的情色诗既炽热又抽象的语调让我们不由想起某些阿拉伯诗歌或者波斯诗歌。但卡瓦菲斯肯定不会接受这样的比较。——原注

沙滩……这一切，都被照亮，宏伟而壮丽……对，停在这里，假装我看见了这风景（确实，抵达时我看见了，就在那一瞬间），而不仅仅是我的幻觉，我的回忆，我美妙的想象……

——《早晨的大海》

我们不要把这种对风景的漠然说成是希腊式的或东方式的。应该立刻加以限制、定义、解释。希腊诗歌充斥着自然景象；甚至，在晚期希腊讽刺诗人——他们大多生活在古代安条克或亚历山大这个"绝对现代"的世界中——作品里，也不停出现悬铃木树阴或温泉水。东方诗人则在温泉和花园的美妙中沉溺到动弹不得。在这一点上，卡瓦菲斯的枯燥是他的一个特征；他所独有的，是故意只在大城市的街头和郊区取景，且几乎总是关注爱情的布景、爱情的舞台：

那房间廉价又俗气，隐藏在那家可疑的小酒馆上面。你可以从窗口看到那条又窄又脏的小巷。从下面传来几个工人打牌作乐的声音。

而在那张平民的简陋床铺上，我曾拥有爱情的肉体，我曾拥有两片赤红而性感的销魂嘴唇。如此赤红，如此销魂，即便是此时此刻，在过了那么多年之后，当我在寂寞的家中写诗，我再一次为之迷醉。

——《某夜》

平民咖啡馆、夜幕降临时昏暗的街道、陌生又可疑的年轻人频繁出入的那些声名狼藉的寓所，它们只依据人的奇遇，依据相逢和别离来呈现，如是才使得对户外和室内的寥寥几笔勾画有了如此准确的美。可以是亚历山大，也可以是比雷埃夫斯、马赛、阿尔及尔、巴塞罗那，可以是地中海边任何一座大城市。撇开天空的颜色不谈，它和于特里约[1]的巴黎相去不远；有的房间让人想到梵高的住处，想到那屋里的稻草椅、黄色瓷瓶、洒满阳光的秃墙。但一束纯希腊式的光继续微妙地沐浴事物：空气的轻盈、日光的清晰、人类皮肤的棕褐色，不会变

---

[1] 莫里斯·于特里约（Maurice Utrillo，1883—1955），法国风景画家。

质的盐也让拉丁语写成的希腊杰作《萨蒂利孔》[1]中的人物不至于彻底解体。事实上，卡瓦菲斯诗中的亚历山大盗匪社会常让人想起佩特罗尼乌斯；《两个二十三四岁的青年》这首诗懒散的写实主义让人不由想起亚希托斯和恩科皮乌斯做的那些好事：

> ……他的伙伴带来了意想不到的消息：他在赌场赢了六十磅……
>
> 于是，他们又充满活力与喜悦，心情振奋，神采奕奕，他们没有回他们体面的家（况且他们的家已经不要他们了），而是去一座很特别、对他们来说又很熟悉的堕落之屋。他们要了一个房间和昂贵的饮料；他们又喝了起来……
>
> ——《两个二十三四岁的青年》

我怀疑不会有很多人喜欢卡瓦菲斯后期风格里这些独特的写实描绘，它们精确到近乎平淡。然而，这些枯

1《萨蒂利孔》是罗马皇帝尼禄的宠臣佩特罗尼乌斯所著小说。下文提到的亚希托斯和恩科皮乌斯是小说的主人公，二人是朋友。

燥单薄的诗最值得关注（《烟草店的橱窗》《一位顾客》《在没有欢乐的小城》《与他的美相称的美丽白花》：我故意选择写得最好的那些，好让读者的善意犯难），在这些诗里，色情元素，间或流浪汉小说元素，以及煽情的悲歌或老套的通俗歌曲最爱用的那些极其陈腐、造作的情境和背景，经一种纯粹的乏味洗涤，找回了它们恰当的色调、浓淡，可以说被重新扳直了：

　　……但现在再也不需要整套西装，或丝绸手绢，或二十磅，或二十苏。

　　他们在星期天上午十点埋葬了他的伙伴。他们在星期天埋葬了他；将近一周前。

　　他在他那口廉价棺材旁放了美丽的白花，与他的美和他的二十二岁十分相称。

　　他的职业，一桩关乎他生计的生意令他今晚不得已返回他们往常一起去的咖啡馆。心被刺了一刀：他们往常一起去的那间可憎的咖啡馆。

　　　　　　　　　　　　——《与他的美相称的美丽白花》

但我刚才说的是背景：卡瓦菲斯作品里免不了有滑移，提到的背景又把我们带回人物的激情。

　　"大多数诗人只写诗。帕拉马斯完全不是这样，他也写叙事作品。我，则是一个诗人史学家。我写不了小说或者戏剧，但内心的一些声音告诉我，史学家的工作在我能力范围内。但时机已过……"[1]或许时机从未合适过：卡瓦菲斯有意忽略宏大视角，忽略历史上的大规模群众运动；他并不尝试在一个人物的经验深处、在他的变化和延续中重新把握人物。他不画恺撒；他不重现马可·安东尼的那堆材料和激情；他为我们展示恺撒生命中的一瞬，他沉思安东尼命运的转折。他的历史方法与蒙田接近：他从希罗多德、波利比乌斯、罗马帝国后期或拜占庭的一些默默无闻的编年史作者[2]那里摘取一些例

<hr>

[1] 泰奥多尔·格里瓦（Théodore Griva）为一本翻译过来的康斯坦丁·卡瓦菲斯诗选写的前言中引用的文句，该诗选于1947年出版于洛桑。——原注
[2] 卡瓦菲斯是文人，但不是职业文人，他的阅读范围未必有那么广。几乎所有"托勒密—塞琉西—希腊战败"题材的诗，其灵感似乎都来自 E. R. 比万（E. R. Bevan）那本十分精彩的《塞琉西家族》（伦敦，1902年）。他在书里可能还找到了借用自编年史作者马拉拉斯（Malalas）（《来自古代的希腊人》）的细节以及"似乎露出微笑的英俊侧脸"的照片——属于年轻国王奥罗菲尼斯（《奥罗尼菲斯》）。相反，拜占庭题材的诗似乎直接从编年史中收集资料，而不是像传说的那样受吉本著作的启发。——原注

子、见解，有时是非常确切的爱情兴奋剂。他是随笔家，常常是道德家，尤其是人文主义者。他有意无意地只做速览，只以清晰、直接的笔触勾画。但狭窄的视野几乎总是精准[1]；这位现实主义者很少让自己纠缠于古代或现代的各色理论，从而拒绝了一概而论的杂烩，拒绝了粗俗的对照和书本陈词滥调的乱炖——这些东西令那么多智慧的头脑对历史反感。这个力求精确的人脱离了漫长的浪漫主义传统，例如，他向我们展示了叛教者尤里安这个不由自主受基督教影响的狂热青年，此人在不知不觉中扭曲了自己宣称捍卫的古希腊文化，因严守戒规而成为安条克异教徒取笑的对象：

> "我觉得你们对神明满不在乎"，他严肃地说。不在乎！但他究竟期待什么？他大可以随他的意改革教会；他可以给加拉提亚大祭司和别的高级神职人员写信，想写多少就写多少，传达鼓励和建议……他的朋友们不是基督徒，没错……他们

---

[1] 不过，有必要把他的两类诗区分开，他既写出一些属于纯正希腊文化的优美诗篇，有时也会顺从（他那个时代）对书架里的希腊的偏好。我坚持在一开始就强调这种精美与庸俗的混合，以便接下来只强调精美的一面。——原注

更不会像他那样（他已经养成了基督教的习惯）迷恋这种无论在理论上还是实践上都很荒唐的宗教重组……总之，他们是希腊人……切忌过分，奥古斯都。

——《尤里安看到安条克人不在乎神明》

这样的细节不胜枚举，尤其值得注意的是，荷马时代只启发了卡瓦菲斯写出早期几首杰出诗作，如阴郁的《无信义》[1]或精致的《伊萨卡岛》。五世纪的希腊，阿提卡、伯罗奔尼撒和众岛屿组成的传统希腊，在亚历山大人的作品里几乎完全不存在，或最多迂回地通过六至八个世纪后的阐述来谈及（《德马拉图斯》《西顿的年轻人》）。克里昂米尼国王在亚历山大流亡并死去，这似乎令他对斯巴达衰落的悲剧产生兴趣（《在斯巴达》《去吧，斯巴达人的国王》）；雅典只在谈及帝国时代的一位杰出辩士时被提到过一次（《希罗德·阿提库斯》）；罗马世界透过希腊世界的视角被观察。诗人尤为钟爱只有少数

1《无信义》的灵感来自柏拉图转述的埃斯库罗斯的《悲剧伊利亚特》片段，有三四首诗基本直接来源于荷马，是卡瓦菲斯仅有的直接借用古代诗人的例子。除此之外，他几乎只参考史学家和辩士，也就是说希腊的散文家。——原注

专家才了解的古典时代里的一段时期，钟爱亚历山大大帝死后希腊化东方两三个世纪多元文化混杂的生活。他的人文主义和我们的不同——我们从罗马、文艺复兴、十八世纪学院派那里继承了一个英勇、古典的希腊形象，一种白色大理石的古希腊文化：我们的希腊史以雅典卫城为中心。卡瓦菲斯的人文主义则经由亚历山大城，经由小亚细亚，其次经由拜占庭，经由多种希腊组成的复杂序列，这些希腊离我们所认为的该种族的黄金时代越来越远，希腊文明却在那里鲜活延续。也别忘了，我们曾长期把亚历山大文化蔑视为没落的同义词：然而，正是在亚历山大大帝继任者的治下，在亚历山大城，在安条克，这种墙外的希腊文明才得以形成，外来元素在此融合，文化的爱国主义压倒了种族的爱国主义。伊索克拉底[1]早就说过："我们不仅把与我们血统相同的人称作希腊人，也把与我们习俗相同的人称作希腊人。"卡瓦菲斯无一处神经不属于这种 KOINH[2] 文明，这种俗语文

---

1 伊索克拉底（Isocrate，436 b.c.—338 b.c.），古希腊教育家。
2 也写作 *koinè*，即共通希腊语，公元前四世纪随亚历山大东征开始形成，此后数世纪成为地中海和中东地区通用语，它以阿提卡希腊语和爱奥尼亚希腊语为基础，融合了多种方言。

明，属于这个由传播而非征伐得来的希腊之外的辽阔希腊，它在若干个世纪里耐心地形成、革新，其影响在遍地船主和商贩的现代黎凡特地区仍袅袅不绝[1]。妥协、参与、交易的场景，被诱惑而非被打败的东方青年的形象，令《奥罗菲尼斯》精彩的历史叙述有了一丝哀婉：

> 你在这枚四德拉克马硬币上看到轮廓完美的清秀面孔，看到爱奥尼亚青年无瑕的美，这个人，是奥罗菲尼斯，阿利亚拉迪斯的儿子……
>
> ——《奥罗菲尼斯》

身为希腊人或者想成为希腊人是一种命运，而我们可在此找到精神面对这种命运时的各种反应，从骄傲（《科马吉尼国王安条克的墓志铭》）直到讽刺（《爱希腊者》）。这些短诗像一份隐迹纸本那样被不断重写，但只执着于两三个关于感官享乐、政治或艺术的问题，总是萦绕着同一种美，缥缈，却又极富特点，如同法尤姆肖

---

1 不过，无论在哪里，卡瓦菲斯都不代表他所属的新希腊阶层的倾向。现代希腊诗人通常更多使用现代希腊语，更谙熟意大利艺术，或更强烈地西化。甚至他们的人文主义（如果存在的话）也更多遵循西方的路子。——原注

像 [1] 中的面孔，眼神炽烈，直视前方，其坚决令人头晕目眩；它们虽时间各异，但气氛统一。对法国人来说，尽管自然而然存在区别，但卡瓦菲斯笔下这种纯正的黎凡特氛围未尝不令我们想到拉辛想象出的（是何种奇迹使然？）非比寻常的希腊—叙利亚东方：俄瑞斯忒斯、希波吕托斯、西法列、安条克、巴雅泽等人已经让我们熟悉了这种雅致又热烈的氛围，这个上至继业者时代乃至阿特柔斯家族、下至奥斯曼土耳其仍赓续不绝的复杂世界。无论卡瓦菲斯向我们讲述前基督教时代"着丝绸衣物，戴绿松石首饰"的爱奥尼亚青年 [2]，还是《1908 年的日子》里穿一套浅褐色西装的年轻流浪汉，用的都是同一种调子，有同一种几乎感觉不到的哀婉，同样的含蓄——我差一点说成同样的神秘。好享乐之人也有他们的永恒感。

不妨把卡瓦菲斯诗集中这些和其他诗一样仅按创作

---

1 公元一至四世纪埃及出现的一种为死者绘制的肖像，十九世纪二十年代在埃及法尤姆地区被发现，故名"法尤姆肖像"。
2 出自《奥罗菲尼斯》。

年代编排的历史诗分门别类。这样我们就能看出诗人究竟偏爱什么，排斥什么，乃至缺失什么。"**托勒密—塞琉西**"，也可称作"**希腊化诸王朝衰落—罗马获胜**"，这一组最长，至少有二十几首，承载了最多的悲怆和讽刺；"**希腊化犹太人**"一组四首为风俗研究；"**恺撒—恺撒里翁—安东尼**"一组为亚历山大题材的优美诗作；十首"**辩士—诗人—古代大学**"题材的诗，相当于卡瓦菲斯的《写作的艺术》；两首关于**尼禄**的诗，其中一首仍缀有卡瓦菲斯后来舍弃掉的空洞的华丽辞藻，另一首则属最精美、最雄健之列；约二十首"**异教徒—基督徒**"题材的诗，可谓不惜在基督徒的苦修和古代的放荡之间作庸俗的对比，展示通过各种程式来延续的生活；两首关于**蒂亚纳的阿波罗尼奥斯**的诗；七首关于或者说反对**叛教者尤里安**的诗；七首"**东正教—拜占庭编年史**"题材的诗，里面混杂着对东正教仪式的赞美（《在教堂》）、色情摘录（《伊梅诺斯》）、读书笔记，例如精美卓绝的《彩绘玻璃》，充满了对种族往昔的温柔虔敬，但也包括《艾米利亚诺斯·莫奈》，它是最纯粹的呼喊或歌唱之一。其余诗作可划在"**疾病—死亡—葬礼**"这一组，大部分重新回归亚历山大文化。这一组包括卡瓦菲斯最知名的一些诗（《阿忒尔月》《米里斯，亚历山大，公元 340 年》和现代且充满流浪汉小说色彩的《美丽白花》，它出人意料地具有同样的旨趣），还包括几首掉书袋一样的诗，有一种柔弱的优美，基本上属于传统的爱情哀歌和虚构的悼亡短诗。《西蒙，莱亚尔克之子》《克莱托斯的病》《拉尼斯之墓》充其量只给卡瓦菲斯提供了与另一位半希腊血统的诗人安德烈·谢尼埃 [1] 笔下的塔兰托少女和克吕提厄对等的男性人物。

如有可能，让我们对这些历史诗进行更深层的划分，来替代这种完全外在的分类。**命运之诗**，厄运从外部向人发起猛攻，制造出一些未解的力量，仿佛有意引我们犯错，以此取乐，这基本上是古代对人与宿命关系的看法，有一大堆因果，我们估计不了，祈祷没用，做事情也没用。卡瓦菲斯很早就被命运的问题困扰，他积累了怀疑、接受、谨慎大胆的处方：《祈祷》《尼禄的死期》《打断》《进军锡诺普》《3 月 15 日》，特别是《无信

---

1 安德烈·谢尼埃（André Chénier, 1762—1794），法国诗人，出生于君士坦丁堡，母亲是希腊人。他有两首诗分别题为《塔兰托少女》《克吕提厄》。

义》，尖锐地观察到人似乎难以理解的他的神或神们的背信弃义：

　　　　在忒提斯与珀琉斯的婚宴上，阿波罗起身祝福新人。他为他们未来的儿子而祝他们幸福。疾病永远不会来沾他，他说，他的寿命会很长……而当阿喀琉斯长大，得到整个色萨利的钦佩，忒提斯便想起那位神的话……但是有一天，老人们带来消息，说阿喀琉斯死在了特洛伊城下。忒提斯撕裂红袍；她扯下并踩踏手镯和戒指……那个在宴会上能说会道的诗人神灵在哪里？当风华正茂的阿喀琉斯被杀害时，那个预言家神灵在哪里？老人们回答说，阿波罗自己也下凡至特洛伊，协同特洛伊人，杀死了阿喀琉斯。

　　　　　　　　　　　　　　　　　　——《无信义》

　　悲喜剧统领**性格之诗**，这些诗勾勒出安格尔画中那般完美的轮廓阴影，准确描摹了一类活泼、浅薄却可爱的人身上的软弱、疯狂和坏毛病，他们逢小事花招不断，遇大事又几乎总是无能为力，受厄运驱使走极端，受苦难或麻木驱使采取蹩脚或卑劣的办法，但亦不乏些许智慧：《知名哲学家的弟子》《亚历山大·巴拉斯的恩宠》《诸神只需提供》。此中观点不抱幻想，但并不忧伤，很难说它是辛酸的，然而藏在难以觉察的浅笑下面的，正是苦涩和严峻。例如《诸神只需提供》：

　　我现在几乎贫困潦倒，一无所有。安条克，这座该死的城市，吞噬了我所有钱财。啊，该死的城市，还有它昂贵的生活！

　　但是我年轻而且十分健康。我精通希腊语……我受过一点军事训练……因此，我认为我完全可以效力于叙利亚，我深爱的祖国……

　　……我首先会去找扎比纳斯。如果那个白痴对我不满意，我就去找他的对手格里波斯。而如果那个蠢货也不招募我，我就直接去找希尔卡诺斯。

　　我不去费神分析他们各自的价值：这三个都对叙利亚有害。

　　但我能怎么办？我只是个想摆脱困境的可怜

人……全能的诸神只需创造第四个人，一个正直的
人。我将高兴地去投奔他。

——《诸神只需提供》

性格之诗几乎总是和**政治之诗**混淆：卡瓦菲斯把象
棋爱好者的洞察力，把每个希腊人都有的这种对公共生
活或所谓公共生活的绝妙艺术的痴迷用在了托勒密时代
或拜占庭时代的阴谋诡计上。不止如此：和他的许多同
胞一样，卡瓦菲斯似乎对希腊历史往往所特有的（但也
几乎不比古今其他各国历史更甚）无信义、无秩序、无
用的英雄主义或些许萎靡不振的场景有种苦涩的敏感：他
不做道德说教，不屑于煽情和夸张，从而令这些被太多演
说家败坏的主题又有了明显的现实性。很难相信这些关于
堕落和失败的诗未曾受到我们这个时代的事件启发，而只
是在三十年前围绕二十个世纪以前发生的事所写。无论是
精明的机会主义者、因一己仇恨而牺牲国家的短视爱国
者，还是公然用时代苦难来牟利的冒险家，都没有受到猛
烈抨击：他们只是被恰当地评判。他们继续，在他们极低
的等级上，从属于他们参与摧毁的文明，也靠这文明里

残存的优雅来装点他们的自私或懦弱。同样，在展现英雄的笃定时，英雄周围没有一丁点儿掌声来扰乱这些场景的气韵：温泉关象征性的士兵和心胸宽广的母亲克拉蒂西克利亚[1]，平静地"去他们该去的地方"。只需让独白多一种略更明显的确信，一种略加强化的悲怆，《诸神只需提供》里的玩世不恭就变成《德米特里厄斯·索特尔》里的英勇的忧伤，以愤怒和蔑视作底：

> ……他想象自己能成就大事，洗刷他的祖国自马格尼西亚战役以来承受的屈辱。他相信，叙利亚将再度成为一个强国，以它的军队、它的舰队、它的坚固堡垒、它的财富。
>
> 他痛苦，他的心在滴血，当他在罗马，在他的朋友们、那些大家族出身的年轻人的言谈中，在人们对他——塞琉古·菲罗帕特国王之子的尊重和礼貌中，感到他们暗中对衰落的希腊化王朝有些许蔑视，因后者已无力管辖人民。独自一人时，他愤怒，

---

1 分别出自《温泉关》和《去吧，斯巴达人的国王》。

发誓要改变这些人的看法……他要斗争，他要做必须做的事，他要重振他的国家……

啊，只要他能去到叙利亚！他离开祖国时如此年幼，以至于几乎记不起它的样子。但他总是在脑海里重返叙利亚，就像重返一件只能跪着接近的圣物，重返一个美丽国家的图景，希腊城市和港口的幻象。

可是现在，绝望和忧伤！……罗马的这些伙伴们是对的："马其顿征服"后建立的王朝注定无法长盛不衰……

没关系：他已经努力过，他已经斗争过，在他那荒凉的幻灭中，他只骄傲地保留了一样东西，即在深陷灾难之时，他依然体现出百折不挠的勇气。

余下的是幻想，是徒劳的努力。叙利亚，几乎不再像他的故乡……它只是巴拉斯和赫拉克利德斯的国家。

——《德米特里厄斯·索特尔》

某种意义上，政治之诗仍然是命运之诗：这一次涉及的是人所制造的命运。我们从泰奥弗拉斯托斯《人物素描》[1] 里侧重个人的品质和缺陷的写作手法逐步过渡到卡瓦菲斯这些令人惊讶的诗作，里面的权宜之计、恐惧和政治算计的游戏像图样一样干脆清晰。情感被有意识地剔除；讽刺，假如它存在的话，也被精心地磨钝，杀人于无形。讽喻性的、几乎无人不知的《等待野蛮人》从反面证明了乱中取利政策之荒谬；《公元前 31 年在亚历山大》《亚历山大·詹尼亚斯与亚历山德拉》《在一个希腊大殖民城市》《在小亚细亚一个城镇》用街头场景或官僚的闲谈概括国家不变的喜剧；《塞琉西的不悦》或《来自亚历山大的特使们》这样的诗将政治的现实主义放到了纯诗歌层面——能做到这一点的很少见，拉辛历史剧的成功之处也在这里。它们的美在于全无任何含糊或谬误：

　　　多个世纪以来他们未曾在德尔菲见过像这两个托勒密国王，这两个敌对的兄弟，送来的这般丰盛的祭品。但收下祭品的祭司们感到不安。他们需要用他们的全部经验来把神谕圆通地表达出来。这两个兄弟里，得罪哪一个比较好些？祭司们在夜里秘

----

1 泰奥弗拉斯托斯（Théophraste，约 372 b.c.—287 b.c.），古希腊哲学家，亚里士多德弟子，逍遥学派代表。《人物素描》是他最有名的著作，又译作《人物志》。

密开会，讨论拉基德家族的事情。

　　但特使们又出现了。他们说，他们要回亚历山大；他们告辞，根本就没有请教神谕。祭司们很高兴；他们还是留住了华丽的祭品。但他们感到非常迷惑，不明白这种突如其来的冷淡究竟为何。他们不知道特使们昨天已接到重大消息。神谕已下达至罗马；瓜分已在那里完成。

　　　　　　　　　　　　——《来自亚历山大的特使们》

　　我把带有情色意味的历史诗暂且搁置一边，它们与个人诗过于接近，留待与后者一起研究，剩下就是这些半格言半抒情的美妙诗篇，我乐意称它们为**热情思索之诗**。政治的概念、性格的概念以及命运的概念在其中仿佛融合成了更宽广也更浮动的天命概念，是既内在又外在的必然性，与一种隐含的神圣自由相关联。如此这般，《狄奥多托斯》便像是曼特尼亚[1]的画，题为《天神放弃安东尼》的这首诗回荡着保护神们换班时的神秘音乐，他们在战斗前夕抛弃了昔日宠儿，这音乐像是出自普鲁

──────────

1　安德烈亚·曼特尼亚（Andrea Mantegna, 1431—1506），文艺复兴时期意大利画家。

塔克也贯穿莎士比亚作品的铜管乐：

> 当你在午夜听到一支看不见的队伍伴着优美的音乐和说话声走过，不要徒劳地悲叹命运女神抛弃了你，悲叹你那失败的事业，你那皆成泡影的计划。要像一个早已准备好的勇者那样，向远去的亚历山大致意。千万别犯这样的错误：不要说你的耳朵欺骗了你，不要说这只是一场梦。不要抱无谓的期望……坚定地走到窗边，像一个早已准备好的勇者那样；你应该如此，你已被认为无愧于这座城市……你心情激动，但不要陷入懦夫的祈祷和哀求，再来饶有兴致地最后听一听那支神圣队伍的美妙乐音，然后向你失去的亚历山大致意。
>
> ——《天神放弃安东尼》

亚历山大……亚历山大……在我们刚刚读的诗中，安东尼眼看着走远的，仿佛并非如普鲁塔克所写的那样，是他的保护神，而是这座城市，他爱它或许比爱克娄巴特拉更深。对卡瓦菲斯来说，终究，亚历山大是一个被爱着的生命。于我们而言，巴黎人对巴黎的感官喜爱大概是此般激情最准确的对等物，这个巴黎既在室外的林荫道上也在人们对卢浮宫的记忆中被欣赏、被拥有。但仍然存在一个区别：尽管历经动荡，也曾遭受狂热的破坏和必要的翻新，巴黎仍保留了十分明显的历史见证；亚历山大遥远的辉煌则几乎只剩一个名字和一个地址。卡瓦菲斯很可能只是偶然降生在一座如此缺少古迹之威严与忧郁的城市。在他那里，过去重获新生，在文本之外被激发，不存在任何美丽的中介，而巴洛克绘画和浪漫主义诗歌已令我们习惯于在古代和我们之间放置这些中介。伊斯兰教在亚历山大造成的断裂要比在拜占庭或雅典早八个世纪，这件事本身迫使亚历山大直接与一个更古老、文化更丰富、早于东正教中世纪的希腊世界重新建立关系，同时使它免于沾染对新希腊思想影响过大的拜占庭习惯。亚历山大这个名字总被误解，它是最具世界性的，但也是最本乡本土的。卡瓦菲斯热爱这座大都市，它躁动又喧嚣，富裕又贫穷，忙着做生意和享乐，而没空去想自己消散若尘埃的往昔。这位有产者领略过它的乐趣，经历过它的胜败，冒过它的险。他走到阳台

"看看街上和商店里的一点儿动静"来分散注意力 [1]；在此地生活日久，他令它"全部变成感觉" [2]。他以自己的方式在这儿过他**无可比拟的生活** [3]。借由马可·安东尼，他训诫的是他自己。

现在让我们来谈谈严格意义上的个人诗；更确切地说，爱情诗。我们亦感到遗憾，"情色诗"这种说法在法语里有一种令人恼火的含义；若洗去这种表达里最糟糕的成分，又不完全剥离其常见义，它便准确地定义了这些充满感官体验的印记但又与泛滥的恋爱抒情相去甚远的诗。卡瓦菲斯的表达几乎总是有种难以置信的克制 [4]，部分原因或许在于它们的灵感都来自男同性恋，诗人作为一个生下来就是基督徒的十九世纪人，谈论的是被禁止或被否定的情感和行为。和明确标识爱人性别的语法限定相结合的、不容置辩的"我"在他作品里相当少见，

---

1 出自《在黄昏时分》。
2 出自《在同一个地方》。
3 普鲁塔克曾把克娄巴特拉和安东尼在亚历山大的生活称为"无可比拟的生活"。
4 我把十来首带有自我陶醉、软弱的感伤情调的诗排除在外，同时自问，现代读者（包括我自己）面对这类情感流露时的愤怒是否构成一种同样危险的假正经。承认他有暴力的权利，却不承认他有颓丧或柔情遐思的权利，这是在毫无道理地扼制激情。话虽如此，单从文学角度看，我认为卡瓦菲斯有几首诗还是乏味（因此也不雅）到让人难以接受。——原注

直到1917年才开始出现，不过还是**早于**这些大胆的表达在西方诗歌与散文里变得相对常见的时期。其余时间里，历史诗、非个人化的格言诗为我们补足（并为他额外增添）了更加非凡且几乎总是更加隐晦的个人告白。然而，若这些不完全的缄默最终不能给予这些故意专有所述的诗某种抽象的东西，来提升它们的美，并且像菲茨杰拉德翻译的奥马尔·海亚姆《鲁拜集》中的某些诗歌或者像莎士比亚《十四行诗》里的情况那样，令这些诗比指明爱恋对象的诗更堪称爱情诗的话，它们也就不值得多少关注。以至于，《下午的阳光》或《在一艘船的甲板上》这类情人—诗人以自己的名义言说的诗仿佛沾上了软弱，或总而言之，自我陶醉；而与之形成对照的那些清晰、分明的诗里，缩在作品后面的作者借由投下的影子，更加显著地在场。"我"可能因冒失的冲动突然出现，但"他"的使用意味着必然有一个思考的阶段，它缩小了偶然的成分，减少了夸大或谬误的可能。另一方面，在一些被巧妙限定的私密告白中，比如《很远》，"我"最终在卡瓦菲斯那里获得了与非个人的诗里的"他"同样素朴、同样疏离的意味，仿佛一种奇妙的超然世外：

我想唤回这个记忆：但现在，几乎什么都不剩下；它已经消失。因为它藏在很远的地方，在我最初的少年时代深处。

一张皮肤，像是茉莉做的……八月，那个夜晚……是在八月吗？我勉强记得那双眼睛。我想它们是蓝色的。啊没错，是蓝宝石那种蓝。

——《很远》

评论卡瓦菲斯的爱情诗时，人们会把从前的希腊作品，尤其是《希腊诗选》[1]——卡瓦菲斯的诗总归属于其最新一环——和二十世纪初欧洲流行的情色表达考虑在内：总的来说，后者比前者的影响大得多。希腊诗歌的表达再怎么智性，也总是直来直去：呐喊、叹息、肉欲的喷射、人在爱恋对象面前自发的宣言。它很少把悲怆

1《希腊诗选》是一部希腊古典时代至拜占庭时期的格言诗选集（又译《箴铭诗》，原指用于铭刻的短诗，但实际未必皆作此用途）。《诗选》雏形是公元前一世纪梅利埃格（Méléagre de Gadara）所编的《花冠集》。1606年，克劳德·梭麦斯（Claude Saumaise，1588—1653）在海德堡帕拉丁图书馆发现了公元940年的拜占庭手稿，即《帕拉丁抄本23》。在这个手抄本发现之前，西方流行的版本是马克西姆斯·普拉姆德斯（Maximus Planudes，约1260—约1305）编纂的《诗选》。现今常见的十六卷本《希腊诗选》即以这两个版本为基础逐步汇总、编辑而成。

以及写实的铺陈与几乎纯粹的抒情或色情混合在一起。
卡利马科斯[1] 不会想到描写《1909 年、1910 年和 1911 年
的日子》里年轻废铁商满是锈和油的手。斯特拉顿[2] 从中最
多看得到某种爱情的兴奋剂。他们肯定不会对贫困和消耗
作如此简洁而稠密的沉思，这当中，欲望伴随着暗暗的怜
悯。此外，道德约束感、习俗的严苛或虚伪也没有像影响
我们时代的这个人那样影响着这些古代诗人，或者说——
因为问题复杂，就古代本身而言，各国、各时期提出的问
题也不相同——影响的方式尤其是影响的程度不同；他们
不需要冲破不可避免的最初阶段的自我斗争：

  他常常发誓要换一种生活。但当夜晚来临，带
着它的煽动和它的承诺，当夜晚来临，带着它特有
的力量，那有欲有求的肉体的灼热所造就的力量，
他迷乱了，又奔向那致命的欢愉。

——《他发誓》

----

1 卡利马科斯（Callimaque，约 305 b.c.—240 b.c.），古希腊诗人，擅长写哀歌。
2 斯特拉顿（Straton），公元二世纪古希腊诗人，创作并编纂过男同性态题材格言
诗集（其中包括卡利马科斯的诗），后收入《希腊诗选》。

一切罪恶的概念都和卡瓦菲斯的作品决然无关；相反，单单在社会层面上，引发丑闻或受到指责的风险对他来说显然非同小可，某种意义上，他被这种风险困扰。乍看起来，一切焦虑的痕迹好像确实很快地从这份理智的作品里被清除：因为感官方面的焦虑几乎总是青年身上才有的现象；它要么毁灭一个人，要么随着阅历的增加，随着对世界有了更恰当的认识，或者干脆随着习惯而逐渐减轻。卡瓦菲斯的诗是老者的诗，时间令它最终变得从容。但其发展的缓慢则证明，这种平衡并非轻易获得：上文提到的缄默和文学屏障的运用、文体内部严格与出格的奇妙混合，特别是某些诗里饱含的隐秘痛苦都证明了这一点。《他生命中第二十五个年头》《在街上》《1896年的日子》《一个二十四岁的青年诗人》如同干涸土地上的标记，告诉我们波浪曾有多高。在《起始》中，一切偷偷摸摸的经历中少不了的羞愧和害怕让这首诗有了用最强酸蚀刻而成的铜版画的美：

　　　　他们被禁止的快乐已经得到满足。他们从床上

起身，很快穿好衣服，一言不发。他们偷偷离开那
所房子，而当他们有点不安地走在街上时，他们好
像担心身上有什么东西暴露了他们刚才沉溺的是何
种情爱。

但艺术家从中获益良多！明天，后天，或数年
后，他将写出起始于这里的强烈诗篇。

——《起始》

和所有审慎的人一样，卡瓦菲斯不仅变换着对自己
行为的参与度，也变换着自己对这些行为正当性的道德
判断，他的用词保留了他前前后后犹豫的痕迹。他似乎
认同那种人们爱说的浪漫的同性观，认为它是一种反常
的、病态的体验，脱离了日常和许可的界限，但也因此
获得了隐秘的快乐和认识，这是足够热情或足够自由的
人才享有的特权——能够在合法和已知的范围之外冒险
(《伊梅诺斯》《在一本旧书里》)。对于这个问题，卡瓦菲
斯从这种完全由社会压迫所决定的态度过渡到一种可谓
更古典并且不那么常规的观点。幸福、完满、及时行乐
的概念占了上风；他最终把自己的感官享乐化为作品的

关键（《一位顾客》《在没有欢乐的小城》《抵达》《罕有的特权》《他到这里来阅读》）。有一些很晚才写的诗甚至放荡得心安理得，但说不准艺术家是真的彻底解放，达到自身这出戏的喜剧结尾了，还是说这仅仅意味着老人控制力的逐渐减弱。不管怎样，甚至在情色范畴内，卡瓦菲斯的变化也和同时代的西方作家截然不同，尽管我们一开始以为二者可相提并论。他的诗妙在没有假意欺瞒，这使他不会像普鲁斯特那样满足于对自身倾向怪诞或歪曲的描绘，不会用夸张讽刺给自己找一个可耻的借口，也不会用异装给自己找一个浪漫的托词。另一方面，纪德式诉求，让个人经验立刻服务于理性改革或社会进步（或我们希望如此的东西）的需求，也和这种冷漠的顺从不兼容，对世界、对风俗，后者都原样接受。这个不大关心自己是否被认同或被追随的希腊老人率直地拥抱古时的享乐主义。这种令人揪心但又轻盈的享乐观，毫不卑劣，毫不浮夸，也没有我们习惯的后弗洛伊德时代滔滔不绝的阐释的痕迹，最终把他引向对一切感官自由纯粹、简单的肯定，无论这种自由具有何种形式：

我生命的欢乐和香气，那些如我所愿找到快乐的时刻。我生命的欢乐和香气：远离一切老套的情爱和享受。

——《感官快乐》

可以看出，这是情色诗，是以情色为主题的格言诗，而不是爱情诗。一眼望去，我们甚至会寻思这个作品里是否存在对某个特定对象的爱：卡瓦菲斯要么是没太感觉到，要么是谨慎地避而不谈。但再仔细一看，几乎什么都不缺：相遇和分离，未满足的或已满足的欲望，柔情或厌烦，这不就是一切爱情生活经过记忆的熔炼之后残存的东西吗？目光的清晰，拒绝高估一切，换言之即理智，或许还有境遇和年龄的差距，且很可能由于某些经历可通过金钱交易获得，情人在回溯最热烈的追逐或肉体快乐时因而可以采取一种疏离的姿态[1]。这大概还因为卡瓦菲斯的诗作经历了一个缓慢结晶的过程，

---

1 我们也会好奇卡瓦菲斯的感官生活是否断断续续或乏善可陈，尤其是在他作为诗人的感性逐渐形成的时期，以及对往昔快感的反复咀嚼在他那里是否首先是离群索居者的一种癖好。有些诗支持这个假设；有些诗则否定了这个假设。生命的秘密几乎总是被保守得严严实实。——原注

使诗人无限远离当时的冲击，他唯有以回忆为形式，在一个遥远到人声传不到的地方，在这部"我"和"他"争当主角，而"你"如此不同寻常地缺席的作品里，才可重获体验。我们在这里遭遇的并非激情、冲动，而是进入最以自我为中心的集中和最吝啬的积攒之领域。以至于诗人及情人摆弄回忆的动作与收集贝壳或宝石这种珍品或易碎物之人，乃至与弯腰察看一些带数字或日期的纯粹轮廓的勋章爱好者没多大区别，卡瓦菲斯的艺术对这些数字和日期流露出一种近乎迷信的偏好。被爱之物。

肉体，请记住……在卡瓦菲斯那里，对表现为记忆从而被拥有的生命的喜好呼应着一种未完全表达出的神秘主义。而回忆的问题在二十世纪前四分之一可以说"蔚然成风"；欧洲各地最智慧的头脑都在竭力增多它的方程式。比如普鲁斯特、皮兰德娄、里尔克（是写《杜伊诺哀歌》的里尔克，更是写《马尔特手记》的里尔克："要写出好诗，就得有回忆……还得忘记它们……并且要有极大的耐心等待它们归来。"）以及纪德，他在《背德者》中采取了瞬间和遗忘这种极端的解法。与这些下意识的或经过提炼的、有意的或不由自主的回忆不同，这个希腊人的回忆似乎来自其祖国的神话，一种图像记忆，一种近乎巴门尼德[1]式的思想记忆，是他的肉体宇宙永不腐坏的中心。至此，我们可以说，卡瓦菲斯所有的诗都是历史诗，令街角惊鸿一瞥的年轻面孔重生的情感与在托勒密时代的铭文集之外制造出恺撒里翁的情感无任何差别：

> ……啊，你在这里，带着你朦胧的优雅！史书对你着墨甚少，于是我的头脑便可更加自由地重塑你。我让你敏感而美丽。我的艺术赋予你的面孔一种梦幻般的动人魅力。我的想象把你重塑得如此成功，以至于那天晚上，当我的灯熄灭（我有意让它熄灭），我以为看见你进入我的房间，你苍白且疲惫，在痛苦中更见完美，如同你在被征服的亚历山大该有的样子，仍在期待那些背信弃义的人可怜你，

---

1 巴门尼德（Parménide d'Elée，约 515b.c.—约 440b.c.），古希腊哲学家，认为能被思想者和能存在者是同一的。

他们悄声说："太多恺撒了！"

——《恺撒里翁》

现在让我们把克娄巴特拉的这个儿子和一位不如他有名的年轻人——亚历山大现代夜晚的一个寻常路人——作比：

望着一块淡灰色的蛋白石，我想起二十年前见过的两只美丽的灰色眼睛。

我们彼此相爱了一个月。然后他走了。我想是去士麦那，他在那里有工作要做，然后我们再也没有见过面。

那两只灰色眼睛大概已失去光芒（如果他还活着的话），那美丽的面庞大概已不再美丽。

记忆，今晚请你将它们按原来的样子呈现给我。记忆，关于这段爱，今晚请你带回尽可能多的回忆。

——《灰色》

现代诗人直面过去（他自己的过去或历史的过去）

时，几乎总是以排斥回忆或彻底否定记忆告终，之所以如此，是因为他关注一种赫拉克利特式的时间意象：长河侵蚀两岸，既淹没凝视者也淹没凝视的对象。在《逝去的时光》中，从头到尾，普鲁斯特都在和这个意象搏斗；只有在靠近《重现的时光》中的柏拉图河岸时，他才部分地逃脱。卡瓦菲斯的时间更像爱利亚学派[1]的时空，"飞矢不动"，每一段是均等的，坚定、稳固，但可无限划分，不动的点构成一条看起来运动的线。不稳定的现在总是快成未来或快成过去，与之相比，每个变化的瞬间更确定、更明晰，更容易被诗人观察甚至享受。它是固定的，而现在恰恰是不固定的。从这个角度看，诗人重回过去的尝试不再是荒唐之举，尽管仍令人悲伤地接近于不可能。在《按照旧时希腊—叙利亚术士的配方》中，无法实现的回忆的欲求清除了残存的肤浅感伤：

　　一名完美主义者问自己，何种神奇的媚药，按

---

1 早期希腊哲学中的重要流派，公元前六世纪发源于意大利南部的爱利亚城邦，代表人物有克赛诺芬尼、巴门尼德、芝诺、麦里梭。该流派强调存在是永恒的"一"。下文提到"飞矢不动"之说即由芝诺提出。

照旧时希腊—叙利亚术士的配方蒸馏的何种草药，
能带回我二十三岁的其中一天甚或其中几个小时，
能带回我二十二岁的朋友，他的美，他的爱？

可按照旧时希腊—叙利亚术士的配方蒸馏的何
种草药，能让时间倒流，能一并把我们带回那同一
个小房间？

——《按照旧时希腊—叙利亚术士的配方》

只有在这首诗中，卡瓦菲斯记录下了回忆的部分失
败——一方面是因为时间不可逆，另一方面是因为事物
的性质出奇复杂。通常，他追寻的不是过去的复生，而
是过去的一幅图景，一个意念，也可能是一种精髓。他
的耽于声色给现实加上了神秘的滤镜，就像灵性在别处
可能会做的一样。历史文献阙如，以及由此导致的（对
他来说冗余的）精确细节的缺失 [1]，帮助恋爱中的招魂师
更有效地召唤恺撒里翁；二十年的分离彻底隔绝并封存
了记忆，有赖于此，诗人才从他的记忆深处驱出灰眼睛

---

[1] 无需说明读者即可明白，"史学家—诗人"卡瓦菲斯在此处于历史的反面。从未
有任何一个严肃的历史学家庆幸自己知道得太少。——原注

青年的形象。在《1908年的日子》里，站在海滩上的游泳者的身影，被精心洗去不体面和庸俗，在遗忘构成的奇妙背景上永远凸显：

　　……1908年的夏日！黄褐色的西装幸而已从你的形象中消失。

　　只有那一刻留存，他脱掉他不体面的衣服、缝补过的内衣，把它们扔远。他就这样一丝不挂，完美无瑕，赏心悦目！他蓬乱的头发拨向脑后，他的身体因晨浴，因在海边赤裸而略微晒黑。

　　　　　　　　　　　　——《1908年的日子》

相反，在《一个画面继续存在》中，《按照旧时希腊—叙利亚术士的配方》中表述的愿望似乎已被实现；模糊的感官记忆带回一束寻常的外部参照，用来证实自己；艺术品对贫瘠的、令人哗然却又近乎神圣的回忆原样照收：

　　大概是凌晨一点或一点半。

在小酒馆一角，木隔板背后……空荡荡的厅内只有我们。一盏煤油灯发出微弱的光。门口，侍者值夜太久，累了，在睡觉。

谁也看不见我们。但激情已让我们抛却所有谨慎。

衣服半敞着。我们穿得很少，因为神圣的六月在燃烧。

透过半敞衣服的肉体享乐！肉体短暂的裸露！这个画面跨越了二十六年，而现在，它在这首诗里停驻了下来。

——《一个画面继续存在》

模糊的肉体记忆使艺术家成为时间的主宰；他对感官经验的忠实通向一种关于不朽的理论。

卡瓦菲斯的每首诗都是回忆诗（要敢于使用这个美妙的形容词）；每首诗，无论是历史的还是个人的，也是格言诗；当代诗人作品里出现这种说教着实出人意料，这或许正是他的作品最大胆之处。我们如此习惯于在审慎中看到已熄灭激情的残余，以至于很难在它身上辨认出热情最坚硬、最浓缩的形式，那浴火而生的小块金子，而非灰烬。我们长期不去问津这些相当冷淡、极富寓言性或儆戒性的诗作，比如讲完美的《蒂亚纳的阿波罗尼奥斯在罗德岛》，讲恒心的《温泉关》，讲谦逊的《第一级》；我们很不习惯这些美妙的诗从说教一下子跳到抒情，反之亦然，比如《城市》，它讲的是认命，更是在抱怨人类无法摆脱自我，再比如《伊萨卡岛》，它讲异国风情和旅行，但更主要是为经验辩护，提醒人们提防我所谓"对幻灭的错觉"：

当你启程前往伊萨卡，请盼望旅途漫长，充满波折和丰富的经历。不要害怕莱斯特律戈涅斯人，不要害怕独眼巨人，也不要害怕海神尼普顿的怒火。你不会看到诸如此类的事物，只要你的思想保持高尚，只要你的肉体和灵魂只允许高贵的情感掠过。你将不会遇到莱斯特律戈涅斯人，独眼巨人，或是残暴的海神尼普顿，只要你自己不想着他们，只要你的心不让他们耸立在你面前。

请盼望旅途漫长，盼望有许多个夏日早晨，你

（带着何等欢乐！）进入平生第一次见的海港。在腓尼基人的商行前停步，购买精美的货物：珍珠和珊瑚，琥珀和乌木，还有成千上万种使人头晕的香水。走访众多埃及城市，如饥似渴地向它们的智者请教。

让伊萨卡常在你心中。你的最终目的是抵达那里，但不要缩短旅途：最好令它旷日经年，最好在你上岛时你已经老了，一路上你已有丰厚的所得，不再期待伊萨卡增添你的财富。

伊萨卡赐予你美妙的旅行：没有它，你不会上路。它再没有别的可以给你。

即便你发现它贫瘠，那也不是伊萨卡在愚弄你。你经历了那么多，已成为智者，你最终会明白伊萨卡意味着什么。

——《伊萨卡岛》

这是一出很值得看的好戏，看这种智慧如何成熟，看早期诗作里十分明显的不安、孤独、离别的情感如何让位于一种足够深刻而显得轻松的平静。归根结底，我们总得弄清一个诗人的作品究竟倾向于反抗还是接受，而卡瓦菲斯诗作的特点恰恰是令人惊讶地不发出责难。大概，这种清醒的平和同回忆被赋予的重要性一样，令卡瓦菲斯有了很具希腊特色的诗人—老者的一面，和诗人—少年、诗人—孩童这种浪漫主义理想截然相反，尽管衰老在他的世界里占据的位置和别处几乎无一例外预留给死亡的位置相当，对这个追逐感官享乐的人来说，衰老是唯一无法补救的灾难：

> 我老去的身体和容颜：一把可怕的刀留下的伤口……我决不听天由命。我转向你，诗艺，因为你多少知道些药物……尝试用想象和语言来止痛。
>
> 一把可怕的刀留下的伤口……拿你的药物来，诗艺，以（在一段时间内）阻止我感觉到创伤。
>
> ——《克里安德之子、科马吉尼诗人雅森的忧伤，公元 595 年》

我们可以并不矛盾地说，此处的反抗内在于接受之中，不可避免地是人类境况的一部分，而诗人承认这境况就是他自己的境况。同样，受但丁作品片段启发的极美妙的诗《那个人作出重大拒绝》关乎强硬的态度和拒绝，却又是最深的接受，它表达了极端的、个人的情况，届时不反抗也可能是反抗。因为全然接受一切的这种看法几乎只能建立在如是强烈的情感上，即，每一种个性和每一种命运里皆有唯一的、不可消除的，总之有价值的东西：

> 对某些人而言，有一天他们必须说出那个重大的"是"或那个重大的"不"。谁心底早就准备好"是"，一目了然；说出它，他就在别人的敬意中，依据他自己的法则，往前走。
>
> 拒绝的人一点也不后悔：再问他，他还是说"不"——而这个"不"，这个正确的"不"，令他负重一生。
>
> ——《那个人作出重大拒绝》

最终，带着比上文提到的马可·安东尼来说更大的目的性，一切归结为放弃，这种放弃如此迅速得到同意，很难说不是心中隐秘的追求：

> 当马其顿人抛弃他，表明他们更喜欢皮洛士，
> 德米特里厄斯国王（他有高贵的灵魂！），据人们说，
> 表现得完全不像个国王。他脱下金袍，把紫靴扔得
> 远远的；他重新穿上十分简单的衣服，然后溜走了。
> 像一个演员，戏做完了，换下行头离开。
>
> ——《德米特里厄斯国王》

卡瓦菲斯也不反抗，这使他能够在自己的东正教遗产里自如行动，使他最终成为一个基督徒。这个基督徒离折磨、吐露内心或严格的禁欲远得不能再远，但他仍然是基督徒，因为 *Religio*[1] 这个词就其古义而言，和 *Mystica*[2] 一样，属于基督教世界。在《伊格纳蒂奥斯之墓》中的克莱翁、米里斯[3]、曼努埃尔·科穆宁[4]那里，纵

---

1 宗教（religion）一词的拉丁文来源，意为神圣性、对神的敬畏之情。
2 拉丁文，意为秘仪中使用的圣物。
3 出自《米里斯：亚历山大，340 年》。
4 出自《曼努埃尔·科穆宁》。

欲生活之后体面地死去仍然是服从万物本性的一种方式；这种修行般的剥离以其特有的方式延续了斯多葛式冷静的主题，悄悄地满足了这种东方式的虚无主义，后者往往内在于希腊思想之中，尽管乍看上去二者总体上截然相反。但东正教传统在卡瓦菲斯那里主要是一种对阶层和氛围的依附；它在他诗里的作用终归是次要的。严格意义上的神秘元素更多体现在诗的异教部分里，体现在小心翼翼地不去妨碍恶魔或神的工作（"是我们打断了诸神的工作，我们这些没有耐心又缺乏经验的生物"[1]），更体现在作品——记忆——不朽的永恒方程式中，也就是说体现在神在人身上发出的通告中。道德，则与哈德良或马可·奥勒留的同代人可能会奉行的没有多大差别。如同一具肉体本身就带有肌腱和骨骼组成的框架，这些诗的内里包含着每个追求享乐的灵魂所必须具备的活力。在每一处，直至最美妙的柔软形体下，我们都会碰到斯多葛主义，这坚硬的脊椎。

---

1 出自《打断》。

卡瓦菲斯作品里除了这种近乎歌德式的神秘，还多了一种初看上去为马拉美式的诗学元素。秘密、沉默和移置的美学：

> 他小心地、有条不紊地用昂贵的绿丝绸把紫晶做的紫罗兰、红宝石做的玫瑰、珍珠做的百合包起来，它们美丽、完美，一如他希望的、他偏爱的、他觉得好的样子，而不是他在自然中看到和观察到的样子。

> 他把它们放在保险箱里，作为他大胆而精巧的技艺的证明，而如果有顾客走进商店，他会从盒子里取出另外一些引人注目的珠宝来卖，手镯、链子、项圈或戒指。

> ——《商店》

但秘密并不通往语言或文学的神秘主义[1]；诗人的位置仍然是他在伟大时代的位置，即技艺精湛的工匠；他的功能局限在赋予最热烈、最混乱的材料以最明晰、最

---

[1] 这一点使他有了真正玄奥的奇怪特性，也就是说非常隐蔽。在《召唤幽影》和《恺撒里翁》中，寓言或真实的黑暗、蜡烛或熄灭的灯的意象仿佛跳出了文学修饰的范畴，甚至情色幻想的范畴，而进入神秘主义指涉的范畴；我们不由得想到巫师的口诀：*extinctis luminibus*（熄灭光亮）。谜一般的《枝形吊灯》也是如此。微妙的火。——原注

顺滑的形式。艺术从来都不被认为比现实更真实或更高贵，或者被认为以超越的方式对立于感官享乐、荣耀甚至常识，相反，它一直与常识谨慎地关联。艺术和生活互相帮助：一切都对作品有用，时而是爱（《酒碗匠》），时而是羞辱（《起始》）。另一方面，艺术也丰富了生活（《罕有的特权》）；它提供良药，能够"短暂地"治愈我们的创伤（《科马吉尼诗人雅森的忧伤》）；它如珍贵器皿一般，容纳回忆的蒸馏（《某夜》《一个画面继续存在》）。不仅如此，这个穿梭今昔的诗人仿佛不经意间承认，他知道如何"把日子和日子混合起来"（《贡献》）。但他只有靠最艰深的研究才能达到目的。一系列历史或虚构的肖像展现了这种写作艺术，它也是一种严格的生活艺术：埃斯库罗斯不该让人在自己的墓前想到他在马拉松的英勇表现——这使他只能成为一个普通希腊人，而应该令人想到他的作品，这使他无可替代（《西顿的年轻人》）；尤梅尼斯将学会满足于自己二流诗人的位置，它已经相当高（《第一级》）；战争的不幸，也就是说正经历的现实，不会阻止斐纳齐斯忙着做他的事，那便是被转录的现实：

诗人斐纳齐斯正在写他的史诗的关键部分：希司塔斯佩斯之子大流士登上波斯王位。他正是我们光荣的米特拉达梯·狄俄尼索斯·埃弗帕托的祖先。……但让我们略加思考：他应该分析一下大流士的感受。陶醉和骄傲？不：更有可能是感到伟大本身的虚妄。诗人深深陷入对这一切的沉思。

　　但他的仆人跑进来打断他，告诉他一个重要的消息：与罗马人的战争刚刚爆发；我们的主力军队已越过边境。

　　斐纳齐斯感到绝望；啊，如何能指望我们光荣的米特拉达梯·狄俄尼索斯·埃弗帕托仍然过问希腊诗呢？想想吧：在军队里的希腊诗……

　　……我们真的知道自己在米索斯是否安全吗？这并非一座多么坚固的城池……亚细亚的伟大保护神，请来帮助我们吧！

　　……但尽管有不安与纷乱，诗歌的意念继续在他心中酝酿。最有可能的，还是陶醉和骄傲。陶醉和骄傲，对，这就是大流士应该有的体会。

——《大流士》

这种看似平庸的诗学依赖的是狡猾或也许危险的简单文学手法。作者很快放弃了《伊萨卡岛》之类的作品仍然显露出的雄辩夸张和堆砌抒情的一时念头，转而采取直截了当的理念和一种纯粹的平淡。枯燥又柔韧的风格不屈从于任何东西，甚至是简洁；古希腊爱好者将认出这平滑的、没有浅色烘托也几乎没有浓墨重彩的表面，它就像某些希腊雕塑的线条，一旦凑近了看，就显示出一种精妙和一种堪称无限的动感。起码在最优秀的诗里是这样，因为我们也要考虑到，在某几首诗里，卡瓦菲斯矫情地沉溺于情感或肉欲的抒发（《在黄昏时分》《在绝望中》《在一本旧书里》），有时带有一种造作的希腊文化表达（《亚西斯之墓》《致一位离开叙利亚的辩士》《西蒙，莱亚尔克之子》《克莱托斯的病》），或者费力地组装如此这般高明却又无聊的仿制品（《来自古代的希腊人》《在恩底弥翁的雕像前》）[1]。这

---

[1] 如何定义高明的仿制品，这是批评家经常碰到的问题。我认为它是这样一种作品，属于练习或游戏的范畴，作者强制自己事无巨细地模仿一种过时的艺术形式，不在里面灌注新内容，也不尝试复苏其古代内容。卡瓦菲斯至少有十来首诗，多为悼亡的哀歌，因缺少令人信服的情感，而滑向仿制品范畴。另外一些诗，特别是披挂着希腊式外衣向我们展现街头或贫民窟场景的诗——这些场景可以是现代的，且可能的的确确就是现代的，更宜归在伪装的范畴。——原注

些可能有失水准的诗，其数量多寡，当然取决于每位读者以及每次阅读的严格程度或善意程度。即便缩减到最少，它们在这本一切皆非偶然的诗集里也还是显得碍眼，卡瓦菲斯的评注者最后不由地思考，这些被自我陶醉所损害的诗在某种意义上是否正代表了卡瓦菲斯诗艺的矛盾成果，还是相反，应该在其中看到几乎所有品位精致的作品里都潜藏着的恶趣味的痕迹，而诗人试图借助这些有意审慎或有意节制的表达手法来提防它。像在《希腊诗选》或至少某些也遵循同一类美学规则的亚历山大或希腊—罗马雕塑品中那样，一条几乎觉察不到的分界线在此把精妙的作品与空洞的、有杂质的或乏味的作品分开¹。

---

1 我要补充的是，一开始我认为是缺陷的地方，重读之后往往发觉是一种根本的特征，一种大胆，可能还是一种算计。我最后在这令人困惑的枯燥与绵软的混合中，发现了两种希腊民间音乐风格的对等物，一是爱奥尼亚群岛歌曲轻快的优雅，二是爱琴海群岛歌曲的激烈和悲怆。诗里的情色表达无疑是单调的，但在我看来，它在这个几乎总是盛行一些秘密套路的领域确保了一种真实。某些诗显而易见的笨拙令我不再担心卡瓦菲斯热衷炫技。曾经我觉得拙劣的东西有时又像是谨慎的惜字如金。有些故意选用的普通、近乎老套的形容词也是如此，他借此来充满爱意地描写青春和美。司汤达、拉辛以及在他们之前的希腊人，也满足于使用"娇嫩的四肢""美丽的眼睛"或者一张"迷人的脸"这样的说法。

精妙和笨拙并不必然相互排斥，恰恰相反。卡瓦菲斯远离重要文学运动，远离各种派别和团体，或许正因此，他身上才具有某种整体上既陈旧又无比新颖、既精雕细琢又天真质朴的东西，这往往是独自工作的艺术家的标志。我能不能说《一个二十三岁青年一幅由其同龄业余画家朋友所绘的肖像》让我不可抑制地想到"海关职员"卢梭【译按：法国画家亨利·卢梭（Henri Julien Félix Rousseau，1844—1910）】？卡瓦菲斯本人有时也具有星期天画家的一面。——原注但或许，我们对卡瓦菲斯全部作品的关注和研究，更应从作品的构成角度出发，而非从纯粹的风格角度出发。博学之诗、通俗独幕短剧和情色格言诗以非常亚历山大的方式并置，在他的作品里令有意为之的效果缺失达到最大化：这种驳杂和连续正是生活本身的驳杂和连续。亚历山大人喜欢简洁的、能把控到最细微处的作品，这成为卡瓦菲斯诗作唯一的组织方式：最长的诗有两页；最短的只有四五行。既热衷构思，又迷恋简化，总是追求缩略，这在诗人那里形成一种十分奇特的手法，我姑且称之为摘要或阅读笔记。他的许多精雕细琢的杰作几乎只是写得晦涩又潦草的一行文字，是喜爱的名篇上一道细细的下划线，是一个独居者记事本中散落的纸页，是一项秘密开支的数目，或是一个谜。在饱满的抒情中，它们保留了为自己所写的笔记所具有的不加掩饰的美。卡瓦菲斯最好的诗只告诉我们作者的经历或想法的起点或终点；即便是最细腻的那些，也把一切明显对着读者而说的东西、一切彰显口才或解释性的东西搁到一边。他最动人的诗有时仅限于几乎不加评论的引用。很少有人为如此少的文学倾注如此多的心血[1]。

卡瓦菲斯另外一个专属的特点是对独白的非凡构思，它有时像希腊化时代的喜剧或拟剧，有时又特别像旧时希腊修辞学的古老练习。《诸神只需提供》或《知名哲学家的弟子》或近或远地令人想起赫罗达斯[2]的《拟剧集》：没有情节的短剧里，一个人物为了尽可能给我们逗乐子而描绘他自己。《马格尼西亚战役》《约翰·坎塔库泽努斯得胜》《德米特里厄斯·索特尔》《在公元前200年》，尤其是此类中的翘楚《德马拉图斯》，都以古代诡辩派所看重的演说提纲、书简诗模板或知名辩论的概述为原型，其传统在我们这儿悲哀地残存在学生作业里。这些既明晰又难解的诗有时会让人想到布朗宁的复杂独白，但在这个布朗宁笔下，线条素描取代了画家的浓彩淡抹；这些诗使卡瓦菲斯这位潜在的悲剧诗人得以把他人的情感

---

[1] 这一切都不适用于1968年发表的《未刊印诗》，卡瓦菲斯本人出于某种原因把它们舍弃了，其中许多是年轻时候的习作，水准明显不及成熟期的作品。关于此主题可参见玛格丽特·尤瑟纳尔、C.迪马拉斯合译的《诗集》开头所附《康斯坦丁·卡瓦菲斯评介》(伽利玛出版社，"诗歌丛书"，1978年)。——原注

[2] 赫罗达斯(Hérondas/Herodas)，公元前三世纪的古希腊诗人。

内化，把自己的情感外化；它们为在某些问题上如此紧缩、如此固定于自身的这种思想打开各种意义上的**游戏**的可能。《马格尼西亚战役》使用间接笔法和动词现在时，在混乱的现时性里重新捕捉过去；《在公元前200年》中希腊人喃喃低语，相隔一个多世纪之遥评论亚历山大大帝的一段铭文，从而达到了合唱诗的效果，以对照来帮助我们丈量腓力的儿子和我们之间堆积的时间。《德马拉图斯》中，罗马帝国后期一位年轻辩士草拟的论述稿用二十行文字概括了米提亚战争中的一个片段，以及在两种事业和两个阵营之间左右为难的变节者永恒的悲剧：学校习作的干瘪本身令这则关于受辱之人的故事远离一切虚假的悲情[1]。这种代言的手法在诗人那里有时是出于谨慎，但更多时候是希望借陌生人之口确认他自己的情感：例如，《伊梅诺斯》中两行热烈的句子可以放到任何爱情诗里，它们像是从一个想象的或被遗忘的拜占庭人

---

[1] 这一切不无晦涩，是卡瓦菲斯一个不算小的缺点，这主要不是因为主题的缘故，而是出于风格习惯。同一首短诗中，他从直接引语跳到间接引语，经常给读者和译者造成极大障碍。这类障碍还包括某些格言诗中存在的断裂，诗人轮番对读者、对自己、对半是他自己的寓意式人物言说；他偏爱我所谓的间接标题，即取自一段插曲或一次要人物而非取自诗的主题或中心人物的标题，这同样构成了障碍。这里头存在一种偏斜，需要另外研究。——原注

写的信里摘录的片段。在悲剧性的《艾米利亚诺斯·莫奈，亚历山大人，公元628—655》中，卡瓦菲斯借助独白，成功地精准表达出**闭口不谈的东西**，退隐、悲怆、缄默的意愿、谨慎放低的面甲下目光的忧伤：

> 我将用我的话语、我的表情和我的态度为自己打造一副坚固的盔甲。我将直面阴险奸诈之徒，毫无畏惧和软弱。
>
> 他们会想伤害我，却不知去哪里找我的弱点、我的伤口，因为谎言掩护了我……
>
> 艾米利亚诺斯·莫奈自吹自擂的大话。他真的打造过这样一副盔甲吗？不管怎样，他没有穿很久。二十七岁时，他死在了西西里。
>
> ——《艾米利亚诺斯·莫奈，亚历山大人，
> 公元628—655》

就这样，对技法的研究把我们带回到重要的东西上来，也就是人。无论我们做什么，我们总是回到这间认识自我的秘密小屋，它既窄又深，既封闭又半透明，它

往往属于贪图享乐者或知识分子，纯粹的知识分子。意图和手段的无比多样性最终就这样在卡瓦菲斯作品里构成一种闭路的迷宫，其中，沉默与告白、文本与评论、情感与讽刺、人声与回响相互混合，错综复杂，异装也成了裸体的一个方面。从这一系列复杂的、相互交叠的人物中，一个新的实体最终出现，即"自我"，不朽的人。我们在上文说过，卡瓦菲斯所有的诗都是历史诗；《安条克的特梅托斯》使我们确信，归根结底，他的作品里只有个人诗：

　　热恋中的青年特梅托斯写的诗，题目叫《埃莫尼德》。这个埃莫尼德，来自萨莫萨塔的十分英俊的年轻人，是安条克·埃皮法尼的亲信。但这些诗行之所以动情而炽烈，是因为埃莫尼德（他生活在很古老的年代，在这个希腊化王朝的第一百三十七年前后，甚至可能再早一些）只是诗人的一个笔名，不过取得很妙。这首诗表达了特梅托斯自己经历的一段爱情，一段配得上他的美好爱情。我们，他的朋友，我们知道这些诗行为谁而作。安条克人，他们不知道，说：埃莫尼德。

——《安条克的特梅托斯，公元 400 年》

雅典，1939 年；

格洛斯特郡赛伦塞斯特，1953 年。

托马斯·曼作品中的人文主义与神秘主义 [1]

1 标题原文中的"神秘主义"一词为"hermétisme",它与"ésotérisme""mysticisme"等词都包含"神秘"之意,但它本指赫尔墨斯主义,指向与炼金术有关的神秘学说,这也正是本文的线索所在;该词亦出现在本文正文及全书另的篇目中,但并非和炼金术直接相关。此处为简洁之故,译为"神秘主义"。本文中还多处出现"hermétique"一词,含义较为宽泛,根据具体语境译为"神秘主义的""神秘的""炼金术的"等。——译注

托马斯·曼（Thomas Mann）

托马斯·曼的作品属于现代经典中十分罕有的类别，这类作品距今尚近，并非毫无争议，反而不断在各个方面和层次上被重新讨论，重新评价，仔细研究，既堪作试金石也堪作养料。这样的作品在读第五遍时依然打动我们，个中缘由却和我们第一遍读时爱上它们的原因不同，甚至相反。一个法国读者第一次接触《布登勃洛克一家》时感受到的他乡氛围乃至异域情调，因逐渐习惯或对德国的认识更加深入而消散，随之露出人的档案，露出与家族力量或社会力量搏斗的人的悲剧，这些力量造就了这个人，也将一点一点摧毁他。像《魔山》这样如此着力集中描写一时一地的小说，其新意或曰**当代性**，不再会遮蔽杰作真正的无时性和宇宙性背景；《死于威尼斯》中曾经令人不安的感官内容不再会令现代读者吃惊，于是他可以全然自由地从容沉思德意志悲剧精神创造的最美的死亡寓言之一。

德意志作品：其之所以为德意志，在于以幻觉服务事实的方法；在于对魔法般智慧的追寻，这种智慧的奥秘被低声道出或不言而喻，漂浮在字里行间，仿佛注定要有意地尽可能不为人所察觉；在于萦绕日耳曼沉思的这些重要实体的存在，精神与大地、母亲、魔鬼与死亡，这死亡比别处的更烈、更毒，它神秘地与生命本身混合，有时还具有爱的属性。作品之所以为德意志，还在于它牢固的交响乐结构，在于它历经半个多世纪写就的各个部分的对位法特征。但这块日耳曼面团，一如德意志本身，是用异域的酵母发酵的：盛行秘仪的希腊给了《死于威尼斯》的主人公和《魔山》的主人公终极启示；犹太思想，且是《塔木德》[1]或卡巴拉思想[2]，比《圣经》思想更为渗透《约瑟》中艰深的迂回表达，而德国政府当时正下令消灭犹太人。德意志思想经常倚仗的印度教启发了《换错的脑袋》里超验的色情；一个宿命的亚洲在《魔山》中借明希尔·皮佩尔科尔恩之口被结结巴巴地

---

1 犹太教经典，分《密释那》和《革马拉》，《密释那》为口传律法汇编，《革马拉》是对《密释那》的诠释和评注。
2 犹太教内部发展出的一套神秘学说。

讲述着。最后，对杜姆勒夫人[1]这个典型化的德国女人来说，爱的幽灵是盎格鲁-撒克逊幽灵；对汉斯·卡斯托尔普[2]和古斯塔夫·冯·阿申巴赫[3]来说，爱的幽灵是斯拉夫幽灵。

如此多样的这些材料化为一个团块，令人想到缓慢的地质成层，而不是精确、有意识的建筑构造。曼细致的现实主义，这种往往为德意志幻象所特有的着魔似的现实主义，为讽喻的晶体结构充当母液；它也为神话和梦境那几乎潜藏地下的熔流充当河床。《死于威尼斯》以慕尼黑郊外漫步的现实主义叙述开篇，连火车和邮轮时刻表、剃须匠的闲聊和领带夺目的色彩也不略过，并把挫折和意外编织成寓言式的亡灵之舞；在这之下流淌着一个男人的狂想，它永不枯竭，灼热滚烫，秘密地来自一种更古老的象征主义，这个男人被自身的末日折磨，从这梦的源流里汲取死亡和爱。《魔山》十分精准地描绘了 1912 年前后瑞士德语区的一座疗养院；它也是一本中

---

1 小说《受骗的女人》的女主人公。
2 小说《魔山》的主人公。
3 小说《死于威尼斯》的主人公。

世纪概论，是对世界之都的讽喻；它还是在内心渊薮漂流的尤利西斯的史诗，他受到食人魔和鬼魂的摆布，像前往一座朴素的伊萨卡岛那样，于自身抵达智慧。《受骗的女人》为我们呈现了 1924 年一个德国女人近乎可笑的特性；这个德国女人却又寓意着德国；在更深层意义上，她的病体是癌症之蟹和欲望之蟹互相残杀的洞穴。皮佩尔科尔恩或许是盖哈特·豪普特曼 [1]；同时，他又是用恩加丁山谷的一块岩石以怪异的方式凿出的难以名状的潘神；他尤其是人与生命的合一，像生命本身一样无定形而有力，与瀑布之水神秘关联，作者在人物去世前夕勾勒出他在瀑布前的轮廓。纳夫塔和塞塔姆布里尼 [2] 是几乎不带夸张讽刺地把原型从服装、健康状态、生计到智识癖好和习惯用语的种种都记录下来的确凿肖像吗？他们的存在难道不就是为了表明我们大部分哲学讨论所包含的傲慢和虚妄吗？我们是否和他们在冰川上进行了一场被推向荒谬的咖啡馆对话？还是说相反，他们体现了引领世界的两种原则？这是不是些巨大的传声筒，借由它

---

1 盖哈特·豪普特曼（Gerhart Hauptmann，1862—1946），德国剧作家。
2 此二人是《魔山》中的人物。

们，一个广阔到词语无法表达的问题通过词语因而也就是以怪诞的方式被说出？现实、讽喻和神话互相交融；通过一种恒常的流动，三者不断回到生命之中——它们也正是诞生自那里。

同样的复杂性也统领着曼作品中的时间和与其直接相关的地点。时代千差万别，因作品大部分沉浸于历史或传说的过去，或远或近，还因为作品在漫长的一生中写就，故事的当代部分本身也被裹挟在时间的运动之中，从现在滑向过去。《布登勃洛克一家》中德国所处的时代、《瓦尔松血脉》和《死于威尼斯》中德国所处的时代、《受骗的女人》和《浮士德博士》中德国所处的时代，彼此相隔将将半个世纪，却是历史上最动荡的半个世纪之一，它们之间的差异和《绿蒂在魏玛》里德国的时代差异一样大。甚者，在曼的作品中，当下悄悄地一下子进入历史的范畴；对这位分析变化和过渡的作者而言，在时代更替的序列中，现在并不具有优先地位；所有时代，包括我们所处的时代，皆同等地漂浮在时间的表面。有时，正如《魔山》结尾出现的约阿希姆的幽灵戴着尚未发生的一场战争中的头盔，这些过去写就的书籍与未来搭叠；布登勃洛克一家的破产在今天比在它被描绘的时期更加彻底；像纳夫塔那样的一种专横的绝对信仰，过后悲伤地被事实证明确实存在。曼的空间和时间观念在长达半个世纪的进程中逐渐拓展甚至改变，这一进程把他从狭义上的现实主义带向哲学意义上的现实主义。《布登勃洛克一家》的悲剧在城市的社会背景下显影，以吕贝克[1]时钟的摆动来衡量。在《魔山》中，汉斯·卡斯托尔普提到的波罗的海的波涛和海滩上的沙子暗示一段纯粹时间的跳动和计算。疗养院躁狂的时间被无比精确地设定在世界史的一个时刻，即1914年大战之前，并以山峰的地质年代为尺度进行估算。《约瑟》里的圣经时间如沟渠一般流淌在自远古时代就有人类居住的辽阔无垠的美索不达米亚平原。《浮士德博士》的主人公以生命为代价获得的无限膨胀的魔鬼般的时间正处在希特勒上台前的最后数年当中，但它和可见的日夜更迭毫无共同之处。历史的瞬间越来越明确地聚合为一种关于永恒的宇宙概念。

---

1 德国城市，《布登勃洛克一家》故事的发生地。

"我爱慕你，你是水和蛋白质组成的人形，迟早得在坟墓中解体"，汉斯·卡斯托尔普在一场最诡异的爱情告白中差不多如是对克拉芙吉亚·肖夏说道。托马斯·曼在此只是用有机化学的术语表述了与文艺复兴时期重要人文主义神秘学者类似的看法：人作为宇宙的缩影，和宇宙由相同的基质组成，受相同的规律支配，他如物质本身那样经受一系列部分或彻底的转变，通过一种丰富的毛细作用与整体相连。这种以宇宙为基础的人文主义同柏拉图或基督教的灵魂与肉体、感性世界与心智世界、物质与上帝的二律背反毫不相干。因此，仅就小说家且是二十世纪的小说家而言，曼的作品里既不存在阿道司·赫胥黎式的皈依或拒斥过程，以借此逐渐抵达隐藏在人类的失序或混乱之下的属于神秘范畴的真实概念，也不存在那种审美的禁欲主义，它令普鲁斯特把对一个流逝的、不完美的现实世界的凝视提升为一种绝对的、纯粹的世界幻景。曼的作品不把生理性的东西视为不洁，而这种类比在萨特作品里一以贯之，在热内[1]作品里隐含

---

1 让·热内（Jean Genet，1910—1986），法国诗人、小说家、戏剧家。

不宣，且在法国某类文学里经常出现，在这类文学里，哪怕最放纵的作品也仍然奇怪地保持冉森派风格，基督教认为肉体可耻的古老概念在全无任何基督教理想主义的私人语境下往往也继续固守。另一方面，平衡、健康、幸福这些简单又令人安心的概念对传统的希腊-拉丁古老人文主义来说极为重要，在这种经由深渊抵达的人文主义里却也不见踪影。欲望、疾病、死亡以及——借由一种大胆的悖论——思想本身（其腐蚀作用逐渐摧毁了它的肉身载体）对曼来说等同于炼金术嬗变的发酵剂和溶剂：无论愿意与否，它们都让"水和蛋白质组成的人形"与它们最初的环境即宇宙重新接触。

曼本人的逻辑前提往往导向具有颠覆性的结论，曼对这些结论的态度未尝不让我们想到他笔下的主人公汉斯·卡斯托尔普审慎的迟缓。二十世纪诸多欧洲小说里的人物几乎总是显得孤单、不合群、不受约束，被切断了思想根基（这种思想根基的存在本身亦受到质疑），漫无目的地封闭在自己的世界内或处在荒诞之中，但曼的人物一开始并非如此。他起初被描绘为与一个阶级或一个群体形影不离，几乎过时地由一些社会习俗支撑和捆绑，他以为这些习俗是好的，它们过去可能也的确是好的，但如今只是僵化的、死气沉沉的生活，他的最初状态与其说是绝望，不如说是某种迟钝的自满。他将笨拙地、为时已晚地尝试在这僵化的硬壳下找回一个充满活力的世界，他属于那个世界，但他只能以外在之人的真实死亡或象征死亡为代价才能重返。面对精神走向自我的这场历险，曼似乎从未能完全从他的意识中，更未能从他的无意识中清除掉残余的资产阶级的怯懦或清教徒式的谴责；在一个越来越奉行轻松逃避的时代，他有时以一种近乎滑稽的坚决，不断提醒人们注意，在走出已知和被允许的疆域时，会有堪称恐怖的灾祸突然袭击人类。在他看来，与自身所属的资产阶级圈层决裂的艺术家，其极常见的悲剧自始至终是一种可怕**选择**的象征。他的审慎，他的大胆，他徐徐展开的讽刺，他思想本身特有的曲折迂回，都与他眼中向来最艰难的尝试所包含的危险有关。

在《布登勃洛克一家》阴郁的氛围中，在《死于威尼斯》晦暗的背景下，一些对美德感到厌倦的人物仍然以绝望的强硬来对抗混乱发出的持续诱惑；托马斯·布登勃洛克哀伤地被固封在资产阶级的端正之中，为一种可敬又过时的事物秩序而死；古斯塔夫·冯·阿申巴赫面对爱的隐伏的毒害，用他悲凉的体面与之对抗到底。类似的绝望与无力的混合也主导着 1914 年之前写的短篇小说，曼把它们放置在德国外省；那里的生活在严规戒律和端庄体面的掩盖下腐烂；仅有的出路通向梦、他乡、激情，并必然地导致死亡。年轻的曼笔下的主人公是混乱的受害者；他们尚未成为混乱的探索者；他们只是它无意识的同谋。阿申巴赫充满爱意的魔鬼信仰、短篇小说《衣橱》中亚布雷奇·凡·德·阔伦的色情幻想、矮个儿先生弗里德曼在同名小说中被压抑欲望的号叫，这一切只在堕落的最边缘或梦境全然的不负责任中才能自由释放；作者对笔下的作家这个背叛资产阶级的人物态度严厉，既像是措辞上的谨慎，也像是种自我惩罚现象。《托尼奥·克勒格尔》呈现了这一系列几乎总是悲剧性的冲突当中的情感喜剧，主人公（或许曼也通过他）为艺术家的无政府主义和资产阶级生活方式之间的折中进行辩护，他感到前者萦绕在他心头，但又相当天真地觉得后者仍是道德清白和身体自在的象征，是慰藉和安逸的象征；以矛盾的方式诱惑着软弱的托尼奥·克勒格尔的，是秩序，或者我们命名为秩序的东西，而不是失序。

在《魔山》中，恶魔的思想首次战胜了叔本华式的悲观主义和斯多葛式的因循守旧；约阿希姆，受僵化和拒绝的折磨，让位于表弟汉斯·卡斯托尔普，后者的小资产阶级品性致力于探索深渊。神话从雪面上升起；散见于早期某些小说中的幻想按照魔幻史诗和接纳秘仪的法则进行了安排。同时，曼可以说到达其浪漫主义的古典主义；我们发觉该作品和一切古典作品一样，以认知范畴的微薄收获告终；讲述死亡如何获胜的小说变成了《威廉·迈斯特》式的成长小说；汉斯·卡斯托尔普学会了如何生活。作者让这个有些笨拙、近乎荒唐的资产阶级青年消失在1914年大战的硝烟中，而不愿或不能告诉我们他究竟活下来没有，他是一个越来越受到威胁的物种的样本之一：智人。这个永恒的学生并不是个玩火自焚的人。人们总说科学研究使人丧失人性，但科学研究只是按照真正的人文主义者一贯遵循的方法引领人去更正确地认识自身作为人的状况。实验这些不确定的、半真半假的、被人们命名为神秘学的科学，不过是把对人类认知的英勇探索推向极致。神秘的智慧直接就成了智慧。

但在曼的作品里，没有什么是简单的：在《魔山》的最后几页里，汉斯·卡斯托尔普几乎欣喜地投入战争的历险，期望从中找回现实和人类的友爱。这样的情感在 1914 年的新兵身上毫不反常，曼仍深受他那个时代和他那个民族的军事纪律的影响，但他似乎不带任何心理保留地让汉斯在自由游历后占据迟钝、顽固的约阿希姆留下的空位。即便在这位伟大作家最经典的作品中，对智识的训练仍是一种可疑的消遣，而对"被生活宠坏的孩子"来说，战争是把他从"罪恶的山峰"解救出来的驱魔术。的确，美妙的书籍有时会有一些生硬的结局，在最后一刻把它们和读者的成见，也可能和作者本人思想中继续存在的偏见衔接到一起。然而，我们可称为智力之原罪的主题在曼的作品中太过一以贯之，使得我们无法回避这个尾声：在这部描绘精神历练所获进步的长篇巨著结束之时，汉斯的智识探求被有意地斥为在恶中的危险远足。

正如它之前的《死于威尼斯》和之后的《浮士德博

士》,《魔山》的顶峰或者说核心是一个神话中的神话，是人物在梦中或白日梦中直面现实的时刻。《死于威尼斯》的核心现实是激情；浮士德博士的核心现实是地狱；《魔山》的核心现实是可怕的生活。汉斯，在瑞士德语区一片阿尔卑斯高山牧场的雪下睡着，他在梦境中看到世界之美，这美被描绘为具有新古典主义面貌，如勃克林[1]的田园风景或皮维·德·夏凡纳[2]的构图，如这些地中海边缘地带——德意志的想象从未停止在那里安置唾手可得的幸福，安置感官的完满，托尼奥·克勒格尔任凭自己受后者引诱。再前进一步，梦中遇到的那些俊美青年的隐秘目光就会把睡觉者带向这些美妙景观中心隐藏着的残酷圣地，把他放到吃人的女祭司和被割喉宰杀的人类受害者面前，也就是说被整个世界的华光所掩盖并救赎的至高秘密面前。最后的真理是一种关乎恐怖的真理。从这一内在恐怖之景象出发，精神的条条大道向汉斯开放，或是神圣或是罪恶，或是反抗或是接受。曼的典型做法是为他的主人公选择后一条，总的来说是几乎所有

1　阿诺德·勃克林（Arnold Boecklin, 1827—1901），瑞士象征主义画家。
2　皮埃尔·皮维·德·夏凡纳（Pierre Puvis de Chavannes, 1824—1898），法国壁画家。

人都会选择的那条。汉斯在半谵妄状态下徒然发誓决不让死亡主宰他的思想，他唯一的权宜之计是把自己的精神从可怕的景象上移开，就像梦里的少年们那样设法转过眼睛。在《魔山》以及曼所有杰出的小说里，或许也在一切神秘主义传统下的文学里，主人公如果想活，且如果他并非像阿申巴赫或浮士德那样被自己的魔鬼所左右的话，几乎必然重新落入某种表面的妥协或遗忘。一切归于秩序。从井中出来的约瑟从此只是个心无怨恨的希伯来青年，他为所有人转动上帝的恩宠；教皇格利高里[1]从他可怕的罪行和可怕的苦修中逃脱，睿智地与他的记忆兜圈子；汉斯结束长途旅行后参军入伍，他再次被"山下世界"无法抗拒和断然的命令所征服，将迷失在杀戮和死去的人群中。

介于神谱和历史之间的《约瑟》四部曲是对往昔所作的杰出的人文主义阐释之一，这些阐释之所以成为可能，归功于数代博学之士缓慢的预备工作，尤其是最近半个世纪的民族志学者、古宗教史学者和考古学家。破天荒地出现一部文学作品，既不想为犹太人观点辩护，也不想为基督教观点注解，它同时向我们展示了以色列

1《被选中者》主人公。

所具有的把它与广袤的神话和异教世界结合在一起的一切以及把它与后者分开的一切，它让我们目睹了上帝这个近乎恐怖的一神论概念的诞生。曼的所有杰作中，唯有《约瑟》将对色情的关注点几乎完全集中于夫妻之爱，或更确切地说集中于人类肉欲的生殖形式，之所以如此，是因为整部作品讲的就是一场象征性的妊娠：雅各-以色列诞下上帝，正如拉结诞下真正的儿子。在人类记忆最深处的这种下潜，其最值得称道之处在于把原始人类的意识带回表面，而这种意识业已成为我们的无意识。看起来充斥着人类实体的编年史，实则为一部形而上学作品：《约瑟》中的人，身上混杂着不同世代，感到其祖先的经历和情感就是他自己的经历和情感，他对应的不是作为个体的人的定义，而是更神圣的具有人格的人的定义：他是自己悲剧的作者和表演者，他有时靠谬误的喜剧，有时靠两个本身相互矛盾的概念，即现在的无所不在和永恒的周而复始来逃脱惨境；他还是且自然而然是宇宙。以实玛利和以扫二人皆是红色精灵[1]，是西蒙风[2]，

---

1 伴随着雷雨所产生的高空大气放电现象。
2 阿拉伯地区一种极端干热的小规模旋风。

是凶手赛特[1]；亚伯拉罕既是约瑟的祖父[2]也是他远古的先祖，是出门到起源城市之外寻找上帝的月下游荡者，是不断游走在时间重启之路上的犹太人。约瑟本人一方面是塔木兹-阿多尼斯[3]，是受折磨者、复生者，另一方面是曼尤为珍视的灵活甚于英勇的人物，是"命运的宠儿"，是艺术家，是一个古老种族脆弱而诱人的继承者，是汉诺·布登勃洛克一个不那么多病的兄弟，是一个不那么心烦的托尼奥·克勒格尔或者一个不那么笨拙的汉斯·卡斯托尔普。寻找上帝的史诗几乎过于轻巧地终结于同上帝的妥协。

待充斥着雅各崇高、原始形象的第一卷结束之后，历险逐渐缩减为远古时代的风俗喜剧；流亡无非是个幌子，借以细数古埃及的风俗习惯，作品对一个逝去社会的最佳习俗进行了冗长的描写，若我们未从中瞥见对一切社会的嘲讽，便会觉得这种罗列毫无意义。约瑟本人是品德高尚的美少年，固然是因为这样对他有利，但这

---

1 古埃及神话中的沙漠之神，他杀死了自己的哥哥冥王奥西里斯。
2 亚伯拉罕应为约瑟的曾祖父。
3 塔木兹是巴比伦神话中的谷神，阿多尼斯是希腊神话中春季植物之神，二者在各自神话体系中地位相当，也都可死而复活。

也是神的安排；他是纯洁的年轻男子，却又几乎像女人那样狡猾，差不多只是世俗成功的讨喜范例，这种成功和先知的崇高或族长的威严同属犹太传统；他是美丽故事中的迷人王子，不可能以悲剧结尾。可以说，一种令人心安的免疫力给这场历险的主角和配角都加了保护，使之能抵挡一切撞击：阉人波提乏面对自己的无能就像流亡中的约瑟一样悠游自在；肉体的激情本身只恰如其分地扰乱波提乏夫人程式化的优雅[1]。我们离开史诗世界，转而进入更宜人的故事世界。属于故事的还有这些无害的灾难，这一串串又缓慢又可轻松化解的意外，以及这些老套的埃及风景，此埃及凝固在它作为传奇国度的奢华与井然有序里，一些色调鲜艳、仿佛变成玻璃的人物不疾不徐地漫步其间。曼把《圣经》中区区几页道德故事拉长为四卷本分析小说，似乎十分有意地保留了它作为寓言

---

[1] 对曼笔下的人物或许还有他们的作者来说，安逸的概念以及必要时奢华的概念极为重要。我们会在曼的作品里矛盾地发现切斯特顿［译按：Gilbert Keith Chesterton（1874—1936），英国作家、文学评论家及神学家。］所指出的一个趋势，即渐渐让他的主人公们陷在一堆靠垫下面动弹不得。在我们讨论的作品里，流亡中的曼寄居在加利福尼亚期间对雅各之子在埃及土地上舒适得体的生活的描写，很可能部分反映了美国文明的物质富足和它奇怪的形式主义。广而言之，在《约瑟》的戏拜、克鲁尔（译按：《大骗子克鲁尔的自白》的主人公。）的法兰克福或巴黎、《被选中者》的波雷拜尔庄园，乃至布登勃洛克家或瓦尔松家的豪宅里，存在乐土或白日梦的成分，它标志着一种吸引力，与作用于福楼拜想象之上的奢华和丰裕所具有的吸引力并无太大区别。——原注

297

的二维面貌；他的细致阐述成比例地削减而非拓展了它的内容。失而复得的儿子那令人揪心的感情，宽宏大量的弟弟那悲怆动人的教化在如沙般疏松的几千页中渐渐变弱，在东方地毯重复了上百遍的图案中分崩离析。

游戏，区别于幻想或讽刺，在经过很长时间之后成为曼小说要义的载体。1909 年出版的《殿下》保留了为宫廷剧场所做的小喜剧那种几近陈旧的优雅，但像曼作品里常见的那样以其肤浅本身令人不安；讨人喜欢的《无秩序和早先的痛苦》在对陷入通货膨胀之乱的一户德国家庭的描写中，保留了有教养人士打趣时惯用的那种轻描淡写的口吻。另一方面，前几章写于 1911 年的菲利克斯·克鲁尔的流浪汉自传在曼作品中的位置似乎应相当于《梵蒂冈地窖》在纪德作品中的位置，但这部作品在他生命快结束时方才完成或至少说得以延展。所以直到《约瑟》这部神话喜剧，曼的鸿篇巨著里才开始明显地出现诙谐的、几乎堪称娱乐的成分，出现这种在某些臻于成熟的伟大作家那里占主导的不由自主的谐谑曲。《换错的脑袋》这部雅致的短篇以戏谑的口吻处理身份和形式的永恒流动，将一则重要的印度教神话改造为十八世纪东方寓言的亲切风格。在《被选中者》这部中世纪歌谣中，在薄薄的一层哥特式伪装下，曼最隐秘的主题现身于假面舞会的自由之中。人类历险中所遇的怪诞危险被"知道自己在做梦的做梦者"半嘲讽式的轻松所化解；兄妹之间然后是母子之间惊世骇俗的恋情结出神圣的果实；对古法语的使用令乱伦的床榻深处的情人谈话变成博学的消遣。《受骗的女人》在四十年后以家庭模式重拾《死于威尼斯》中激情的主题，人物由一个不由自主被征服的男人变为一个易动情的年长女人；风格宜人、淳朴的小幅图画把当中死神之舞的恐怖资产阶级化。曼的后期作品之于他的地位差不多相当于《冬天的故事》和《辛白林》之于莎士比亚。悲观的概念和乐观的概念、固定形式的世界和变动形式的世界、秩序和无秩序、死中之生和生中之死，皆成为不再令老炼金术士惊讶的**伟大的奥秘**的不同方面；游戏感渐渐取代了危险感。

把1939年的《绿蒂在魏玛》和1911年动笔、1954年续写的《大骗子克鲁尔的自白》这两部作品进行对照，此举乍看起来似乎荒谬，这两部作品把曼始终念念不忘的两个主题搬到游戏层面上：一是艺术家模棱两可的本性，二是智识本身可疑的特性。在《绿蒂在魏玛》中，游戏借德国文学最伟大的名字来进行，那就是歌德，年老而威严的歌德，他似乎呈现出最成功也最令人肃然起敬的文人形象。相反在《大骗子克鲁尔的自白》中，游戏则通过一个可爱的人物进行，他是行骗艺术家，近乎神话里富有魅力的骗子赫尔墨斯，林神剧诡计多端的主人公——曼的悲剧作品正是以他告终。在《绿蒂在魏玛》中，讽刺表面上针对伟人周围的人，针对他们那惯有的恶意或卑劣，在深层次上则针对大作家本人的位置，针对他公式化的外在和他隐秘的真实之间迂回的区别，这种真实完全无法同任何社会范畴乃至人类范畴类比，更加和他为自己的爱情经历所勾勒出的浪漫形象毫无关系。一系列风格阶梯把我们从睿智老者带往年老巫师，前者彬彬有礼地在魏玛小圈子里扮演大人物，后者的自我内部被才华的神秘作用所占据，分泌出将永远不只属于他一个人的思想，直到结尾的抒情和演说非同寻常地爆发，把我们带到更远的地方，带到熊熊燃烧着的甚至不再具有人形的邪恶力量边缘。艺术家隐蔽的卑劣，这个在曼作品里几乎强迫症式的概念，在《绿蒂在魏玛》中因伟人歌德的存在而按下不表，在《大骗子克鲁尔的自白》中则启发了拜访名演员的那段情节，这位演员因其上流人士的优雅洒脱而被公众奉为偶像，但他在自己肮脏的化妆间时，残妆之下冒着汗，无非就是个难看、庸俗的人，皮肤上遍布血红的脓疱。一切艺术成就内在的欺骗纠缠着曼，它在小克鲁尔登上音乐亭的台子，假装用自己小小的提琴和乐团同时演奏精彩乐曲进而获得神童美誉的段落中再次出现。1954 年增补章节里的菲利克斯·克鲁尔是命运的宠儿，是破产父亲的敏感继承人，是不排斥成熟女人的示爱、深谙伪装与两面派手法的年轻约瑟，是周游世界、阅历人间的观光客，是库库克教授关于宇宙起源的长篇大论的侧耳倾听者，他越来越像是对曼笔下一些重要主人公讨喜的夸张讽刺，某种意义上也是他们的喜剧残余。在作者八十岁时的最后一部作品里，生活变成了闹剧：仍具有寓意性质、美得像中世纪绘画中的德国城市的法兰克福，借助《风流寡妇》[1] 和费多 [2] 杂耍剧的记忆，被欢快的巴黎取代；未完成的作品在有点像里斯本的地方原地踏步，只

---

1 一部轻歌剧，根据法国亨利·梅雅克（Henri Meilhac，1830—1897）的喜剧《大使馆随员》，由雷翁（Victor Léon，1858—1940）和史坦恩（Leo Stein，1861—1921）改写成剧本，由匈牙利作曲家弗朗兹·雷哈尔（Franz Léhar，1870—1948）谱曲，1905 年 12 月 30 日在维也纳首演，后连续上演五百次，大受欢迎。
2 乔治·费多（Georges Feydeau，1862—1921），法国剧作家，擅长写滑稽喜剧。

不过我们无从知晓曼会怎样结束他的滑稽小说。

《浮士德博士》在曼的晚年作品中占有独特位置：它在《布登勃洛克一家》《魔山》或《约瑟》四部曲的群山之后孤峰独立。它里面也有游戏，但，就像此阴郁作品的主人公音乐家阿德里安·莱韦屈恩为《启示录变相》创作的恐怖而讽刺的音乐那样，作者后期风格里典型的谐谑曲在此有了一种刺耳和绝望意味。游戏和危险此番如同大教堂门口对峙的两头巨兽。曼的精湛技巧在这本书里得到前所未有的完美施展，政治的、神学的和魔法的主题以一曲赋格编排并支撑着音乐的主题，后者又被吸收进知性、知性的界限以及为跨越其界限所需代价的问题里。学会生活的愿望、个人与生活本身节奏的协调在《魔山》中极为重要，但在这部作品中却不祥地消失，主人公在一种彻底监禁自我的过程中以缓慢的自我毁灭来实现自我。关于这种禁闭，关在疗养院房间里的汉斯·卡斯托尔普已经提供了一个例子，但汉斯的窗户朝向茫茫宇宙，莱韦屈恩的窗户则朝向奇怪的虚无。被授以奥义的人成了下地狱的人。曼的神秘作品的一大特点是灵性的奇特缺席，这就让恶的超越性在《浮士德博士》

中得以自由发挥。歌德的浮士德在死时得救,文艺复兴时期的人文主义经启蒙时代的理性主义重新审视,应当不会承认还有别种可能,也不会承认人的无尽憧憬本身就是对圣灵犯下的罪。曼的《浮士德博士》则相反,阿德里安·莱韦屈恩甚至在魔鬼不祥的到访之前就已经永远地归属于魔鬼。诡异的厄运降临到他所爱的人身上:鲁迪,平庸的爱恋对象,在一场怪诞的社会杂闻事件中被杀;年幼的内珀穆克,在这本被诅咒的书里是圣恩和纯洁的唯一化身,却被令莱韦屈恩束手就擒的魔爪突然抓住,因脑脊髓膜炎引发的痉挛丢掉性命,疾病让这张天使般的小脸带上了下地狱者的狰狞。艺术已成为一种单独的追求,它奇怪地与生活分离,但又超前于生活本身,音乐形式的分裂似乎向人类预示了未来的大灾难;阿德里安·莱韦屈恩作品的生长犹如音乐家的父亲在化学浴中所培植晶体的无机绽放,它们后来在书里又数次出现,象征着对生长的嘲笑。

借助曼式游戏惯常规则中的后撤法,曼在其主人公与我们之间安插的叙述者以资产阶级的理性和平实的学院派措辞来转述阿德里安·莱韦屈恩尖刻的悲剧。于是,堕落伟人的历险几乎成为学生瓦格纳讲述的浮士德故事，成为霍雷肖（同时有点像波洛涅斯[1]）讲述的哈姆雷特故事。蔡特布罗姆博士的善意可以说构成了阴郁的音乐家和读者合情合理的不安之间的吸收层。阿德里安·莱韦屈恩悲剧的内涵确实非同小可，我们能理解为何曼满篇皆是谨慎的委婉迂回，因为这部暧昧的作品总体上倾向于指出人的一切成功少不了与撒旦的合作，因而这合作也就有了理由[2]。这部交织着取自尼采或柴可夫斯基生平的事件、照着真人描画的肖像以及自传影射的小说，这则假定浮士德—莱韦屈恩在音乐上处理了曼本人在文学上所处理主题（包括一曲《浮士德博士的哀歌》[3]）的镜像故事，在间隔约半个世纪之后，似乎和托尼奥·克勒格尔诅咒艺术家模棱两可的处境以及艺术创作本身固有的丑闻时发出的抱怨形成

---

1 霍雷肖和波洛涅斯均为莎士比亚《哈姆雷特》中的人物，前者是哈姆雷特的朋友，后者是御前大臣。

2 众所周知，纪德在他对陀思妥耶夫斯基所作研究的著名论述中表达了同样的看法，且《伪币制造者》和《如果种子不死》中的某些段落无疑表明他也关注这同一些问题。但他反神学和反形而上学的立场很令人快令他把这一点局限为矛盾或纯粹、简单的隐喻。我们得去他更早的作品里寻找同个问题的处理，其强度可比肩有时甚至超过曼。与恶的勾结在《扫罗》（以及《背德者》中的某页）中的明显程度不亚于《浮士德博士》；在他们各自的道路上，寻找自我的米歇尔遇到的危险不比古斯塔夫·冯·阿申巴赫和阿德里安·莱韦屈恩遇到的少。但与曼的作品情况不同，这个问题在纪德作品里一直仅属于心理范畴。——原注

3 小说中这是莱韦屈恩最后谱写的作品。

绝妙的呼应，于是乎，它愈发令人不自在。读者最终思忖，这部作家晚年著作阴暗的伟大莫不就在于重拾传统道德观点，提醒我们警惕人和邪恶力量的一切交易；还是说，在对恶魔附身之人表面的、悲剧性的揭露之下，一种极具颠覆性的魔鬼信仰秘密地一锤定音。

我们应该很容易从曼的著作中提取出一份神秘片段或主题的清单，它们和《童话》或《浮士德·第二部》中的象征以及《魔笛》中共济会的寓意都没有太大差别，表明古老的秘教传统对其作品产生了巨大影响。但我们不那么容易说清曼究竟在哪些时候有意识地运用共通的魔法词汇库，哪些时候象征性的意象或神话般的情节转折是由作品内部的化学反应自发生成的。在奥义传授主题下，我们可以放入《魔山》开头汉斯抑制不住的笑这个怪诞插曲，这是破除习惯的疗法的最初效果；同一本书中对电影放映场景的描写和柏拉图影子洞穴场景十分接近，后来又通过疗养院普通地下室里巫术场景的描写再次强化；《约瑟》中以井和监狱来象征经过墓穴这一典型情节，在《魔山》中则以埋入雪中来象征。奥义传授主题还体现在同一本书的开头塞塔姆布里尼和汉斯·卡斯托尔普在黑暗中的对话，对话过程中，年长者试图打消年轻人在疗养院长住的念头，他用半现实、半象征的措辞转述了守门人这个秘教主题。《浮士德博士》里，乘潜水钟下沉到深海巨兽中间也属于该主题，它是希伯来深渊幻景的变体，与之形成微弱呼应的，是《大骗子克鲁尔的自白》中下到古生物博物馆的地下室的情节。传授奥义主题的典型情节是《被选中者》里在岛上的暂居，是格利高里沿着生命的阶梯缓慢地拾级而下，渐渐化为区区一只在大地怀中睡觉的小虫。异装主题变得重要，这也和奥义传授相关：雅各变以扫，利亚变拉结，兄弟变陌生人；更为相关的是超脱自我的概念，是《魔山》里的约阿希姆和女裁缝面对他们自己的死亡时玩的"比自己以为的知道更多的人"这个近乎凶险的游戏。《魔山》里的年轻女通灵者把一个幽灵"带到世上"，她的痉挛被比作子痫发作，该场景中所呈现的分娩意象是秘教式的。最后，生理痛苦被赋予的角色也是秘教式的，在这本非基督教作品中，生理痛苦并不联系着救赎，而是联系着酿造和重铸。在《布登勃洛克一家》中，疾病是小汉诺的庇护所，他借此逃避生存之绝望。再后来，疾病将成为一条神秘的通道。汉斯·卡斯托尔普的湿斑、阿德里安·莱韦屈恩的梅毒象征着获得危险的知识；它们从通行代价主题和契约主题中凸显出来。

曼作品里的色情潜藏极深，和疾病—死亡—通道的概念联系极密切，是生理的另一方面，通向普遍；这样的色情属于奥义传授主题。一众被爱恋对象，林林根夫人[1]、塔吉奥[2]、克拉芙吉亚·肖夏、艾丝梅拉达[3]和肯[4]，最多只是一些引导亡灵去阴间的神，是门槛上的赫尔墨斯；把生者或濒死者带到内心深渊的边缘之后，他们就消失了。最肉感的躯体也不比这些怪异实体真切多少，它们可能本就源于性欲的自我满足，如《衣橱》中赤身裸体的女讲述者和《浮士德博士》中的小美人鱼。性别身份、种族或年龄的差异、疾病和美在同一个身体里的结合，生理占有的缺失或罕见，是春药的必备成分，这春药令曼的主人公远离惯常的、已知的和被允许的东西。它有时也令他远离似真性本身。年轻的汉斯在疗养院度过的

---

1 《矮个儿弗里德曼先生》中人物。
2 《死于威尼斯》中人物。
3 《浮士德博士》中人物
4 《受骗的女人》中人物。

漫长七年中，肉体生活场景仅限于克拉芙吉亚·肖夏离开前与之共度的一夜春宵，然后是爱人归来后两个旧情人之间建立的奇怪的柏拉图式关系，单从感官或心理角度来看，这实在是说不通。只不过在感官经验方面，没有什么是完全不可能的，因而我们才会接受作者所交代的阿德里安·莱韦屈恩的色情史，他在约三十年里严格禁欲，仅有的破戒是青年时代与染病妓女近乎仪式般的几次接触以及后来在即将迈入壮年之时与一位更年轻男人的短暂关系。我们可以想想《受骗的女人》中是否也存在类似的奇特情况，这当然不是因为成熟的杜姆勒夫人对年轻的肯怀有激情，而是因为这个十足女人的女人那过于男子气或过于理智化的反应似乎代表了一种男性情感向女性生理内部的转移，并让这位可爱的女资产者成了某种诗意的异装癖。于是，纠缠着杜姆勒夫人、在她看来不可避免地与绝经的身体现象同步的感官生活之衰退，更加对应着《魔山》中烦扰着老去的明希尔·皮佩尔科尔恩的"宇宙大灾难"阳痿，而不是女性常有的对衰老和不再能取悦他人或不再被爱的焦虑。

不管怎样，曼和巴尔扎克及普鲁斯特很像是同一类伟大的小说家，在他们的作品里，色情元素一旦入局，各方面皆注重细节的、令人赞叹的现实主义便和近乎梦境的段落叠加，似真性原则在其中不再起作用。现实变换了位置：从杜姆勒夫人与肯进入汽艇进行最后一次漫游时起，这场历险就以梦的节奏进行；汉斯接近克拉芙吉亚的那个狂欢夜充斥着种种噩梦中的实体；古斯塔夫·冯·阿申巴赫是在夜间做梦的无意识中，在明显的酒神狂欢的象征下，实现了他不可能的激情；《浮士德博士》中涉及艾丝梅拉达这个人物的一切，从不情愿地造访妓院到患病的或可疑的医生那个阴森的滑稽片段，都在魔法层面上发生，日常生活中的小事按另一种秩序、从另一个角度被重新组装到一起。甚至在《约瑟》中，在夫妻之爱的教化框架内，雅各和拉结迟迟不能实现的结合、对异装者的误认、将年轻女人放到既是被剥夺者又是最被爱者的暧昧位置上的十三年不育，凡此种种都令正当激情有了近乎梦境的奇怪特征，将其包围在隐秘的威胁和无法解释的禁忌所形成的氛围中，少了它，曼作品里的色欲情感仿佛就无法启动。

我们可以毫不矛盾地把《瓦尔松血脉》和《被选中

者》里呈现的乱伦主题纳入魔法范畴。乱伦，整个地代表人回退至自身或自身家庭圈子，以某种方式封住他们的独特性，还代表与这同一个圈子的习俗作最惊世骇俗的决裂，至少对一部分人来说，乱伦倾向于既构成性犯罪也构成绝佳的魔法行为，因而充满着诱惑力和恐怖。《瓦尔松血脉》把瓦格纳作品中西格蒙德和西格琳德乱伦的神话主题[1]搬到世纪初柏林犹太人的圈子里；曼感兴趣的，似乎首先是一模一样的一对爱人的完全**孤立**，他们是嫉妒地封闭于自身的一个文明和一个种族开出的精美奢华之花。《被选中者》里，兄妹结合叠加母子结合，更为复杂，曼在写《浮士德博士》时就已经被该小说的主题困扰，以至于借他的音乐家浮士德之手创作了一部关于这场历险的歌剧。《被选中者》受一则中世纪德国故事启发，但既是圣人又令人不齿的格利高里教皇的这段传奇又和一组更古老的民间故事有关，这些故事里的英雄或天选之人是乱伦生下的儿子。至少在曼的作品里，乱伦主题和近乎神话的双子座主题密切相关，和由两个性别相反、美貌相似的人组成的不可分离的佳偶那近乎雌

---

1 见瓦格纳歌剧《女武神》。

310

雄同体的形象密切相关。甚至在他惹人发笑的《大骗子克鲁尔的自白》中，曼也忍不住在背景里悄悄塞入一对孪生兄妹的身影，他们自带魅力，缀以异域的奢华，皆是一种模棱两可的爱的对象。在《约瑟》(里头也有年轻的以实玛利和年轻的以撒之间乱伦游戏的暗示)中，乱伦以讽刺形式借老年孪生兄妹图亚和乌亚再次出现，此二人按照古埃及习俗结为夫妻，无精打采地过完他们怪诞的老年生活。这对正派的夫妻没有像《被选中者》中悲剧的孪生兄妹那样生下一个后来成圣的罪人，而还是按照最佳习俗，从小就把他们的儿子波提乏去势，好让他当上王宫的护卫长。曼从关于约瑟的犹太传说和伊斯兰传说中借用了阉人波提乏的形象，但老年孪生夫妻的情节是他自己编的，以此可以为他最钟爱的主题之一提供一个滑稽变体——既不带有宗教的禁忌，也不带有人类的情感，一个正当的、因此也就非神圣化的乱伦版本 [1]。

曼作品中的音乐和色情一样，本质上也是魔法：溶

1 另有一件有意思的事值得一提，曼在《魔山》中给了乱伦象征一个位置，和神秘的《化学婚礼》中传统炼金术语言所述如出一辙。——原注 (译按：《化学婚礼》全名为《克里斯蒂安·罗森克鲁兹的化学婚礼》，1616 年在斯特拉斯堡问世，是神秘主义团体玫瑰十字会的一份文献。)

剂一般的音乐，在《布登勃洛克一家》《特里斯坦》《瓦尔松血脉》中瓦格纳式的悲剧世界里已然是危险的不祥之物，接着在《魔山》中明确变为招魂性质，然后在《浮士德博士》中的无调性世界里具有了魔性，这其中勋伯格进行的实验成了形式之破坏与更新的最高象征。我们或许会认为，音乐被看得如此重要完全是一种德国特色；实际上，普鲁斯特极其法国化的作品给予声音世界的位置和曼给予它的几乎相当。"比转桌[1]更厉害……"普鲁斯特也感到，通过一种令人赞叹的黑魔法，每个演奏万特耶《奏鸣曲》[2]的能手都在虔诚地召唤亡灵。但在《追忆逝水年华》的作者看来，与其说这是一种念咒招魂的仪式，不如说是对长生不死的宣告。斯万并未像汉斯那样，借助刻在唱片槽纹上的时髦歌剧曲子深深陷入亡灵的王国。尽管曼一直使用且近乎滥用音乐技术词汇，但二人当中或许还是普鲁斯特更像音乐家，更能体会音乐结构的数学美，且主要不在于音乐结构的催眠功效，而在于

---

1 转桌子是西方招魂术方式之一。
2 万特耶是《追忆逝水年华》中的人物，其所著奏鸣曲为普鲁斯特虚构。在小说第一卷第二部分《斯万的爱情》中，这首奏鸣曲，更确切地说其中一个乐句，是斯万爱情的见证，每次聆听都能触发他对爱情的感觉和回忆。

声音那发自肺腑的力量。普鲁斯特的音乐一直牢牢立于审美创造领域；它是靠臻于完美而上升到超感觉，并进而上升到普鲁斯特全部作品所通往的那个柏拉图的回忆世界。对曼来说则相反，音乐重新打开夜之门。它使人类再度潜入宇宙的最深处，潜入一个既低于人又高于人的地球世界，如同歌德的大地世界。不死的概念消失在永恒的概念面前。

黑功：炼金术哲学家们使用的古老术语适用于曼对人类实体的溶解和分解所作的描绘。这里，我们还是得拿曼和普鲁斯特作比较，哪怕只是为了利用彼此来阐明两种态度和两种方法。显然，谈到死亡的作用，没有哪个作家比普鲁斯特写得更好：死亡作用于一个生命，渐渐将其摧毁，就像海摧毁岩石，但它涉及的永远是机械作用，几乎是外在的，即便当它发生在生命的某个组织或某个部分内部时也是如此，而生命本身参与其中只是为了抵抗或承受这种作用。在曼的作品里情况则相反（但狭义上的灵性概念也丝毫未就此增长），我们仿佛看到人物本身像帷幕一样颤动、分开，奇怪的收获弥补了奇怪的损失。对腼腆的托马斯·布登勃洛克来说，生命的意义已在迫近的死亡微光下变得清晰。古斯塔夫·冯·阿申巴赫、杜姆勒夫人、阿德里安·莱韦屈恩以各自的方式体验到一种欣快，体验到一瞬或一段时间的解放和至高实现，使得他们在临死前几乎处于永生状态。即便死板如约阿希姆，在自己死亡的前兆中，也体会到一种自由感，而在活着的时候，他是不会考虑沉溺其中的。曼似乎犹豫良久，这个堪称恢复生机的作用阶段是否只代表一个幻景，代表易卜生或叔本华的同代人可能会定义的一种自然的续命谎言，还是相反，如炼金术传统声称的那样，一个高级的阶段曾在某一刻抵达。看上去，他往往同时采纳这两种观点，二者总体上构成了同一个问题的正反两面。然而，尽管曼的作品中时不时插入德国式的黑色幽默，我们却从不觉得阴森恐怖。死亡只是嬗变的最极端也是最普遍的形式，曼的人物有时也可以不通过它来完成嬗变。从炼金术角度讲，黑功变成了**红功**：格利高里、约瑟、汉斯带着暂时得到更新或增强的力量返归生活，但其人本身也经受了一种**异化**：分离，传统上代表大功最困难的部分，无论如何已彻底完成。

《一个不关心政治者的观察》：曼为他 1918 年出版

的杂文集所取的标题可一直适用于他的其余作品[1]，尽管表面看来并非如此。试图把他的作品解释为对那个时代的政治悲剧作出的一系列反应可能是白费力气；我们甚至可以说，曼对他所处时代种种事件采取的半疏离态度与歌德和伊拉斯谟对各自时代的态度如出一辙。他的作品之所以如凸面镜一般包裹着过去六十年德国的浓缩图景，恰恰是因为其作者拒绝在小说手法里掺入新闻手法。1898年至1914年间所出版作品中的悲观主义体现了在被富裕的物质主义和将以悲剧告终的僵化的军国主义统辖的时代面前，一种德国式的感性所作出的准确的、或许也是无意识的反应；之后那个时代的魔鬼信仰已被一些基本力量和致命意识形态的爆发所证实，四十多年来它们席卷德国与世界。曼的作品里极为重要的疾病概念，或许正是，起码说部分是，受这些巨大病体的存在启发而来。但在曼的描述中，致死的政治症状一直是疾病最可见也是最外在的迹象，这种疾病首先是存在之疾病。

---

1 本文只涉及作为小说家的曼。因此我们不会专门讨论这些杂文的内容，在这些文章里，曼和他同代的许多德国作家一样，在1914年至1918年间的冲突中捍卫德意志帝国政策。之所以提醒这点，是为了说明在约阿希姆和汉斯·卡斯托尔普无休止的对话中，曼花了很长时间与约阿希姆脱离。——原注

对生物现实的偏好和形而上学的执念，令他在小说中避免了许多同代人所囿于的纯心理主义，也使他免于纯政治视角的谬误。十九世纪激荡德国的政治运动在《布登勃洛克一家》中只有缓和的回响，仅限于一些局部事件；1870 年战争只在一场对小麦贸易的思考交流中顺带提及。在《魔山》中，"巨大的恼怒"这种在曼看来导致 1914 年战争的精神状态，被感知为飓风前的气压现象，表达它的字眼也更多和宇宙有关而非和人类有关。在《马里奥和魔术师》中，对法西斯主义的讽刺很快变为一场黑色幻想，乔装成一幅对怪诞和恐怖事物的霍夫曼 [1] 式描绘。鸿篇巨著《约瑟》尽管写于 1930 年至 1943 年间，却并未像人们可能预期的那样，成为对令人发指的种族灭绝的抗议或是为以色列发出的辩护。在《浮士德博士》中，对 1944 年种种事件的陈述为音乐家莱韦屈恩死后对其生平的叙述充当低沉的弦音，大概或多或少也复制了曼本人在美国广播中担任日耳曼导师（*praeceptor Germaniae*）时的腔调，但对德国灾难的评论相对于内在

---

1 恩斯特·西奥多·阿玛迪斯·霍夫曼（Ernst Theodor Amadeus Hoffmann，1776—1822），德国作家、作曲家，浪漫主义运动重要人物，其小说风格神秘怪诞，强调幻想、恐怖和超自然现象。

的悲剧，相对于依附恶的天才的悲剧而言，仍是次要的。

无疑，暧昧不明的《浮士德博士》有时会被化归为一则相对简单的德国政治状态寓言，因为在作品结尾，中心人物几乎明确地等同于因纳粹的冒险行为而危在旦夕的德国。进一步地，当被具象化为一个褊狭、庸俗小人的恶灵向悲惨的莱韦屈恩提供契约，确保他的才华可获得几乎超人的发展，并且向他保证在末日来临之前给予他恰当的时间资本时，我们可能立刻就会想到希特勒和他许给得胜的国家社会主义的那个千年盛世。同时，曼显然也希望在他的两个主要人物——阴郁、孤僻的莱韦屈恩和能说会道、和蔼可亲的蔡特布罗姆——身上分别呈现追随直觉的人和追随文化的人，此乃德意志文明的两个方面。但就如曼所用的象征几乎总会发生的情况那样，它们形成的环不是闭合的，且仿佛是故意让它们宣称要封闭的现实逸出。魔鬼总归信守了他许给莱韦屈恩的诺言，后者多亏了他才成为音乐天才，具有贝多芬的气度，辉煌地完成了他作为艺术家的一生，同时失去了他作为人的一生。没有必要指出在政治事实的领域作这样的对比会导向何种结果。在《浮士德博士》中把立场先行的讽喻推到尽头的话，首先将导向一种宣传单式的说教，继而导向一种内在矛盾。

其他和曼同辈或紧接着他的下一代伟大德语作家尝试把一切魔法的奥秘和智慧的奥秘熔成一个整体——后者的危险性比前者小不了多少；还有一些作家在一种半奥义的知识论里寻找对世界的解释，而他们所处时代的资产阶级唯物主义或革命唯物主义并未向他们提供；还有一些作家让矛盾原则也失去了效用。寓言或神话成了有识之士的共通之路，而这些人的理念实则无法调和且毫不相干：斯宾格勒和卡斯纳，贡多尔夫和荣格，里尔克和格奥尔格，卡夫卡、荣格尔和凯泽林，他们的作品里多处可见帕拉塞尔苏斯的生机论、波墨的炼金术神秘主义、老年歌德的俄耳甫斯教、荷尔德林的泰坦精神、诺瓦利斯天使般的通神术、尼采颠覆性的琐罗亚斯德教之痕迹。所有这些人都或多或少继承了文艺复兴德国传递给浪漫主义德国的半人文半神秘的观点；他们都试图从宇宙命运的角度来超越人的命运；他们都采取或隐约看见一些拓展认识的方法，这些方法能影响人的意志或想象；他们都寻找一个真理，这真理太过核心，必然深埋地下。

曼之所以属于同一根树干，直接承袭歌德，或许是因为他只忠于自己作为小说家的天职，在对个体的人以及普通人所作的研究和描述中找到一种力量，既能平衡白日梦，也能平衡教条式的系统化。由此带来的结果是，在谜团内部经常有一种实用主义，和《浮士德·第二部》结尾浮士德达到的那种实用主义相去不远。歌德本人对他自己写的俄耳甫斯教诗歌的评论中，无法言说的真理被主动下降到平庸的水准，几乎成了对好好生活的鼓励。同样，曼作品的"中央高原"《魔山》倾向于在汉斯·卡斯托尔普这个人物身上把最众所周知、最简单的美德，如善良、正直、谦逊，重新放置在前景，并仅仅用勇气或理智来加以巩固，好让它们不至于像经常发生的那样为已有的偏见或新出现的谬误服务[1]。《浮士德博士》强调伟大人物的出格，把一切美德甚至常规的恶行都排除在外，书中的这场历险如同阿德里安·莱韦屈恩的音乐一

---

[1] 《魔山》结尾暗含的矛盾上文已经讨论论过。不管怎样，在向我们展示重新被时代偏见裹挟并听从其号令的汉斯·卡斯托尔普时，曼前所未有地屈服于要把其主人公带回到普通人层面的愿望。——原注

样，处在人耳能听到的声音的边界，它是由该书叙述者这个极其平凡的人物来转述的，这一事实似乎满足了曼一直以来的需要，即维持普通人在天才面前的权利。这位平庸的蔡特布罗姆博士能够分析惊吓他的事物，能够热爱超越他的事物，并能够充当他那位可怕主人公的知心人、合作伙伴和顾问。这种以中间立场来评论极端立场的关切实在是歌德得不能再歌德了。呈现在我们面前的是几乎像教学一样地，由理性来介绍疯狂、由有意识来介绍无意识或者说超意识、由教师来介绍巫师。永恒的路德化身为前神学家莱韦屈恩，后者和瓦特堡的那个人[1]一样被魔鬼纠缠，他由永恒的歌德或更确切地说永恒的艾克曼[2]为我们理性地描绘出来，此处艾克曼即由学院派的蔡特布罗姆在最资产阶级的层面上代表。对曼来说，不可能之物和难以言喻之物仿佛只有经过理智的、平凡的、近乎庸俗的，总之就是凡夫俗子的东西过滤才能实现或表述。

曼的句子本身有点缓慢，时而充满烦冗的描写，哪

---

1 指路德。
2 艾克曼（Johann Peter Eckermann，1792—1854），《歌德谈话录》作者。

怕在对话里也拖着迂回的措辞和过时的客套话,与其说它是晦涩的,不如说是注释性的。这种谨慎的行进,只在前一个点被正确地穷尽之时才会涉足下一个点,这一命题本身一直包含它自己的反命题,令人同时想到经院哲学的方法和人文主义者的评注方法。《魔山》中年轻汉斯的拐弯抹角和"耶稣会式"的区分、《约瑟》中近乎发狂的大量分析(特别是像犹太教士那样细致列举出约瑟不能屈服于波提乏之妻的七个理由)、《浮士德博士》中令人难以忍受的阐释性辩证法,在风格上符合曼所属的一个精神家族的曲折道路;它们显示出这样一种需要,即,借助理性提供的工具去探索世界的无限复杂性而不是将其合理化——这个世界总是会超出人类的种种范畴。于是乎,曼的写作不仅要充分严谨地保留语言的逻辑结构,还要比它走得更远,甚至不惜牺牲对话的写实性,要为话语保留它作为知识载体而非情感载体的传统功能。在他作品的某些关键位置,在难以言喻或不可告人之物起作用之处,曼并非像现代诗人那样,诉诸句法关系的爆炸式断裂,而是从日常语言过渡到秘密语言——后者有时也是一种学术语言。《被选中者》的古语近乎戏仿;

《魔山》中情人之间说着梦一般的奇特法语，外国人的嘴让它古里古怪走了样；阿德里安·莱韦屈恩在谵妄和忏悔时使用的是路德时代的德语；以上都是这种屏障式语言和迂回式语言的例子。在一个低得多的层次上，波提乏夫人的口齿不清、杜姆勒夫人的方言口误也相当于初级形式的迂回说法；它们半自觉地成为乔装后的欲望表达[1]。文体上兜的一个个大圈子呼应着小心翼翼的缓慢觉悟；不能让读者和人物肤浅地入门、过快地入门。这种被高明地延迟的解释完全不同于格奥尔格那类诗人高高在上的神秘主义，在后者的作品里，奥秘像钻石一样光芒璀璨，它也不同于卡夫卡那类小说家作品里重重上锁的讽喻。曼作品里层层推进的评论只在它空余庸俗说教时才会停止；神话会来接替它。对曼来说，包裹在日常

---

[1] 这一切显然会让人想到弗洛伊德，曼极其欣赏他，以至于认为他启蒙了一种"未来的人文主义，它将洞察人身上一些不为旧人文主义所知晓的秘密"。然而，正如《安娜·利维娅·普鲁拉贝尔》作者（译按：指詹姆斯·乔伊斯，安娜·利维娅·普鲁拉贝尔是他的小说《芬尼根的守灵夜》中的人物。）的语言游戏并不属于严格服从精神分析规则的世界，曼作品里的口误和象征与这个世界的关系也不大；弗洛伊德式阐释在他的作品里一直处于次要地位，哪怕在明显适用的时候也是如此。曼作为小说家很少犯那样的错误，即孤注一掷于一时流行但往往不比文学作品更经久的心理学假设或程式，比如巴尔扎克就曾依赖拉瓦特［译按：Johann Kaspar Lavater（1741—1801），瑞士诗人、哲学家、西方面相学创始人。］的发现写作而犯过这种错。较之弗洛伊德，曼似乎更常受到荣格的启发，但仅有的原样照搬、再用心理学理论的地方，则漂浮着龙勃罗梭［译按：Cesare Lombroso（1835—1909），意大利犯罪学家、精神病学家。］关于天才的反常性的一些观点的影响，这些观点现在已经过时，但好像一直很不合时宜地深刻影响了曼的思想。——原注

生活厚厚的粗糙外表之下、唯有专注的眼神才能看到的神话也只是一种隐藏更深的解释。

习惯了对人文主义这个词近乎教科书式的定义，我们会思忖，一种转向非理性的、有时转向神秘事物的思想，一种向变化乃至混乱如此敞开的思想，是否还能被称作人文主义思想。假如我们照搬旧有的、狭隘的定义，那这种思想肯定不算是人文主义，也就是说通晓古代文学尤其是专门研究人的古代文学的博学之士的那种人文主义，哪怕我们把这个词的含义扩大，像人们今天时而会做的那样，把以人的重要性和尊严为基础的哲学，以莎士比亚所说的人这一杰作的无限能力为基础的哲学也囊括在内，它也不算是人文主义。事实上，上述这些观点中含有对人性的乐观主义成分，甚至是对人性的高估，而对于一个如此执着于人性的混乱面，如此注重在人身上主要展示整体的一小部分和一种折射的作家来说，这些观点显然和他没多大关系。但莎士比亚就人的无限能力所说的那句话已经为另一种形式的人文主义打开大门，它窥伺着我们身上超出常规潜能和才干的一切；无论我们做什么，它都通往无边无际的后景，那里充斥着种种力量，这些力量比把自然也视为简单实体的哲学所能想到的更加奇异。这种转向未解释之物、晦暗之物乃至神秘之物的人文主义，乍看上去似乎有悖于传统的人文主义：它更像是后者的最尖端和左翼。曼名副其实属于这样一小群智者：他们天性审慎又迂回，常常迫不得已变得隐秘，但好像又因一种不可抗拒的内在力量不由自主地莽撞起来：他们是真正的保守派，因他们不放过数千年财富积累的一点一滴，但又具有颠覆性，因他们不断地重新阐释思想和人类的行为。对于这些智者来说，所有科学和艺术、神话和幻梦、已知和未知，以及人的本质，都是研究的对象，种族不灭则研究不止。借用汉斯·卡斯托尔普钟爱的说法，"人类文学学生"和他们一道临渊而立。

我们当然不能说曼是什么信仰或理论的信徒，更不能说他是某种真伪难辨的神话传统的保有者。我们甚至不能假定他有明确的意愿，要在他的小说中就人的本性或知识的本性举例说明一些不太确定的观点。针对伟大作家所做的这些系统化工作几乎总是彻底失败。不过有意思的是，我们注意到，曼的伟大的小说建构与普鲁斯特和乔伊斯同在二十世纪上半叶于不同程度、基于不同理由完成的小说建构一样，都从一些和我们对当代和现代的肤浅认识相去甚远的概念出发，并且联系着对现实之本质的某些最古老的思考。这三位作家的伟大作品中，曼的作品或许是最难理解的，因为思想的深邃奥秘或者隐匿于可能看起来过时的资产阶级现实主义之下，或者借助高妙的文学游戏掩盖，而今天的读者越来越少参与其中。在对人的潜力及其惊人且隐蔽的危险所作分析方面，曼的作品很可能也是走得最远的。如今这个时代，这些能力和危险无比显著，我们或许更能在曼的作品里认出它们，它们深藏在自己奇异的小说伪装之下，且如古老的炼金术用语所言，以内在性为形式。

瓦尔省费昂斯，1955 年；

荒山岛，1956 年。

Table de traduction

译名表

《罗马君王传》中历史的面目

Byzance	拜占庭
Capitolin	卡庇托利努斯
Cappadoce	卡帕多西亚
Caracalla	卡拉卡拉
Carin	卡里努斯
Carlisle	卡莱尔
Claude le Gothique	克劳狄乌斯二世
Commode	康茂德
Cumberland	坎伯兰
De Gaulle (C.)	戴高乐
Didus Julianus	迪丢斯·尤里安努斯
Dioclétien	戴克里先
Domitien	图密善
Eburacum	伊布拉坎
Elagabale	埃拉伽巴路斯
Eliacin	埃利亚桑
Emèse	埃梅萨
Epinal	埃皮纳
Faustine	福斯丁娜

Octave	屋大维
Origène	奥利金
Ostie	奥斯提亚
Pétain (H.P.)	贝当
Philippe	腓力
Pincio	苹丘
Plutarque	普鲁塔克
Pollion	波利奥
Probus	普罗布斯
Rastignac	拉斯蒂涅
Romulus Augustule	罗慕路斯·奥古斯图卢斯
Rubempré	吕邦泼雷
Saloninus	萨罗尼努斯
Sapor	沙普尔一世
Septime Sévère	塞普提米乌斯·塞维鲁
Septizonium	七曜宫
Sicile	西西里
Spartien	斯巴提亚努斯
Soleil Invincu	无敌太阳神

Suétone	苏维托尼乌斯
Sylla	苏拉
Tacite	塔西佗
Théodose	狄奥多西
Tibère	提比略
Tite-Live	提图斯-李维
Tolstoï (L.)	托尔斯泰
Valérien	瓦勒良
Verlaine (P.)	魏尔伦
Vérus	维鲁斯
Vopiscus	沃庇斯库斯
William Beckford	威廉·贝克福德
York	约克郡
Zénobie	泽诺庇娅

阿格里帕·多比涅的《惨景集》

Adrian	阿德里安

Tournai	图尔奈
Valéry (P.)	瓦莱里
Vigny (A. de)	维尼
Virgile	维吉尔
Voltaire	伏尔泰

啊，我美丽的城堡

Adam	亚当
Albe (duc d')	阿尔瓦（公爵）
Alençon (duc d')	阿朗松（公爵）
Alexandre de Vendôme	亚历山大·德·旺多姆
Amboise	昂布瓦斯
Anet	阿内
Anjou (duc d')	安茹（公爵）
Anne de Bretagne	安娜·德·布列塔尼
Anne de Joyeuse	安尼·德·茹瓦若斯
Anne Ponchet	安娜·蓬谢

Grévy (J.)	格雷维
Guise (duc de)	吉斯（公爵）
Gustave Flaubert	古斯塔夫·福楼拜
Gustave Vasa	古斯塔夫·瓦萨
Houdetot (Mme d')	乌德托（夫人）
Ibsen (H.)	易卜生
Jacques Clément	雅克·克雷芒
Jean-Baptiste	让·巴蒂斯特
Jean Goujon	让·古戎
Jean-Jacques Rousseau	让-雅克·卢梭
Jeanne la Folle	疯女胡安娜
La Bruyère (J. de)	拉布吕耶尔
La Charité	拉沙利特
Lambert	朗贝尔
Larnage (Mme de)	拉尔纳热（夫人）
L'Isle-Marivaut	里勒–马里沃
Livarot	里瓦洛
Louise de Fontaine	路易斯·德·丰丹纳
Louise de Lorraine	路易斯·德·洛林

Rochechouart	罗什舒阿尔
Rothschild	罗斯柴尔德
Saint-Antoine	圣安托万
Saint-Cloud	圣克卢
Saint-Denis	圣但尼
Saint-Mégrin	圣梅格林
Salcève	萨尔塞夫
Samuel Bernard	萨穆埃尔·贝尔纳
Scapin	司卡班
Scribe	斯克里贝
Semblançay	桑布朗塞
Séville	塞维利亚
Sèvres	塞夫尔
Shaw	萧伯纳
Sixte Quinte	西克斯图斯五世
Thérèse	黛莱丝
Thomas Bohier	托马·博耶
Toscane	托斯卡纳
Touraine	都兰

Valentinois (Mme de)	瓦朗迪努瓦（夫人）
Vaudémont (comte de)	沃代蒙（伯爵）
Vegelli	维吉利
Verdurin	维尔迪兰
Villeneuve (comte de)	维勒纳夫（伯爵）
Vittoria Colonna	维多利亚·科隆纳
Watteau (A.)	华托
Wilson	威尔逊
Worcester	伍斯特（博物馆）

皮拉内西的黑色头脑

Aldous Huxley	阿道司·赫胥黎
Alessandro Magnasco	阿里桑德罗·马尼亚斯科
Amadis	阿玛迪斯
Angelica Pasquini	安吉莉卡·帕斯基尼
Angelo	安吉罗

Giuseppe Wagner	朱塞佩·瓦格纳
Goldoni (C.)	哥尔多尼
Herculanum	赫库兰尼姆
Hogarth (W.)	荷加斯
Horace Walpole	霍勒斯·沃波尔
Hubert Robert	于贝尔·罗贝尔
Ingres (J.-A.-D.)	安格尔
Jaques-Guillaume Legrand	雅克-纪尧姆·勒格朗
Jomard (E.F.)	约马尔
Jugurtha	朱古达
Keats (J.)	济慈
Magnasco	马尼亚斯科
Marius	马略
Matteo Lucchesi	马特奥·卢凯西
Métastase	梅塔斯塔西奥
Michel-Ange	米开朗琪罗
Minski	明斯基
Nicolas Poussin	尼古拉·普桑
Ombrie	翁布里亚

Paestum	帕埃斯图姆
Pannini	帕尼尼
Pompéi	庞贝
Poussin (N.)	普桑
Rambrandt	伦勃朗
Raphaël	拉斐尔
Rezzonico	雷佐尼科
Rimbaud (A.)	兰波
Robert Adam	罗伯特·亚当
Rosencrantz	罗森格兰兹
Sade	萨德
Sainte-Marie-Aventine	阿文提诺山圣玛利亚（教堂）
Saint-Jean de Latran	拉特兰圣约翰（教堂）
Sistina (via)	西斯蒂纳（路）
Staël (Mme de)	斯达尔夫人
Stendhal	司汤达
Théocrite	忒奥克里托斯
Théophile Gautier	泰奥菲尔·戈蒂埃
Tiepolo (G.B.)	提埃波罗

Valeriani	瓦莱里亚尼
Vercingétorix	维钦托利
Winckelmann (J.J.)	温克尔曼

塞尔玛·拉格洛夫，史诗讲述者

Agneta	阿格内塔
Akka	阿卡
Anatole France	阿纳托尔·法朗士
Anna Svärd	安娜·斯瓦尔德
Barbro	巴布罗
Barrès (M.)	巴雷斯
Béda	贝达
Berenkreuz	布伦克鲁兹
Brita	布丽塔
Carlyle (T.)	卡莱尔
Charlotte Löwenskold	夏洛特·洛文斯科尔德

Jan	扬
Jutland	日德兰
Karl Arthur Ekenstedt	卡尔·阿瑟·埃肯斯代特
Kebnaikaise	凯伯内卡伊瑟山
Kipling (R.)	吉卜林
Landskrona	兰斯克鲁纳
Laponie	拉普兰
Lilliecrona	利耶克罗纳
Lovisa	洛维莎
Lund	隆德
Maja Lisa	玛雅·丽莎
Malmö	马尔默
Märbacka	莫尔巴卡
Marianne Sinclair	玛瑞安·辛克莱尔
Matts	马茨
Mourasaki Shikibu	紫式部
Mowgli	莫格利
Neck	奈克
Nils	尼尔斯

Olaf Haraldson	奥拉夫·哈拉德森
Olaf Trygvasson	奥拉夫·特里格瓦森
Sainte Brigitte	圣布里吉特
Sainte Christine	圣克里斯蒂娜
Selma Lagerlöf	塞尔玛·拉格洛夫
Sophie Elkan	苏菲·埃尔肯
Sund	厄勒海峡
Swedenborg (E.)	斯威登堡
Théa	泰亚
Truman Capote	杜鲁门·卡波特
Tyra Lundgren	泰拉·隆格伦

康斯坦丁·卡瓦菲斯评介

Alexanderie	亚历山大
Alexandra	亚历山德拉
Alexandre Balas	亚历山大·巴拉斯

Forster (E.M.)	福斯特
George Eliot	乔治·艾略特
Gide (A.)	纪德
Giuseppe Ungaretti	朱塞培·翁加雷蒂
Gloucestershire	格罗斯特郡
Grippos	格里波斯
Hémonide	埃莫尼德
Hérode Atticus	希罗德·阿提库斯
Hérodote	希罗多德
Hérondas	赫罗达斯
Hippolyte	希波吕托斯
Hyrcan	希尔卡诺斯
Hystaspe	希司塔斯佩斯
Iasès	亚西斯
Ignace	伊格纳蒂奥斯
Iménos	伊梅诺斯
Ionie	爱奥尼亚
Irène Assan	伊琳娜·阿散
Irène Dukas	伊琳娜·杜卡斯
Isocrate	伊索克拉底

Sidon	西顿
Sinop	锡诺普
Straton	斯特拉顿
T.S. Eliot	T.S. 艾略特
Théméthos	特梅托斯
Théodore Griva	泰奥多尔·格里瓦
Théodote	狄奥多托斯
Théophraste	泰奥弗拉斯托斯
Thermopyles	温泉关
Thétis	忒提斯
Utrillo (M.)	于特里约
Xipharès	西法列
Zabina	扎比纳斯

托马斯·曼作品中的人文主义与神秘主义

Abraham	亚伯拉罕

George (S.)	格奥尔格
Gerhart Hauptmann	盖哈特·豪普特曼
Goethe (J.W.von)	歌德
Grégoire	格利高里
Gundolf (F.)	贡多尔夫
Gustav von Aschenbach	古斯塔夫·冯·阿申巴赫
Hanno Buddenbrook	汉诺·布登勃洛克
Hans Castrop	汉斯·卡斯托尔普
Hoffmann	霍夫曼
Hölderlin (F.)	荷尔德林
Horatio	霍雷肖
Hua	乌亚
Ismaël	以实玛利
Israël	以色列
Jacob	雅各
Joachim	约阿希姆
Joseph	约瑟
Jung (C. G.)	荣格
Jünger (E.)	荣格尔

Marguerite Yourcenar

[法] 玛格丽特·尤瑟纳尔 (1903—1987)

出生于比利时布鲁塞尔, 1987年在美国缅因州荒山岛辞世。1980年入选法兰西学院, 成为该机构350年历史上第一位女性"不朽者"。

尤瑟纳尔深受自古希腊罗马以来的欧洲人文主义传统浸润, 同时从早年起即对东方哲学和文学怀有浓厚兴趣。她的作品以渊博的学识、广阔的视野和深邃的哲思见长, 包括诗歌、戏剧、随笔等, 尤以小说著称。主要作品有小说《哈德良回忆录》《苦炼》《默默无闻的人》等, 回忆录《世界迷宫》三部曲也享有盛誉。

尤瑟纳尔的语言优美洗练, 深具古典韵味。

贾云

北京大学法语系硕士, 法国里昂第二大学影视学硕士, 长期从事翻译工作, 现为自由译者。译有皮埃尔·居约塔《白痴》(人民文学出版社, 2022)、皮埃尔·布尔迪厄《论国家》(生活·读书·新知三联书店, 2023) 等作品。

图书在版编目(CIP)数据

有待核实/(法)玛格丽特·尤瑟纳尔著;贾云译
.—上海:上海三联书店,2025.2
ISBN 978-7-5426-8531-5

Ⅰ.①有… Ⅱ.①玛… ②贾… Ⅲ.①世界文学-文
学评论-文集 Ⅳ.①I106-53

中国国家版本馆 CIP 数据核字(2024)第 106178 号

SOUS BÉNÉFICE D'INVENTAIRE Nouvelle édition © Éditions Gallimard,
Paris,1978.
本书中文简体字版由法国伽利玛出版社授权上海三联书店独家出版
版权所有 侵权必究

上海市版权登记 图字:09—2024—0358

有待核实

著 者/[法]玛格丽特·尤瑟纳尔
译 者/贾 云
责任编辑/李巧媚
特约编辑/陈思多
装帧设计/ONE→ONE Studio
监 制/姚 军
责任校对/王凌霄

出版发行/上海三联书店
(200041)中国上海市静安区威海路 755 号 30 楼
邮 箱/sdxsanlian@sina.com
联系电话/编辑部:021-22895517
发行部:021-22895559
印 刷/山东新华印务有限公司

版 次/2025 年 2 月第 1 版
印 次/2025 年 2 月第 1 次印刷
开 本/787 mm×1092 mm 1/32
字 数/160 千字
印 张/11.5
书 号/ISBN 978-7-5426-8531-5/I·1883
定 价/69.80 元

敬启读者,如发现本书有印装质量问题,请与印刷厂联系 0538-6119360